AF467504

10,000 lettres d'impression pour 1 centime

BIBLIOTHÈQUE POUR TOUS

ILLUSTRÉE

ROMANS, HISTOIRE, VOYAGES, LITTÉRATURE, SCIENCES, etc.

CHAQUE OUVRAGE : 50 CENTIMES

LA PRINCESSE PALATINE

PAR

LA COMTESSE DASH

Prix : 50 centimes

60 CENTIMES POUR LES DÉPARTEMENTS ET L'ÉTRANGER

PARIS

LÉCRIVAIN ET TOUBON, LIBRAIRES, RUE DU PONT-DE-LODI, 5

ET CHEZ TOUS LES LIBRAIRES DE PARIS, DES DÉPARTEMENTS ET DE L'ÉTRANGER

N° 81. — Publié par J. Lemer

BIBLIOTHÈQUE POUR TOUS

PRINCESSE PALATINE

PARIS, LÉCRIVAIN ET TOUBON, RUE GIT-LE-CŒUR

BIBLIOTHÈQUE POUR TOUS

PUBLIÉE PAR J. LEMER

Elle abattit ses ennemis devant elle.

LA PRINCESSE PALATINE

Par Madame la Comtesse DASH

I — LA NOVICE

Le soleil dorait de ses rayons les toits pointus et les hautes heminées de l'abbaye de Farmoutier, en Touraine; il faisait n temps magnifique, tel que l'on en voit quelquefois dans semaine sainte, lorsque Pâques n'arrive pas trop tôt et que saison est un peu avancée. Les saintes recluses venaient de erminer l'office du soir, chanté avec toute la piété de leur œur, et chacune d'elles rentrait dans sa cellule, pour y méiter à loisir. Elles montaient lentement l'escalier, couvertes de urs longues robes traînantes et de leurs scapulaires blancs; en les voyant ainsi défiler le long du cloître, en silence, les yeux baissés et sans que leur passage produisît d'autre bruit que le frottement de la laine sur les dalles, on les eût prises pour une procession de fantômes. A mesure qu'elles arrivaient à la porte de leur cellule, elles s'arrêtaient, faisaient le signe de la croix et entraient, en refermant la porte. Il en fut ainsi jusqu'à la dernière.

Cette dernière, la plus jeune de toutes, encore vêtue de la robe blanche des novices, était une grande et belle personne, âgée de seize ans à peu près. Ses cheveux blonds, lissés en double bandeau, couvraient presque ses sourcils d'un noir d'ébène, sous lesquels deux yeux bleus lançaient des éclairs.

Sa peau éteincelait d'une blancheur nacrée, particulière à ce genre de blonde-mêlée, si on peut s'exprimer ainsi. Elle fit son signe de croix plus lentement et plus dévotieusement que ses compagnes, et en poussant la porte de sa petite chambre, elle murmura :

— Mon Dieu ! quel bonheur !

Elle resta debout quelques minutes à l'entrée, écoutant si quelque bruit du dehors ne viendrait pas l'interrompre, et lorsque tout fut tranquille dans la maison, elle fit glisser doucement le verrou dans sa gâche et courut vers son lit avec une précipitation révélant une vive joie. Elle tira de dessous sa natte (sa couche n'était pas composée d'autre chose), un objet qu'elle contempla quelques instants et qu'elle baisa ensuite dans un transport d'enthousiasme, puis ôtant sa guimpe, son voile, descendant les manches et le haut de sa robe, elle mit à découvert de belles épaules, qu'eût enviées un statuaire et une poitrine de marbre de Paros.

Dans cet état elle s'agenouilla, prononçant à voix basse des paroles pleines d'onction, et, saisissant l'objet qu'elle avait si soigneusement caché, et qui n'était autre qu'une discipline, elle s'en flagella jusqu'à faire bientôt tomber, sur sa peau de satin, des gouttelettes de sang, dont les lanières se trouvèrent couvertes. Elle se fustigea ainsi pendant près de dix minutes, sans ménagements ; enfin un petit lambeau de chair s'étant attaché à l'instrument de pénitence, et lui causant une douleur insupportable, elle tomba presque inanimée sur le carreau, le visage baigné de larmes, qu'elle ne pouvait retenir.

— Mon Dieu ! disait-elle, mon Dieu ! quand donc me recevrez-vous parmi vos épouses ? Quand donc serai-je tout-à-fait séparée de ce monde que je hais et qui me poursuit ? Quand pourrai-je goûter chaque jour, à toute heure, ces inexprimables délices que me causent ces douleurs imposées à mon corps par ma volonté, par mon désir de me rapprocher de vos souffrances, à vous mon Dieu, qui avez été flagellé, crucifié pour nous. Quand donc ? quand donc ?

Ses beaux yeux se levaient vers le ciel avec une volupté mystique, une ferveur dont rien ne peut donner l'idée, si ce n'est un portrait de sainte Thérèse, ou de Marie Alacoque dans leurs extases. Elle resta ainsi quelques minutes, puis son front se rembrunit, ses sourcils se plissèrent, elle se frappa la poitrine, en répétant le *Domine, non sum dignus*, et en s'écriant :

— Mais non, non, je n'en suis pas digne, je ne sais ce que j'éprouve. Je suis heureuse, je le suis au point de ne pas supposer le paradis plus doux, lorsque je me livre aux macérations, aux jeûnes, aux dures pénitences que mes vœux et mes supérieurs ne m'ordonnent point encore ; mon cœur nage dans la joie, et cependant mon esprit rebelle veut lutter, et se refuse à croire, il se refuse à adopter aveuglément les doctrines qu'on lui impose, il est révolté contre le Dieu qui le dompte, semblable à Satan, son orgueil se rebellionne. Ah ! mon Dieu ! prenez *pitié* d'une pauvre créature qui vous appartient, soutenez-la, conduisez-la au but où elle aspire, prenez-la à vous, tout à vous, Seigneur.

Une longue méditation succéda à cette prière, et le sommeil vint la surprendre, encore sanglante, encore étendue sur ce carreau glacé. Elle avait seize ans ! son enthousiasme arrivait bien vite jusqu'au délire ; mais il s'éteignait de même ; c'était une de ces âmes inquiètes, créées pour la passion, créées pour le dévouement et l'amour, et qui souvent égarées dans des voies étrangères reversent sur des sentiments ou des besoins qu'elles n'ont pas, ce trop plein de leur nature qui les entraîne. Entrée au couvent depuis l'âge de cinq ans, certaine qu'elle y resterait toute sa vie, sa jeune imagination s'exalta et l'emporta sur les hauteurs inaccessibles du mysticisme. Elle voulut croire, parce qu'elle aimait, cependant, ainsi qu'elle le dit depuis elle-même en les mémoires qu'elle nous a laissés, son esprit se refusait à croire, tandis que son cœur était entraîné à aimer. Elle passait sa vie dans une perpétuelle succession d'extases et de doutes crues. En vain portait-elle aux pieds des autels, au tribunal de la pénitence, ces suggestions du tentateur, rien ne pouvait ni les chasser, ni la guérir.

Telle était Anne de Gonzague de Clèves, fille du duc de Mantoue et de Nevers, destinée par son père à la vie du cloître, ainsi que sa sœur Bénédicte, pour reporter toute son ambition sur sa fille aînée, Marie, avec laquelle nous ferons bientôt connaissance. Toute princesse qu'elle fût, les ordres du prince la renfermaient loin du monde et la faisaient garder plus sévèrement qu'une autre peut-être. Elle devait surtout ignorer que la volonté paternelle fût la seule cause de sa réclusion. Madame de La Châtre, abbesse de Farmoutier, reconnut bien vite ce caractère difficile, turbulent et inquiet, dont la jeune personne donna depuis tant de preuves, lors des intrigues de la Fronde. Elle s'appliqua non pas à le rompre, c'était impossible, mais au moins à le diriger dans le sens où le duc de Mantoue voulait qu'on le dirigeât. Elle développa en son élève une ferveur si grande qu'elle devint presque sensuelle, et qu'elle résuma dans l'amour de Jésus-Christ les passions brûlantes dont le germe commençait à paraître chez la novice. Celle-ci poussa à l'extrême la régularité, l'obéissance, tous ses devoirs de religieuse. Elle outra ses pénitences, allongea ses prières, déroba aux professes leurs disciplines et leurs cilices, ainsi qu'on vient de le voir, et devint enfin une âme ascétique, dans toute la force du mot.

Cet esprit inquiet, cet esprit dominateur et *tripotier*, si je puis m'exprimer ainsi, ne se soumettait pas si vite. L'abbesse maintenait à grand'peine une sorte d'équilibre entre le sentiment et les idées. La moindre chose devait faire pencher la balance, aussi la postulante était-elle surveillée jusque dans ses conversations les plus ordinaires. Elle ne parlait jamais en particulier à aucune religieuse, à aucune pensionnaire, ne recevait point de lettres, n'allait point au parloir. Tout au plus lui arrivait-il un souvenir de ses sœurs, à travers les grilles serrées. Toujours froid et cérémonieux de la part de Marie, toujours ardent et mélancolique de la part de Bénédicte, recluse comme elle.

Anne ne s'éveilla qu'à la cloche des matines. Elle se frotta les yeux et fut d'abord tout étonnée de se trouver ainsi à demi-nue sous les rayons de la lune, dans sa cellule ; les douleurs cuisantes de ses épaules la rappelèrent à la réalité. Elle se hâta de remettre sa robe, de cacher sa discipline et de se rendre à la chapelle, où l'abbesse était déjà au chœur. Sa voix se mêla à celles de ses compagnes, chantant les louanges et la passion du Dieu mort pour nous. Elle y mit une onction telle que les larmes lui en vinrent aux yeux. Madame de La Châtre, de sa stalle, la suivait du coin de l'œil et se félicitait du succès de ses soins. C'était bien ainsi qu'elle la voulait.

Au moment où les nonnes sortaient de l'église, elle appela la princesse et la retint quelque temps en arrière.

— Vous êtes pâle, lui dit-elle, ma fille, vous vous livrez, j'en suis sûre, à des austérités au-dessus de vos forces. — Oh ! ma mère, ne me les défendez pas ! — C'est ce que nous verrons, quand je vous aurai entendue. Venez le jour de Pâques, après la messe, déjeuner dans mon appartement. D'ici là, soyez sage, ne vous fatiguez pas, ne vous rendez pas malade. Demain est presque un jour d'allégresse, la veille de la résurrection du Sauveur, il ne faut pas le célébrer par des souffrances, je ne le veux pas, je vous le défends. — J'obéirai, ma mère.

La novice fit une profonde révérence et se retirait, la supérieure la retint.

— Ne m'en veuillez pas, mon enfant, votre seul bien m'occupe. Gardez-moi votre confiance et votre affection. Vous êtes ma fille chérie, ma préférée, vous ne l'ignorez pas, et il m'importe peu que chacun le sache. A dimanche donc, demain, ou plutôt aujourd'hui, vous remplissez les fonctions de sacristine, je crois, vous serez donc occupée, et beaucoup, à parer les autels pour cette grande fête. Vous pourrez venir prendre vous-même à la trésorerie les vases sacrés en or, que nous tenons de la munificence de sa majesté la reine ; il a été décidé, en conseil, qu'ils verraient le jour, pour la première fois, en cette solennité.

Anne de Gonzague, en rentrant dans sa retraite, n'y put trouver le sommeil. La douleur la tenait éveillée et lui donnait la fièvre. Son imagination fit bien du chemin pendant ces heures de solitude. Elle galopait sur les ailes de l'infini, elle s'égarait dans les pays inconnus où elle cherchait ce qu'elle ignorait ; elle s'écriait, dans une espèce de délire :

— Oh ! mon Dieu ! mon Dieu ! que je vous voie, moi qui vous aime tant !

Et ce miracle ne se faisait point, et Dieu ne descendait pas à sa voix. Il était facile d'imaginer que bientôt cette ardente créature ne se contenterait plus d'idéalité, qu'il faudrait à cette âme altérée autre chose qu'une coupe vide pour étancher sa soif. Les chimères ne la nourriraient plus, quelque séduisantes qu'elles fussent. Le matin, de bonne heure, elle descendit à la sacristie, espérant trouver un soulagement dans les soins dont elle était chargée. Le temps continuait à être magnifique, la nature tout entière renaissait à ce soleil déjà chaud du printemps, elle ouvrit la porte du jardin et s'y promena seule jusqu'à ce que la cloche la rappelât à l'abbaye ; elle revint lentement alors, les bras croisés dans ses longues manches, comprimant les battements de son cœur, et répétant involontairement :

— Qu'est-ce donc que j'éprouve, ô mon Dieu !

II — LE JOUR DE PAQUES

Ce jour, si joyeux pour l'Église, de la résurrection du Christ, Anne se leva joyeuse comme lui. Elle sortit de sa chambre à l'aurore, et se rendit, comme la veille, au jardin, où, dans chaque fleur, elle trouva une prière. Choisissant ensuite sa robe la plus fine, la plus blanche, la plus soyeuse, elle arrangea presque coquettement les plis de son voile en se disant, avec un sourire de béatitude :

— Je vais recevoir mon bien-aimé ; qu'il me trouve prête et parée pour notre union.

Ces paroles mystiques la troublaient et la faisaient trembler comme des paroles d'amour. Anne ignorait presque qu'elle était belle, et n'avait, pour ainsi dire, pas songé à le savoir. Les miroirs étaient rares au couvent. Outre le parloir, où elle n'allait point, et l'appartement de l'abbesse, où elle allait souvent, mais toujours accompagnée, il ne s'en trouvait pas un dans toute la maison. Ce matin-là, elle le regretta : elle eût voulu se voir ; elle eût voulu se connaître ; elle eût voulu être certaine qu'elle présentait à son divin époux une offrande digne de lui. Elle descendit néanmoins à l'office, le cœur content. Elle chanta les matines et les autres psaumes d'une voix d'allégresse. En allant à la communion, elle avait l'âme pleine de délices, et sa contemplation fut si longue et si douce ensuite, qu'il fallut la prévenir pour le déjeûner de madame l'abbesse, elle l'avait oublié.

La sainte mère en Dieu la félicita vivement des grâces qu'elle recevait.

— Notre-Seigneur vous aime, ma fille ; il vous envoie une de ces vocations rares qui résistent à tout. Je n'ai rien essayé pour la faire naître, mais en la voyant se développer en vous si magnifiquement, je ne puis m'empêcher de louer celui qui vous la donne et de vous répéter sans cesse : Vous êtes bien heureuse ! — Oui, ma mère, je suis bien heureuse. Cependant il manque une chose à mon bonheur. — Et quoi donc ? — Je n'ai pas prononcé mes vœux, je n'appartiens pas encore irrévocablement à ce Dieu qui m'appelle ! — Votre temps de noviciat n'est pas fini. — Ne peut-on l'abréger ? — Pourquoi faire ? Vous êtes si jeune ! — Pas trop pour me marier, si j'étais dans le monde. — Il faut attendre quelques mois ; ensuite vous ferez profession, et, si Dieu vous prête vie, la croix pastorale que voici, vous la porterez après moi. — Oh ! ma mère !... répliqua-t-elle en rougissant. — Et pourquoi n'en serait-il pas ainsi ? N'êtes-vous pas la fille d'un prince souverain ? Votre sœur, Bénédicte, n'est-elle pas bientôt abbesse d'Avenay, si la chose n'est pas faite ? — Oh ! ma mère, je ne mérite point d'arriver à un pareil honneur, et cela puisse-t-il être le plus tard possible. Non, je ne le mérite point. — Vous, mon enfant, vous ! le modèle de la communauté tout entière, vous, à qui l'on ne peut reprocher qu'un zèle trop ardent et une piété trop vive. — Ma mère, il y a deux coins de ma conscience où le flambeau n'a pas pénétré, et depuis longtemps je désire vous en faire l'aveu. Les saintes représentations de mon confesseur n'ont pas suffi jusqu'ici pour triompher du démon ; votre voix sera plus puissante. — Qu'y a-t-il, ma fille ? demanda l'abbesse effrayée, en prévoyant des obstacles à la réussite de projets si précieux. — Ma mère, d'abord je doute, je doute souvent, malgré moi. Je chasse les pensées qui peuvent ébranler ma croyance comme l'ouvrage du malin esprit ; elles reviennent sans cesse, les objections se présentent en foule, je ne puis être convaincue avec toutes les dispositions possibles de le désirer. Dans ces moments, je me dis : Que suis-je pour conserver ces doutes, ces incertitudes ? Pourquoi ne croirais-je pas ce que les Arnaud et tant d'hommes supérieurs croient avec soumission ? Ces raisonnements dissipent quelques instants les nuages de l'abîme ; mon imagination achève l'ouvrage ; elle me rend sensible ce qui répugne le plus à ma faible raison ; elle fait disparaître ma vie active comme un songe fugitif et me transporte dans une éternité de délices, achetée de privations sans importance. — Eh bien ! ma fille, que voulez-vous de plus ? ne triomphez-vous pas de l'ennemi ? n'êtes-vous pas la maîtresse du champ de bataille ? — Oui, quelques instants ; mais ensuite ces doutes reviennent. Je me les reproche comme un égarement, et je n'en sors que pour tomber dans cette espèce d'ivresse soutenue qui me transporte et qui, je le crains, fait toute ma dévotion. Lorsque, comme hier, je me suis livrée à des austérités corporelles violentes, il me semble que j'ai des droits incontestables à la palme du martyre. J'aspire avec passion au moment où je m'engagerai par des vœux éternels. Est-ce là de l'humilité, est-ce une piété véritable ? J'ai peur que non, ma mère, et je vous le demande. — Vos scrupules vous honorent, ma fille ; ils sont d'une conscience timorée et délicate, mais ils sont exagérés, n'en doutez pas. Vous êtes dans la bonne voie, persévérez. Vous êtes appelée aux joies chastes et profondes de la vie religieuse, remerciez-en Dieu. Vos doutes ne doivent pas vous tourmenter. Quelle est l'âme que le démon laisse en repos ? Chassez-les et vivez tranquille. Voyons maintenant le second sujet de vos inquiétudes. — Celui-là, ma mère, est tout temporel. Les préférences de mon père pour la princesse Marie ont excité dans mon cœur une envie secrète et inextinguible, une disposition à la haine. Je porte sans cesse ma sœur à confesse, et les cilices n'ont rien de si piquant que ses dédains pour moi, que la supériorité dont elle jouit par l'aveuglement du duc de Mantoue.

L'abbesse prit un air grave qui n'était nullement feint. Cette révélation lui fit voir l'état véritable où se trouvait la jeune fille, et combien peu ses dispositions exaltées étaient solides. Elle se résolut donc de battre ce péché là en brèche avec plus de vigueur que l'autre, dont elle ne se souciait guère.

— Quoi ! interrompit-elle, vous êtes assez aveugle pour vous plaindre ! Vous ne voyez pas de combien la part qui a été faite à votre sœur est inférieure à la vôtre ? Pour elle les soucis, les chagrins, les embarras du monde et de la grandeur ; pour vous, le repos du cloître, la paix, les délices, la quiétude. Pour elle tous les déboires de la cour, d'une ambition insatiable et jamais satisfaite, pour vous une des plus grandes dignités de l'Eglise, à laquelle vous arriverez sans peine et, pour ainsi dire, sans vous en occuper. Pour elle la calomnie et ses suites, pour vous, la vénération universelle. De quoi vous plaignez-vous donc ? qu'avez-vous, mille fois aveugle fille ? que signifie une jalousie stupide, lorsque vous devriez remercier votre auguste père du lot qu'il vous a donné ? Ah ! elle est Marthe et vous Marie, et Marie a choisi la meilleure part.

Ces paroles, sans porter tout-à-fait la conviction dans l'âme de la jeune fille, la consolèrent un peu et remirent quelque baume en son esprit malade. Madame de La Châtre, voyant qu'elle avait fait impression, acheva son ouvrage par la peinture exagérée des délices du cloître, par le tableau des honneurs et des respects dont une abbesse était entourée.

— Si je parlais à une personne moins parfaite, je vous dirais que les rigueurs de la règle ne sauraient nous regarder dans la position où nous sommes placées, je vous dirais que vous aurez à votre volonté les triomphes de l'orgueil, les amusements du monde et les pompes de la cour. La clôture ne nous est pas si sévèrement imposée que, sur un prétexte facile à faire naître, nous ne puissions la franchir quelquefois, avec une suite digne de nous. Cela vous importe peu, je le sais, aussi je ne vous en parle que pour mémoire. — Je ne donnerai jamais l'exemple de ces scandaleuses conduites dont quelques abbesses ont défrayé la médisance, madame, vous n'en doutez pas. — Et votre famille, de quelle joie elle est comblée ! Voici une lettre de madame de Guise, votre tante, pleine de félicitations à votre égard, pleine de satisfaction pour son propre compte. Le prince son fils, bien que devenu l'aîné de sa maison par la mort de son frère, se décide à rester archevêque de Reims. Il conserve ses abbayes, et c'est, m'assure madame la duchesse, le plus beau prélat qu'on puisse voir. Cet exemple vous prouve la vérité de ce que je vous disais tout-à-l'heure, il a pu choisir entre l'Eglise et le monde, et il a choisi l'Eglise, lui qui les connaît si bien tous les deux.

La princesse poussa un gros soupir, non pas à l'intention de son cousin, qu'elle n'avait jamais vu et dont elle ne se souciait guère, mais en pensant à elle-même et sans trop savoir pourquoi. Sur cette entrefaite, on vint appeler l'abbesse, elle jeta étourdiment la lettre de madame de Guise tout ouverte sur la table, cria à la jeune novice de l'attendre et se rendit au parloir, où l'attendait une visite importante, celle de l'évêque diocésain.

Restée seule, la princesse se mit à réfléchir. Les discours de madame de La Châtre sur la dignité à laquelle elle devait prétendre, lui revinrent en mémoire et la préoccupèrent beaucoup. Rien ne paraît plus brillant, plus important à une pensionnaire que le gouvernement d'une maison. Les objets frappent sensiblement sur des organes neufs. Un berger disait que s'il était roi, il garderait les moutons à cheval, une jeune personne ne voit rien au-dessus de l'autorité à laquelle elle obéit depuis son enfance.

Lorsqu'elle eut bien songé, comme l'absence de l'abbesse se prolongeait, ses yeux tombèrent sur la lettre de madame de Guise, dont on avait commencé à lui donner connaissance. Elle pensa qu'il n'était point indiscret de la lire, puisque madame l'abbesse l'avait laissée ouverte et la prit, bien plus par désœuvrement que par curiosité. Elle en parcourut les premières lignes avec indifférence, mais quel ne fut pas son étonnement, en la trouvant toute différente de ce qu'on lui avait annoncé!

Non-seulement madame de Guise n'exprimait pas sa joie de savoir sa nièce au couvent, mais encore elle engageait vivement madame de La Châtre à ne plus se prêter aux instances du duc de Mantoue, à bien examiner la vocation de la princesse Anne et à ne point abuser de sa jeunesse, pour l'engager à se faire religieuse par des séductions irrésistibles. Madame de Guise déplorait l'aveuglement de son père qui s'engageait à sacrifier deux filles pour la fortune de l'aînée.

« Je connais Anne, ajoutait-elle, elle n'est pas faite pour le » cloître. L'extrême ardeur de son zèle en fait prévoir la » courte durée. Elle ouvrira les yeux trop tard, elle s'en re» pentira, elle donnera de grands scandales ou elle mourra de » chagrin. »

La princesse relut deux fois cette phrase. Elle tremblait de tous ses membres, une révolution complète s'opérait dans tout son être.

— On me trompait! murmura-t-elle.

Il lui sembla qu'un voile épais tombait de ses yeux, qu'elle découvrait une à une les pratiques et les intrigues employées pour la décider à obéir. Elle entendait la conversation de ceux qui s'étaient joués d'elle. Elle suivait son père et sa sœur Marie, se promenant dans la galerie de leur palais, comptant impatiemment combien durerait sa résistance. Le rouge lui monta au visage, son caractère impérieux et altier se réveilla, assoupi qu'il était sous les langueurs du mysticisme.

— Ah! dit-elle, c'est bien, ils ne me tiennent pas encore!

Et sans attendre l'abbesse, sans laisser à ses gens aucune raison de son départ, elle monta précipitamment à sa cellule, où elle s'enferma.

Son premier mouvement fut de prendre la discipline et de la jeter par la fenêtre avec un geste de rage et de vengeance. Ses doutes se changèrent en certitude, elle se moqua d'elle-même, de sa ferveur, de ses pénitences, de sa bonne foi.

— La lutte est ouverte, pensa-t-elle, il me faudra combattre seule contre mon père, contre l'abbesse et contre l'autorité ecclésiastique peut-être. Qu'importe! je résisterai, j'en aurai la force. J'y périrai peut-être, mais je ne succomberai pas.

Pour commencer, elle ne répondit point lorsqu'on vint l'appeler de la part de l'abbesse, elle ne se présenta ni au réfectoire ni aux offices, allant tranquillement se promener pendant qu'on les chantait. Madame de La Châtre fut instruite le même soir de ce cataclysme, elle envoya une de ses affidées s'informer près de la princesse des causes de sa retraite.

— Je suis malade, répondit-elle brusquement.

Au moment de se coucher, elle vit ouvrir sa porte, et une des assistantes portant une bougie, précédait l'abbesse, qui entra toute émue.

— Vous êtes malade, ma chère enfant, dit-elle avec un air inquiet, et qu'avez-vous? qui a pu vous causer cette indisposition? — Votre déjeuner, madame, le dessert surtout. — Ah! oui, les gâteaux! après un long jeûne comme celui de ce carême, je conçois que vous en souffriez. On vous enverra demain le docteur. — Je vous remercie, madame. — Vous souffrez donc beaucoup que votre humeur est à ce point changée? — Elle l'est bien plus encore que vous ne pensez. — Comment donc? — Je vous en ferai part. — Pourquoi pas à l'instant? — J'ai mal à la tête. — En effet, je ne vous reconnais plus, dit l'abbesse en la fixant jusqu'au fond de l'âme. — Vous me reconnaîtrez encore bien moins plus tard. — Expliquez-vous! — Non, demain. Il ne me plaît pas aujourd'hui, et parmi toutes les prérogatives de la crosse, que vous m'avez détaillées ce matin, celle qui me convient le plus, celle à laquelle je veux m'accoutumer d'avance, c'est de faire ma volonté.

L'abbesse n'en pouvait croire ses oreilles. Elle cherchait en vain la cause d'un revirement d'idées si soudain. Elle voulut essayer de la sévérité; c'était un plomb lancé dans l'avenir.

— Vous savez bien, mademoiselle, puisque vous connaissez si parfaitement mes droits, vous savez que j'ai celui de vous faire obéir. — Oui, lorsque vous serez ma supérieure immédiate, lorsque j'aurai pris autrement que par fantaisie l'habit de votre ordre, mais à présent, non! Je suis pensionnaire, je n'ai point encore reçu la vêture; une exagération de chimère m'a fait me soumettre avant le temps à des pratiques de noviciat extravagantes; mais à dater de demain, je reprends mes habits ordinaires, je redeviens la princesse Anne de Gonzague, avec laquelle madame de La Châtre doit compter quelque peu, et nous verrons ensuite comment tout ceci finira.

L'abbesse la crut folle. Elle ne songeait point à la lettre de madame de Guise. Elle savait qu'enfermée dans sa chambre elle n'avait vu absolument personne. Il lui fut donc impossible d'expliquer ce changement. Très-convaincue qu'elle ne gagnerait rien ce soir, qu'il fallait laisser passer de lui-même cet accès intempestif, elle se leva pour se retirer. La jeune fille l'arrêta par sa robe.

— Vous plairait-il, madame, dit-elle, d'ordonner qu'on me conduise à une autre chambre? cette halle peut être bonne pour un chien de basse-cour, mais non pour une princesse de la maison de Mantoue.

L'abbesse ne voulant pas la contrarier, de peur de l'irriter davantage, lui fit signe de la suivre et marcha devant elle, sans prononcer une parole. La *porte-torche* ouvrait la marche. Elles arrivèrent ainsi à un petit appartement occupé jadis par la princesse, avant que son accès de dévotion l'ait conduite à devancer le temps de son noviciat. Lorsqu'elles furent près de la porte, elle prit la lumière des mains de la religieuse étonnée, et, congédiant l'abbesse d'un geste familier, elle s'enferma sans plus de cérémonie.

Madame de La Châtre, de retour dans son appartement, encore furieuse et surprise de cette scène, trouva sur la table la lettre ouverte et froissée de madame de Guise.

— Ah! pensa-t-elle, maintenant je comprends tout, il faut y renoncer, elle sait qu'on l'a trompée, on n'obtiendra plus rien d'elle. M. le duc de Mantoue ne me le pardonnera jamais.

Elle ne dormit point : la nuit se passa à récapituler les avantages perdus et à tâcher d'en retrouver d'autres comme compensation. Madame de La Châtre calculait à merveille. Elle se demanda si l'appui de la maison de Guise, si un riche mariage procuré à la princesse Anne, ne vaudraient pas bien le duc de Mantoue et ses promesses. Elle pesa le pour et le contre, et le résultat fut en faveur du duc de Mantoue, car elle ne pouvait marier sa fille malgré lui, attendu qu'il n'eût jamais donné de dot, et que les épouseurs ne se seraient pas présentés en foule, malgré la beauté de la princesse.

Aussitôt qu'elle fut éveillée le lendemain, avant même d'aller au chœur, elle s'informa de sa rebelle. Il lui fut répondu qu'elle avait demandé des femmes pour la servir, un consommé et des douceurs.

— On lui a obéi en tout, selon les ordres de madame. Elle a déclaré qu'elle n'irait point à la chapelle, étant très fatiguée et très souffrante. Elle a fait appeler le médecin de la maison et il doit être près d'elle en ce moment. — C'est bien, répliqua madame de La Châtre, continuez. Aussitôt après la messe je me rendrai chez la princesse, vous pouvez le lui annoncer de ma part.

III — PETITE GUERRE

A dater de ce jour tout changea pour la princesse Anne. Elle se sentit au cœur une jalousie et une haine mortelles contre sa sœur, à laquelle elle était sacrifiée. Les reproches, les caresses de madame de La Châtre n'eurent pas plus de succès les uns que les autres, elle fut toujours repoussée avec perte, ainsi que les religieuses et les novices criant au scandale, invoquant tous les saints et se signant dévotement en fermant la porte.

« — Ma bien chère tante, écrivait Anne à madame de Guise, » que je vous ai d'obligations ! que je vous remercie ! Grâce » à vous, grâce à vos bons conseils qui ne m'étaient pas des» tinés, mais dont je profite, j'échappe au malheur, au crime, » car je ne sais où me conduirait le désir de briser cette in» supportable chaîne. Je suis décidée à braver mon père, à » invoquer l'autorité de ma famille maternelle, s'il ne me » reste pas d'autre moyen de m'y soustraire, j'irai au roi, » au pape, j'irai partout. C'est pour embellir son idole, c'est » pour la mettre dans une élévation où elle attire tous les re» gards que le duc de Mantoue veut me dépouiller. Cela ne » sera point. Je suis maintenant aussi dégoûtée du couvent, » des religieuses et de leurs petites pratiques, sans compter » leurs intrigues, que la femme la plus dissipée. Je ne songe » plus, moi aussi, qu'à paraître avec éclat dans le monde, » ainsi que c'est mon droit. Je ne me donne pas la peine de » cacher mes nouvelles dispositions. Toute la communauté » en est surprise, scandalisée. Madame de La Châtre est hu» miliée d'avoir manqué son ouvrage. Je lui déclare nettement » que je ne serai pas au nombre de ses ouailles. »

Tout ce que contenait cette lettre était strictement vrai. La princesse avait une grande qualité : celle de la franchise et d'une loyauté à toute épreuve. Elle ne mentait jamais alors, quelque intérêt qu'elle y trouvât. Plus tard, elle perdit cette vertu dans les intrigues dont elle fit son habitude, mais elle resta convaincue qu'elle la possédait toujours. Elle s'en vanta, beaucoup de nigauds s'y laissèrent prendre. Ce fut une de ses grandes forces pendant la Fronde, où chacun mentait hautement, en se vantant de le faire.

Un système de persécutions s'organisa autour de la pensionnaire rebelle, on ne lui accorda pas un instant de solitude ou de liberté. Son sommeil fut interrompu par des visites intempestives, par des menaces quelquefois exécutées, mais qui n'obtinrent même pas d'elle l'honneur d'une plainte. Madame de La Châtre fut forcée de s'avouer vaincue, en face de cette barre de fer, que rien ne faisait plier. Elle écrivit au duc de Mantoue son impuissance, et celui-ci l'engagea à accorder une trêve, pendant laquelle on agirait autrement.

Anne de son côté, lasse de voir sans cesse une persécutrice dans une femme qu'elle avait d'abord appris à aimer, écrivit à sa tante pour qu'elle fît intervenir les hautes puissances, afin d'obtenir la permission de passer au moins ce temps d'épreuves et de débats près de sa sœur à Avenay.

« — Ce sera toujours un couvent, ajouta-t-elle, mais quelle » différence ! Je sais bien qu'on ne m'y contraindra pas, je » n'aurai plus toujours en face de moi les *in pace* et les pé- » nitences. »

Madame de Guise, peut-être pour contrarier le duc de Mantoue qu'elle n'aimait pas, se déclara l'appui de la victime, elle intéressa le cardinal de Richelieu à son sort, et obtint l'ordre de la laisser aller de Farmoutier à Avenay, sous bonne garde toutefois. Ce fut un coup de foudre pour madame de La Châtre. Elle s'en vengea en petit esprit, en dévote exagérée, en retenant la pensionnaire quelques jours de plus qu'il ne le fallait, et en lui faisant souffrir mille tortures de cloître, dont on n'a pas d'idée dans le monde. Anne supporta tout avec un courage et une fierté tels qu'on ne la crut pas atteinte, elle méprisa ses adversaires et les domina de la hauteur de sa volonté.

La veille du jour fixé, l'abbesse vint chez elle, et essaya quelques protestations hypocrites.

— Vous nous quittez donc, ma chère enfant? — Oui, madame, à votre grande joie et à la mienne tout aussi grande. — Vous ne me rendez pas justice, vous ne vous la rendez pas à vous-même. Il est impossible que vous n'emportiez pas un regret du lieu qui vous a vue naître.—Je n'en emporte pas plus que je n'en laisse. — Mon enfant, vous allez avec d'autres personnes, avec des religieuses comme nous, prenez-y garde, changez de manières, ne vous fiez pas à la tendresse de votre sœur, elle est plus sévère que moi, et si vous vous conduisez ainsi, elle saura bien vous mettre à la raison. — Ma sœur m'aime, madame, et, bien loin de vous seconder, elle me protégera. — Vous avez contre vous Son Eminence. — Je ne le crois pas, il a trop à faire pour s'occuper de moi. — Vous n'avez rien à me dire, rien absolument? — Un seul mot : vous m'avez trompée, ne vous en prenez qu'à vous-même pour ce qui arrive. Si vous m'eussiez parlé franchement je vous aurais aimée et pour vous j'aurais fait un sacrifice dont je n'aurais pas senti la portée en l'accomplissant. Maintenant adieu, j'espère bien ne plus vous revoir.

Et cette créature fantasque, se tournant de l'autre côté, refusa obstinément de répondre davantage. Madame de La Châtre dut se contenter de ce compliment.

Le lendemain de bonne heure, elle quitta l'abbaye avec une suite que lui envoyait madame de Guise, et fut conduite à Avenay où elle tomba dans les bras de Bénédicte, sa sœur chérie, sa compagne d'infortune, plus à plaindre qu'elle, puisque le sacrifice était accompli. La douce et belle abbesse la reçut avec un sourire plus triste que le soleil d'automne. Anne resta effrayée de ce changement, ses joues creuses, ses yeux enfoncés, ses mains diaphanes annonçaient une dissolution lente mais certaine.

— Vous avez de la peine à me reconnaître, ma sœur, dit-elle, vous ne me saviez pas si près de la fin. C'est que j'ai bien souffert!

Pauvre Bénédicte! Chère âme du ciel! Elle avait lutté aussi, mais sans force, sans fermeté. Elle parvenait à reculer le sacrifice, mais non à le fuir. Elle trouvait des prétextes de retard, non pas de rupture. Sa santé s'altéra, elle le vit presque avec plaisir. Cette vie, qu'elle était menacée de perdre, n'était rien, ne laisserait aucune trace, aucun sillage sur cette vaste mer de l'infini, où tout va s'engloutir. Elle en attendait le terme sans joie comme sans regrets, avec l'indifférence d'une créature qui n'a jamais été aimée et qui n'a pas eu le temps d'aimer. Elle écouta les projets de sa sœur, ses plaintes, les reproches qu'elle adressait à son père, comme si elle n'eût pas été de moitié dans tout cela, comme si sa vie à elle eût été arrangée suivant son goût. Elle accueillit ses colères, afin de les apaiser, si cela était possible. Elle excusa même celui qui la tuait à petit feu.

— Mon père a cru que cela devait être ainsi, répétait-elle, c'est à nous d'obéir; ma sœur, je vous aime tendrement, néanmoins vous avez tort.

La princesse Anne ne s'en révoltait que de plus belle, cette placidité passait à ses yeux pour une lâche complaisance, elle en vint à prendre aussi Bénédicte à partie, à l'accuser de s'être trop pressée, de n'avoir pas attendu. Leurs réclamations réunies auraient eu bien plus de force.

— Vous êtes une ambitieuse, la dignité vous a tourné la tête. — Le croyez-vous, ma sœur? répliqua l'abbesse avec son sourire déchirant. Je suis en effet bien récompensée, puisqu'il m'est donné de vous recevoir.

Anne écrivit à tout le monde, au cardinal, au roi, à la reine, à la maison de Lorraine, à la noblesse, au clergé, au parlement, cela ne finissait point.

— Je ne veux pas être religieuse et je ne le serai pas, répétait-elle, pour toute conversation, j'épouserais plutôt le jardinier de l'abbaye. — Calmez-vous! calmez-vous, ma sœur! Tout cela ne sert à rien. Vous ne serez pas forcée, si vous ne voulez pas l'être. — Ah! si vous m'aviez attendue! Qui vous pressait donc? — J'ai obéi, répondait simplement l'abbesse. — Est-ce qu'on obéit à ces ordres-là, quand on s'appelle la princesse Bénédicte de Gonzague, qu'on est jeune et belle comme vous? On se fait enlever, s'il n'y a pas d'autre moyen! — Ma sœur!

Quel chemin avait fait la novice depuis le jour de la flagellation, et comme on va vite dans le mal!

Il vint dans l'idée à la princesse Anne d'écrire à son cousin le duc de Guise, archevêque de Reims, et de se mettre sous sa protection. Il lui envoya très galamment un courrier, avec cette réponse :

» Mademoiselle ma cousine,

» Vous avez parfaitement raison de quitter le cloître, s'il ne » vous convient pas. Il n'est pas de raison d'État qui puisse » obliger une princesse de votre âge à se renfermer, voire » même à se faire abbesse malgré elle. Résistez tant que vous » pourrez, et si vous avez besoin d'appui, comptez sur moi. Je » ne compte pas rester éternellement archevêque; quand je » serai libre, je mettrai mon épée à votre disposition. Je me » flatte qu'elle vous servira plus efficacement encore que ma » crosse et ma mître.

» Le plus passionné de vos serviteurs,

» Henri,

» Archevêque de Reims. »

— A la bonne heure! monsieur de Guise quittera le froc! s'écria la princesse ravie, dans sa haine pour l'Eglise. — Croyez-vous qu'il soit plus heureux dans le monde, et vous, ma sœur, croyez-vous l'être davantage? répliqua la mélancolique abbesse. Ah! les chagrins sont partout et la tranquillité nulle part.

Anne répondit par un sourire d'incrédulité.

— Le bonheur, le repos, c'est la tombe, poursuivit Bénédicte. C'est le ciel, où l'on voit Dieu, qui est toujours juste et toujours bon.

Anne ne comprenait pas; ces deux âmes se ressemblaient si peu!

Deux ou trois mois se passèrent ainsi. Le duc de Mantoue envoyant toujours ses ordres, et sa fille refusant de s'y soumettre. Le prince menaçant des grands moyens, la princesse répliquant qu'elle ne les craignait pas. Enfin un jour, au moment où l'on craignait sans cesse l'arrivée d'un exempt à l'abbaye, pour en enlever la jeune rebelle, un courrier tout en deuil se présenta à la grille. Il apportait une nouvelle inattendue : le duc de Mantoue était mort.

Cette catastrophe produisit un effet bien différent sur les deux intéressées : Bénédicte se jeta à genoux en pleurant et priant pour son âme. Anne se laissa tomber dans un fauteuil, y resta quelques instants stupéfaite, abasourdie, puis elle se releva, appela ses gens et leur donna ses ordres pour le départ.

— Quoi! vous me quittez, ma sœur! s'écria l'abbesse, vous me quittez déjà! — Ce n'est pas vous que je quitte, c'est le couvent, et je ne saurais le quitter trop tôt. Je viendrai vous revoir quand je n'y serai plus forcée. — Et où allez-vous ainsi? — A Paris, près de ma sœur Marie, dans la maison qu'elle habite; c'est ma place à présent. — Avez-vous bien réfléchi? — Qu'ai-je besoin de réfléchir? Je suis libre. — Ah! ma sœur, vous m'aimez bien peu! — Je vous aime tant, Bénédicte, que c'est pour vous, que c'est à cause de vous surtout que je hais Marie. Quand je vous regarde, quand je vois vos souffrances, l'état où vous êtes réduite, et quand je songe qu'elle en est la cause, cela me transporte de furie, il me semble que je la tuerais. Soyez tranquille, vous serez bien vengée. — Je ne demande pas de vengeance, ma sœur, il ne me faut que de la tendresse. Si vous restiez avec moi dans cette retraite, si je pouvais aimer et être aimée, je m'y trouverais plus heureuse que dans le monde. Ici Dieu est plus près de nous, il nous écoute et nous entend mieux. — Bonne et chère Bénédicte! quel dommage! — Ne me plaignez pas, mais aimez-moi, et venez quelquefois me voir, ma chère Anne, je ne vous demande que cela pour vivre, et si vous êtes heureuse je le serai.

Le lendemain de ce jour, après avoir fait passer la nuit à ses femmes pour se faire préparer des habits de deuil, la princesse Anne monta en litière et se dirigea vers Paris. L'abbesse l'avait pressée dans ses bras avec une sainte affection, et, profitant de sa prérogative abbatiale, elle l'avait bénie. Elle resta sur la plus haute tour du vieil édifice pour la voir plus longtemps. Lorsque le dernier homme de sa suite eut disparu à l'horizon, elle regardait encore la route qu'elle avait suivie.

— J'aurais dû peut-être la retenir jusqu'à de nouveaux ordres, se dit-elle, mais l'oiseau était impatient de s'envoler, et d'ailleurs on ne s'en prendra qu'à moi. Adieu donc, ma sœur, vous voilà lancée dans les orages et je reste au port. Hélas! puissiez-vous n'y pas revenir plus blessée et plus mourante que moi!

IV — L'ARRIVÉE

A quelques jours de là, tout était en mouvement dans l'hôtel de Gonzague. La belle princesse Marie, qui depuis la mort de son père avait été passer quelques jours aux Carmélites, y revenait ce soir-là même. On préparait son appartement, que l'on faisait tendre en noir et gris, selon son deuil de fille. Le majordome épiait jusqu'au moindre détail, pour que la riche et puissante héritière trouvât les choses selon son goût et sa convenance. Il donnait dix ordres à la fois, les serviteurs se multipliaient pour les exécuter. Marie impérieuse, impatiente même, ne souffrait point la contrariété. Ses gens le savaient, et maintenant qu'elle était la maîtresse absolue, ils tenaient plus que jamais à la satisfaire.

Au milieu de ce désordre, une litière s'arrêta à la porte, entourée de plusieurs cavaliers. Un d'entre eux demanda très-haut que l'on ouvrît.

— Mon Dieu! voilà déjà madame la princesse, dit en tremblant le majordome, nous sommes perdus! — Ce n'est point elle, je vous assure, répliqua une des femmes, ce ne sont point ses livrées. Tous ces gens ont l'air de reîtres ou de lansquenets; jamais notre maîtresse ne conduirait avec elle une tourbe semblable. — Et qui donc se permettrait de venir nous déranger dans un pareil moment? s'écria l'homme à la baguette d'ivoire. — C'est la princesse Anne de Gonzague, répondit une voix étrangère. Elle vous fait donner l'ordre de lui préparer de suite un appartement. — La princesse Anne, la religieuse? allons donc! elle est à son couvent. — Elle est à cette porte et saura bien vous faire repentir si vous ne lui obéissez pas. — Miséricorde! balbutia l'intendant, que va dire madame!

L'homme qui avait parlé était un des reîtres en question, enrôlés par Anne pour l'escorter pendant la route, tant elle craignait qu'on ne l'enlevât. Il avait l'air disposé à soutenir son dire et vertement. Il n'y avait donc qu'à baisser la tête, à introduire la nouvelle venue et à se mettre à ses ordres. Anne reçut avec plus de hauteur encore que Marie les excuses et les hommages des domestiques.

— Est-ce donc la coutume en ce logis de faire attendre la maîtresse à la porte? demanda-t-elle impérieusement. — Madame... — C'est bon, que cela ne se renouvelle plus. Conduisez-moi vers ma sœur. — Madame la princesse n'est point en cet hôtel. — Où est-elle donc alors? Déjà à quelque divertissement. — Madame la princesse est aux grandes Carmélites depuis la perte qu'elle a faite, elle reviendra ce soir. — On voit bien qu'elle n'a pas passé sa vie au couvent, qu'elle est si pressée d'y retourner, grommela-t-elle. Conduisez-moi donc à mon appartement, que j'ôte mes coiffes, en attendant qu'elle arrive. — C'est que... c'est que... — Eh bien? — On n'attendait pas madame, et rien n'est prêt pour la recevoir. — Voici cependant de grands préparatifs, ce me semble, voici des pièces somptueusement meublées. — C'est la chambre, ce sont les salles de madame la princesse Marie. — Ah! fort bien! c'est juste, elle est l'aînée. Mais n'y a-t-il qu'un seul appartement dans l'hôtel de Gonzague? — Les autres ne sont pas tendus. — Eh! qu'importe! on les tendra plus tard, mais qu'au moins je me repose.

Après toutes ces difficultés et beaucoup d'autres, la princesse Anne fut enfin introduite dans une grande chambre, inhabitée depuis longtemps, où tout manquait, où le jour pénétrait à travers de petits vitraux enchâssés de plomb. Elle éprouva un sentiment de tristesse en se trouvant ainsi seule avec des étrangers dans la maison de sa famille. Une larme vint à sa paupière, et cependant Anne de Gonzague était passionnée, mais ce n'était pas une de ces âmes tendres qu'un rien blesse et meurtrit. Elle se hâta d'essuyer cette larme et de rendre à sa physionomie son expression habituelle. Il lui fallait combattre sa sœur à armes égales, et elle savait de longue main quel caractère elle aurait à braver. Elle se fit coiffer, elle donna à ses habits le meilleur tour possible, jeta un coup-d'œil à son appartement et donna des ordres pour les choses les plus pressées, ensuite elle attendit.

Moins de deux heures après, Marie de Mantoue arrivait à son tour. Tous les jeunes seigneurs s'étaient fait inscrire chez elle et plus de cinquante pages ou écuyers guettaient à la porte son retour, pour aller en prévenir leurs maîtres. Parmi eux se remarquaient les livrées de M. le duc d'Enghien, depuis le grand Condé, et celles du marquis de Cinq-Mars, grand écuyer de Louis XIII. Cachée derrière son rideau de brocatelle, la princesse Anne avait tout vu, tout remarqué, elle alla au-devant de sa sœur jusqu'au palier du logis, l'accueil qu'elle reçut d'elle dut peu flatter sa vanité et son cœur.

— Quoi! dit Marie, mademoiselle Anne ici! c'est impossible! — Me voilà cependant, ma sœur, enchantée de vous revoir et de partager avec vous la demeure paternelle.

Marie fronça le sourcil.

— Qui vous a appelée? demanda-t-elle. — Personne. Avais-je besoin qu'on *m'appelât* pour habiter ma maison? — Votre maison... — Oui, ma maison, je suppose. Elle est autant à moi qu'à vous. — Nous verrons de ce que diront de cette équipée le roi et Son Eminence. — Monsieur le cardinal a déjà eu la bonté de m'écrire que j'étais libre de ma personne, si mon père ne me contraignait pas; or mon père ne me contraindra plus, je suppose. Quant au roi, je le verrai demain. — C'est bien, ma sœur! Si à votre âge vous voulez être votre maîtresse, je n'ai rien à répondre.

Anne s'inclina avec fierté, en marchant à côté de Marie, et lorsqu'elles furent arrivées à l'antichambre de l'appartement principal :

— Vous vous êtes installée ici, je pense, et il me faut chercher un autre gîte? — Non pas, ma sœur, vous êtes l'aînée. — Ah! c'est encore plus que je n'attendais de vous!

Et sans rien ajouter davantage, la princesse entra dans sa chambre, n'invitant même pas sa sœur à la suivre.

— Insolente et lâche idole! pensa celle-ci. Tu crois peut-être trouver un esclave de plus, mais tu apprendras que je suis ton égale et que je ne te céderai en rien.

Elle se fit éclairer jusque chez elle, y fit monter son repas du soir et se coucha, ne cherchant pas à revoir Marie, qui de son côté garda la même réserve.

— Cela commence mal entre nos jeunes maîtresses, disaient entre eux les principaux domestiques. Nous allons avoir bien de la peine à les contenter.

Le lendemain de très-bonne heure, Anne envoya chercher les joailliers et les tailleurs à la mode. Elle donna des ordres pour qu'on lui fît sur-le-champ les habits les plus magnifiques, elle acheta les bijoux les plus brillants, les uns pour le temps de son deuil, c'est-à-dire le jayet et les perles noires, les autres pour lorsqu'elle en serait *débarrassée*, selon son expression. Elle se fit ajuster sur-le-champ un habit de la laine la plus fine et la plus soyeuse, avec des pleureuses et des crêpes, le roi étant par extraordinaire au Louvre, afin de se rendre près de Sa Majesté. Elle monta sa garde-robe, ordonna sa suite et ses équipages, comme si elle eût été seule au monde, sans en parler à sa sœur et sans la consulter. La maison de Mantoue était cependant fort ruinée; on ne savait où prendre l'argent pour suffire à ce train, la jeune fille n'y daigna pas faire attention.

— Tout cela s'arrangera, dit-elle.

Les deux princesses dont la lutte commençait, y entraient avec des avantages très-divers. Marie était incontestablement la plus belle, bien que Anne fût charmante. Mais Anne était de beaucoup plus spirituelle, la plus instruite et la plus rusée. L'une frappait plus que l'autre; mais, après une longue connaissance, Anne devait triompher de Marie, même sur l'esprit le plus prévenu. Elles étaient toutes les deux également fières, également impérieuses, cependant la plus jeune étant la plus adroite, l'emporterait indubitablement. Elle le savait et ne s'effrayait point de la résistance à laquelle elle s'attendait. Sans s'inquiéter donc de ce que penserait sa sœur, sans lui faire demander si elle souhaitait venir avec elle, Anne, élégamment parée, enveloppée de ses voiles noirs, qui rehaussaient ses cheveux blonds et la rendaient mille fois plus charmante, se mit en chemin dans un des carrosses appartenant à sa maison, et se fit conduire au Louvre.

Ce n'était pas une petite hardiesse que d'y arriver seule, sans aucun de ses parents, sans amis, sans protection. Tout autre qu'elle eût reculé devant une pareille démarche, mais la princesse de Gonzague avait déjà cette ténacité d'idées, dont elle a donné depuis tant de preuves. Sa confiance en elle-même, la conscience de sa force, poussait au plus haut degré cette certitude de bien faire, qui donne tant de courage et qui conduit si bien certains caractères à leur but.

Arrivée au palais, elle envoya son écuyer, selon le cérémonial, demander humblement à Leurs Majestés la permission de se présenter devant elles en deuil, lorsqu'elles n'y étaient pas elles-mêmes, elle se fit annoncer et sollicita une audience secrète, ou plutôt particulière du roi, qui, ne sachant pas ce que signifiait une pareille demande, donna ordre de l'introduire, beaucoup par curiosité, beaucoup dans l'intention de la morigéner, s'il y avait lieu.

La princesse traversa les appartements remplis de courtisans et de dames, qui tous la regardaient. Elle ne montra ni embarras, ni effronterie, et surprit tout le monde par la mesure juste et précise avec laquelle elle saisit l'attitude la plus convenable. On la trouva jolie, on la trouva gracieuse. Son pas majestueux et son visage distingué obtinrent tous les suffrages. Seulement on s'étonna. Les conjectures se firent jour, chacun voulut en savoir plus que son voisin sur cette arrivée intempestive, et l'on ne parla d'autre chose jusqu'au lendemain.

Anne fut introduite dans le cabinet du roi, où Sa Majesté était seule. Louis XIII avait la physionomie imposante et sévère quand il le voulait. A l'aspect de la jeune fille, il fronça le sourcil, et lorsqu'elle s'agenouilla à la porte, dans l'attitude de l'humiliation et de la prière, il ne fit aucun geste pour l'en empêcher.

— Vous voilà, mademoiselle, lui dit-il, et seule, et sans un seul membre de votre famille, vous marchez ainsi, et vous osez!... Je ne sais qui me tient de vous faire conduire à la Bastille, ou dans quelque couvent, dont vous ne sortirez plus.

Anne ne se sentit pas effrayée, elle s'attendait à cette réception. Elle laissa à la colère royale le temps de s'exhaler, conservant toujours son humble attitude et se gardant bien d'en interrompre l'explosion.

— Vous êtes arrivée aussi probablement, sans prévenir personne, pas même votre sœur, et d'où venez-vous? — De l'abbaye d'Avenay, sire. — Où êtes-vous descendue? — A l'hôtel de Mantoue. — Et que venez-vous faire? que voulez-vous? — Je suis orpheline, sire, dit-elle d'une voix émue. — Je le sais bien, ce n'est pas une raison pour courir les grands chemins. — Je n'ai ni appui ni protection à attendre d'une famille pour laquelle je suis étrangère, que je n'ai jamais connue et qui ne m'aime point. — Eh! bien? — Eh! bien, sire, vous êtes Louis le juste, Louis le bon, Louis le bienfaisant, vous aurez pitié d'une pauvre jeune fille, que tout abandonne, vous ne souffrirez pas qu'il lui soit fait violence, vous ne souffrirez pas qu'on la prive de ses droits, de son héritage, de tout son bonheur sur la terre. J'aurais pu aller chercher madame de Guise et la prier de me conduire à vos pieds, ou quelqu'autre des parents de ma mère, j'ai préféré venir seule. J'ai préféré me présenter armée de ma jeunesse, de mon malheur, devant vous, le réparateur de tous les torts, le père de vos sujets. J'ai eu confiance en cette bonté, en cette justice, si connues de tous, j'ai rejeté les intermédiaires, ne voulant rien tenir que de Vous seul. Maintenant, sire, si je me suis trompée, punissez-moi, rejetez-moi, faites-moi reconduire dans ce couvent d'où je sors et où je ne saurais vivre longtemps : vous en êtes le maître, je me soumets d'avance et je ne murmurerai point. Je resterai à vos genoux jusqu'à ce que vous daigniez me tendre votre main royale, jusqu'à ce qu'elle s'étende vers moi et qu'elle me soutienne. Vous pouvez tout, vous pouvez me rendre à la vie, et chaque jour en sera consacré à vous bénir.

A mesure qu'elle parlait, ainsi que toutes les personnes d'une imagination vive et passionnée elle s'exaltait elle-même, elle se remplissait de son sujet, et ses larmes coulaient belles et brillantes sur ses joues comme des perles. Elle était réellement charmante ainsi, le roi l'avait regardée, et tout insensible que Louis le chaste fût à la beauté, il se laissa séduire par le double poison de la louange et de la grâce. Il ne voulut point l'interrompre, il la laissa continuer jusqu'à la fin, c'était pour lui une sorte de plaisir très délicat que d'entendre cette voix fraîche et jeune qui le suppliait.

Lorsqu'elle cessa et qu'elle fit quelques pas toujours sur ses genoux, le roi se leva pour la première fois, s'approcha d'elle et lui tendit la main qu'elle essaya de baiser. — Non, dit-il, non, mademoiselle. — Sire... — Répondez à mes questions et soyez franche, de cette franchise dépendra ma décision. Est-il bien certain que vous n'ayez vu personne depuis votre arrivée, et que vous n'ayez rien demandé à personne? — Cela est certain, sire, je vous en donne ma parole. — Pas même monsieur le cardinal?

Il prononça ces mots timidement, comme un écolier qui craint d'être pris en faute.

— Pas même monsieur le cardinal. Qui donc aurais-je pu voir, à qui donc aurais-je pu m'adresser, si ce n'est à mon roi, à mon maître?

Ceci flatta plus Louis XIII que si elle lui eût récité trois pages de compliments. Il était donc encore le *maître* chez lui. Il existait donc encore des êtres en France qui venaient à lui directement, qui lui croyaient de la puissance et qui le comptaient pour quelque chose? Son cœur s'ouvrit à la clémence, à la miséricorde, et, pour remercier la princesse Anne, il lui eût accordé en ce moment bien plus qu'elle ne demandait.

— Vous n'avez point parlé de votre démarche à madame de Guise, à madame de Nemours, à aucune des princesses? — Non, sire. — A... à la reine? — Non, sire. Je suis arrivée hier au soir à la nuit, je n'ai vu qui que ce soit, sauf ma sœur. — Vous avez donc eu confiance en moi, confiance entière ; c'est bien, et vous en serez récompensée. Je ne sais ce que vous avez fait, quelle faute vous avez commise, mais vous pouvez compter sur toute notre indulgence. — Je n'ai point commis de faute, sire. Seulement je n'ai point de vocation pour le cloître, et je n'y veux pas entrer. — C'est juste. Mais qui vous y force? — Mon père, de son vivant, l'exigeait impérieusement de moi, et maintenant ma sœur, je crois, serait disposée à continuer cette persécution, si le roi m'abandonnait à son pouvoir. Elle est mon aînée, nous sommes orphelines... — Le roi est le père des orphelins en France, je ne souffrirai pas qu'on vous attache de force à l'autel, Son Eminence me secondera. Ne craignez rien. Et que comptez-vous faire? — Rester ici, à l'hôtel de Nevers, près de ma sœur, vivre avec elle, comme elle, rendre mes devoirs à Votre Majesté, me présenter à la cour selon mon rang, jusqu'à ce que... — Jusqu'à ce que un bon mari vous rende l'exercice de vos droits et vous ôte ma tutelle, n'est-ce pas? C'est à cela que visent les jeunes filles, et je n'y vois rien que de raisonnable. Il est impossible de vous en blâmer. Vous n'avez plus maintenant de compte à rendre qu'à Dieu et à moi, je vous laisse libre d'habiter l'hôtel de Nevers, de l'habiter honnêtement, entendez-vous? Point de coquetteries, point d'intrigues, car alors... gare le couvent! Vous y resterez, ainsi que vous le demandez, près de votre sœur, et si elle vous tourmente, vous aurez soin de me le dire. Etes-vous contente maintenant? — Ah! sire, comment vous témoigner jamais ma reconnaissance! — En me restant dévouée, en n'ayant confiance qu'en moi, en vous conduisant bien, pour qu'on ne me blâme pas de vous protéger. Vous pourrez voir maintenant la reine et le cardinal. Vous pourrez voir votre famille. Vous pourrez leur dire que je vous ai reçue et comment je vous ai reçue. Vous viendrez ensuite passer quelques jours à Saint-Germain, la reine aime votre sœur, elle vous aimera. Vous me semblez tout aussi résolue qu'elle, mais vous avez plus d'esprit. Elle n'eût jamais trouvé votre harangue de tout-à-l'heure. D'ici à quelques mois, je vous chercherai un seigneur, qui me conviendra, qui vous conviendra, et vous serez heureuse, je vous en réponds.

Anne baisait la main du roi, en signe de remerciement et de reconnaissance, lorsque la porte s'ouvrit, et un jeune homme, vêtu avec une magnificence splendide du ravissant costume de cette époque, entra sans cérémonie, sa petite canne à la main. Il toucha le bord de son chapeau, sans l'ôter de sa tête et dit au roi, d'un air de condescendance et de familiarité :

— Eh! bien, sire, êtes-vous satisfait? Je retournerai avec vous demain à Saint-Germain, si vous le voulez encore, à condition que ce ne sera pas avant midi, car je me lèverai tard

Le fier jeune homme, qui parlait si haut à Louis XIII, était Henri d'Effiat, marquis de Cinq-Mars, son favori et son ami de cœur, comme il l'appelait. Il avait alors vingt ans, tout au plus. Il était beau comme Apollon, spirituel et brave, il possédait toutes les qualités qui devaient le conduire au pinacle, et l'y maintenir, s'il eût traité la Fortune avec plus de cérémonie. Mais il la prit en maîtresse légère, et elle lui répondit par une féroce coquetterie, elle lui montra la place élevée où il osait prétendre et rester, puis l'abandonnant subitement, elle le laissa marcher à la mort.

Il était alors grand-écuyer de France, — cette place avait déjà porté bonheur à monsieur de Luynes, et fait un grand seigneur d'un petit compagnon. Cette dignité ne lui suffisait pas, il voulait être duc et pair, il voulait l'épée de connétable, il voulait épouser une princesse de maison souveraine, et il avait pour cela jeté les yeux sur Marie de Gonzague. Monsieur le Grand, ainsi qu'on l'appelait, eût été dans toute autre position un fat insupportable; mais la fatuité n'est autre chose que la présomption déplacée, et que ne pouvait pas présumer de lui et de son étoile, un homme de cet âge dans une pareille position? Tout conspirait à l'enivrer : son lever était comme celui du roi ou du cardinal. Deux cents gentilshommes le suivaient à la cour, il surpassait tous les courtisans par la magnificence de ses habits, la noblesse, le charme de son visage et les agréments de ses manières.

Tel était l'importun qui brisa d'une manière si inattendue l'entretien du roi et de la princesse Anne. Dès que Louis XIII le vit paraître, il devint très-rouge, retira sa main et prit un air de mauvaise humeur, en repoussant presque la jeune fille.

— Je vous dérange, sire, continua l'insolent jeune homme, en saluant cependant l'étrangère, chose tout-à-fait contraire à l'étiquette, qui défendait de saluer personne devant le roi. — Vous ne me dérangez point, monsieur le Grand, vous ne me dérangez jamais, vous le savez bien. L'audience de cette demoiselle est finie. Allez, allez, maintenant, princesse Anne, allez chez la reine de ma part, je lui parlerai ce soir, puis allez chez le cardinal, soyez sage et vivez bien avec votre sœur. — Ah ! la princesse Anne de Gonzague ! dit le grand-écuyer d'un ton embarrassé. — Elle-même, petit, à qui j'ai pardonné et à qui je veux que tout le monde pardonne.

Anne sentit qu'elle était de trop, elle sentit chez le favori une mauvaise disposition pour elle, bien qu'elle n'en devinât pas le motif, c'était le moment de se retirer. Faisant au roi une profonde révérence, elle sortit du cabinet, sans rendre à M. de Cinq-Mars son salut déplacé. Le regard du roi et celui du grand-écuyer ne la quittèrent que quand la porte se fût refermée sur elle.

Lorsqu'elle entra dans la pièce suivante, elle y trouva un grand nombre de personnes, étonnées de sa longue audience et curieuses de l'en voir sortir. Un nouvel astre se levait peut-être à la cour, pensait-on. Mademoiselle d'Hautefort et mademoiselle de la Fayette, ces chastes maîtresses du plus chaste des rois, pouvaient être remplacées par une affection moins pure et plus solide. Chacune examina les traits de la princesse, aussi calmes et aussi tranquilles que si elle quittait sa chambre. On en conclut ou qu'elle était bien rusée, ou qu'elle n'avait aucune raison de s'agiter. Dans le doute on s'empressa autour d'elle. A la cour, on peut risquer une politesse, cela se retrouve et se rend.

Au milieu de cette foule dorée, un homme, dont la grande taille dépassait les autres, dont l'habit ecclésiastique, d'une magnificence théâtrale, attirait tous les regards, s'avança avec intérêt vers la princesse. Cet homme c'était Henri de Lorraine, duc de Guise, archevêque de Reims.

— Ma belle cousine, dit-il, je suis trop heureux de vous rencontrer, disposez de moi.

La princesse Anne ne l'avait jamais vu, pourtant elle le reconnut sur-le-champ, et le sang lui monta au visage. Lui seul pouvait réunir tant d'avantages à la fois, et c'était bien là celui dont elle avait tant entendu vanter les mérites de toutes sortes. Malgré l'émotion dont elle fut saisie, rien ne lui échappa; elle le jugea et l'apprécia à ce premier coup d'œil, non pas avec justesse, c'était trop demander à une fille de son âge, mais, à ce qu'elle crut, avec certitude.

M. de Guise avait la figure, l'air et les manières d'un héros de roman, et toute sa vie a porté l'empreinte de ce caractère. Il était, ainsi qu'on l'a vu, d'une grande taille, admirablement bien fait, non pas comme Antinoüs, mais comme Hercule jeune. Ses membres très proportionnés, la souplesse de ses mouvements, révélaient une force peu commune, et une adresse tout aussi rare. Il était en effet de première force à tous les exercices d'académie, et personne ne l'égalait dans sa façon de manier les armes et de s'en servir. Il avait les cheveux d'un blond magnifique, les yeux bleus, un peu enfoncés dans leurs orbites, le nez droit et dessiné à la romaine, comme celui d'une statue antique, les lèvres vermeilles, les dents admirables, le teint blanc et animé. Il portait dans sa physionomie cette marque indélébile de la grandeur, mais aussi d'une vie destinée à des épreuves ou à des vicissitudes de toutes sortes. C'était un de ces êtres à qui la Providence prête toutes les chances, qui pourraient s'ils voulaient suivre courageusement leur route, parvenir à des destinées prodigieuses, et qui restent en arrière cependant, faute de suite dans les idées, faute surtout de ces principes solides et arrêtés, sans lesquels l'ambition n'est qu'un leurre.

La magnificence régnait dans la personne d'Henri de Guise et dans ce qui l'entourait. Sa conversation avait un charme particulier; ce qu'il disait, ce qu'il faisait annonçait un homme extraordinaire. L'ambition et l'amour le dominaient. Ses projets, à force d'être vastes, étaient chimériques ; mais avec un nom aussi illustre, une valeur héroïque et un peu de bonheur, rien n'était au-dessus de ses espérances. Il avait ce don de se faire aimer de ceux à qui il avait intérêt de plaire, particulier aux princes de la maison de Lorraine. Léger dans ses attachements, inconstant dans ses désirs, précipité dans l'exécution, il gâta ses brillantes qualités par leur exagération même. Jamais personnage historique n'eut autant l'encolure d'un héros fabuleux, jamais existence ne fut plus romanesque que la sienne. En l'écrivant tout entière, je n'invente rien, mille preuves en font foi, et j'aurai pourtant pour lecteurs incrédules tous ceux qui n'ont pas fouillé les rayons des bibliothèques et qui n'ont pas passé leurs veilles en compagnie des siècles passés.

Ce jour-là, en apercevant Anne, il fut frappé de sa beauté, du charme qu'elle répandait autour d'elle, et n'hésita pas à la suivre. Il ne se piquait point d'une régularité canonique, sa galanterie était proverbiale, et bien que madame de Guise sa mère, plus ambitieuse et plus intrigante que lui, rêvât pour son fils la tiare, il n'en conservait pas moins le dessein très arrêté de jeter le froc aux orties et de faire souche de princes lorrains, descendants de Charlemagne.

— Vous allez chez la reine, mademoiselle, lui dit-il. Je vous y accompagnerai et je vous présenterai moi-même à Sa Majesté, puisque vous voilà toute seule. Un prélat est un fort bon introducteur près de la reine de France, un prélat destiné à sacrer bientôt son fils peut-être. — Vraiment, monsieur, demanda la princesse d'un air fin, croyez-vous que ce soit là votre vocation ? — Comme la vôtre de rester à Farmoutier, ou bien à Avenay, mademoiselle. — Pour cela, je suis obligée de vous croire.

La princesse Anne fut encore arrêtée bien des fois avant d'arriver chez la reine par des dames ou par des seigneurs, qui tous lui offraient des compliments de bienvenue. On savait qu'elle était restée longtemps avec le roi, on la voyait en compagnie de M. de Guise, il n'en fallait pas davantage, et chacun la saluait.

Elle rencontra, heureusement pour elle, madame de Guise sur le haut du degré, et celle-ci s'empara de sa conduite, après une petite mercuriale, à laquelle la nièce se soumit de bonne grâce. Le galant archevêque n'en resta pas moins près d'elles, annonçant tout haut son désir de visiter souvent l'hôtel de Nevers, maintenant qu'il y trouverait deux cousines au lieu d'une. Anne ne se troubla point de ce propos, son apprentissage de la cour et du monde était déjà fait. Elle n'avait plus à craindre de chute.

La reine la reçut à merveille. Le cardinal la reçut encore mieux, il aimait la maison de Mantoue. Elle rentra donc le soir à l'hôtel triomphante, sûre de son avenir, certaine surtout que sa liberté ne lui serait pas ravie.

V — INTRIGUES

Maintenant qu'elle était tranquille au dehors, la princesse voulut s'assurer également la paix intérieure. Après y avoir beaucoup pensé, après s'être reposée quelques instants, elle se dit que la meilleure manière de l'obtenir était de commencer sur-le-champ à en exécuter les moyens, et elle fit demander à sa sœur une demi-heure de conversation particulière. Marie était à sa toilette, elle attendait le soir ses visiteurs ordinaires, après le souper de la reine, où elle n'allait point, à cause de son deuil. Il devait encore s'écouler plus de deux heures avant qu'elle reçût personne; elle aussi elle désirait s'expliquer avec celle qui venait si hardiment se jeter dans sa vie, elle lui fit dire qu'elle l'attendait et qu'elle la priait de venir sur-le-champ.

Anne, en s'approchant de la toilette de sa sœur, fut frappée de sa beauté. Elle eut l'adresse de le lui laisser voir, et cette espèce d'hommage involontaire prépara admirablement les voies pour un entretien aussi délicat.

— Me permettrez-vous d'achever ma coiffure avant de vous entendre, ma sœur? dit l'aînée d'un air tout aimable, après je suis entièrement à vous.

Anne consentit par un signe de tête, et se mit à regarder autour d'elle. Le cabinet de toilette était d'un goût sévère, mais fort élégant. Il ne tenait pas encore du colifichet, comme celui de nos grand'mères du dix-huitième siècle. Le style de ce temps, beaucoup plus grave et plus châtié, avait plus de magnificence, surtout plus de véritable grandeur. Le deuil ne s'étendait pas jusqu'à ce réduit intime, où l'usage n'introduisait pas les visites; mais les amis, les amants, les amies en franchissaient souvent le seuil, et la princesse Marie se tenait fort souvent dans cette petite pièce, sorte de retraite fort propre à la rêverie comme à la conversation.

Après quelques minutes, Marie renvoya ses femmes, jeta un dernier coup-d'œil à son miroir, et, se retournant vers la princesse Anne :

— Me voilà à votre disposition, lui dit-elle. — Ma sœur, répliqua celle-ci, j'ai voulu vous voir aujourd'hui même, parce qu'il s'agit de notre avenir à toutes deux, et qu'un jour de plus me semblait long à mettre encore entre nous. Il faut nous expliquer franchement, nous tout dire, convenir de nos faits et nous serons après très heureuses ensemble. — Je ne demande pas mieux, répliqua Marie. — Eh bien! ma sœur, parlons net : vous ne m'aimez pas, je ne vous aime guère, vous m'avez vue arriver avec chagrin et vous seriez charmée qu'on me renvoyât comme je suis venue.

Marie hésita un instant, elle était moins franche que sa sœur; cependant par fierté elle ne voulut pas rester en arrière et répondit :

— Cela est vrai. — Eh bien! ma sœur, reprit-elle dans les mêmes termes, prenez-en votre parti, on ne me renverra pas.

La princesse fit un mouvement.

— Le roi m'a assurée de sa protection, puis la reine, puis Son Eminence, puis tout le monde. J'ai été admirablement reçue : madame de Guise, M. l'archevêque, c'est à qui me fêtera. Me voici donc parfaitement tranquille, toute ma charité chrétienne ne va pas jusqu'à en être fâchée afin de vous faire plaisir. Avec qui avez-vous été à la cour? demanda Marie après un instant de silence. — Seule. — Quoi! vous avez été seule chez le roi? — Oui, ma sœur, et j'ai bien fait, car un tiers aurait gâté mes affaires. — Vous êtes réellement très hardie, mademoiselle. — Je ne le nie pas, mademoiselle, nous sommes sœurs en cela, comme en beaucoup d'autres choses. C'est pourquoi il faut nous entendre et traiter ensemble de puissance à puissance.

Marie songea que sa sœur avait raison, et qu'il n'y avait rien à gagner contre un champion de cette force-là.

— Voyons, reprit-elle.

L'esprit de la cadette était si supérieur à celui de l'aînée, que celle-ci en reconnaissait malgré elle la suprématie. Elle attendait les conditions qu'elle eût été incapable de dicter, se réservant le droit de les accepter néanmoins à son bon plaisir.

— Je resterai ici, *chez nous*, j'y serai traitée comme vous-même, j'aurai ma part de fortune, j'aurai ma maison comme vous, tout en réservant votre droit d'aînesse, auquel je n'ai pas la prétention de toucher. Je vous cède sans conteste le pas et la main, je vous abandonne les honneurs qui reviennent au représentant de la maison de Gonzague, sans penser davantage à vous les discuter que si vous portiez des hauts-de-chausses et un juste-au-corps.

Marie s'inclina. C'était quelque chose, c'était beaucoup.

— Vous commanderez, vous déciderez, je ne vous contrarierai point, je vous obéirai même, lorsqu'il ne me semblera pas contraire à mon intérêt, ou à mon plaisir de le faire. Je vous promets de respecter vos vingt et un ans, de les vénérer en public autant que la matrone la plus consommée peut y prétendre. Quant à la maison, les choses, si vous m'en croyez, s'arrangeront avec la même facilité. D'abord, il faut tâcher d'oublier nos querelles et de nous attacher l'une à l'autre.

Marie recommença son mouvement.

— C'est difficile, je le sais, surtout pour moi, qui, depuis mon enfance, suis votre victime; mais nous serons bien plus fortes si nous nous unissons réellement et si nous ne nous contentons pas d'en avoir l'air. Nous sommes orphelines, Marie, seules au monde, on peut prendre notre bonheur pour un instrument d'ambition et faire de nous des martyres. Séparées, on en viendra facilement à bout; réunies, nous nous défendrons. Commençons donc une ligue d'intérêt, l'affection viendra ensuite.

Marie sentit la force de ce raisonnement, elle lui tendit la main, en disant :

— Vous avez raison. — Bien! voilà un premier pas de fait. Le reste s'ensuivra. Je continue : Si nous ne sommes pas d'accord, si des rivalités s'élèvent entre nous, cachons-le. Que la cour tout entière croie à une union patriarcale, à une affection inattaquable. Ne nous dissimulons rien, servons-nous mutuellement, formons une sainte ligue à nous deux, contre ce monde où nous n'avons que des ennemis. Si vos sentiments se combattent avec votre devoir, dites-le-moi, je me mettrai franchement du côté où votre intérêt penchera. Vous en ferez de même pour moi. Ensevelissons nos fautes, ne les avouons point, soyons-nous mutuellement secourables, avertissons-nous des piéges, confions-nous les préférences aussitôt qu'elles naîtront, et soyons prêtes à les sacrifier pour le bien de la cause. Il faut que cet excellent cercle qui nous entoure sache qu'en offensant l'une on offense l'autre, qu'en aidant l'une on aide l'autre, qu'en parlant à l'une on parle à l'eutre. Il faut que l'on nous respecte comme si nous avions au poing la lance de nos ancêtres, et que nous imposions jusqu'à nos faiblesses.

Marie ne pouvait en croire ses oreilles. Une fille de seize ans, élevée dans la retraite, concevoir de pareils projets! Elle comprit la raison de ce plan de conduite, elle comprit, surtout, quelle ennemie dangereuse elle se ferait en ne devenant pas son amie.

—Nous devons, par notre rang, être comptées partout, nous devons être de toutes choses, nous devons avoir les premières places après la famille royale. Ne nous amusons pas à épargner notre fortune, elle est trop peu considérable, entre nos mains elle doit être un moyen, non pas un but. Il faut nous marier. A vous, il faut un trône... quelque chose d'approchant, et nous y arriverons, si nous suivons cette route. Vous êtes très belle, je ne suis point mal faite, nous avons de l'esprit; il ne doit pas se tirer un coup de canon en Europe que ne l'ayons chargé.

Cette conversation révéla ce caractère. Dès cet âge, Anne préludait à ce qu'elle fut plus tard. En ce moment où l'amour ne parlait point encore à son cœur, l'ambition remplissait déjà son âme, elle voulait tout voir et tout savoir, elle voulait *être de tout*, selon son expression. Marie l'avait écoutée avec une attention vive, de ce moment elle la connut et la craignit. Anne, dès-lors, avait ville gagnée.

— Est-ce tout? demanda l'aînée. — Tout, quant aux généralités, les détails viendront à mesure. — Je vous ai écoutée sans vous interrompre, et vous avez parlé comme un docteur. Anne, vous avez fait entrer la conviction dans mon esprit, j'accepte, j'approuve; rien n'est plus sage, et je vous promets de n'y pas manquer.—C'est bien, notre foi est engagée, et nous montrerons que nous sommes des filles de chevaliers.—Pour commencer, vous viendrez ce soir me rejoindre, nous recevrons ensemble, je vous ferai connaître à ceux qui fréquentent d'habitude cet hôtel. Ils vous recevront ainsi qu'ils le doivent, comme la seconde maîtresse de céans. — C'est bien, j'y serai. — Ce n'est pas tout. Pour vous prouver combien je suis disposée à accepter vos propositions, je vous donnerai l'exemple de la franchise et je vous ferai une confidence. — J'écoute. — Parmi les hommes que vous verrez ce soir, un ne m'est pas indifférent, et c'est le plus beau, le plus vaillant, sinon le plus noble. —Miséricorde! une mésalliance! — Soyez tranquille, le rang y est, si la naissance manque de l'éclat de la nôtre, et le grand-écuyer n'est pas... — Quoi! monsieur de Cinq-Mars! — Il m'aime, il me l'a dit, je l'aime également, et nous espérons amener le roi à nous unir. — Vous, ma sœur, épouser monsieur d'Effiat! — Il est gentilhomme. — C'est bien juste. — Il est favori du roi. — Pourvu que cela dure. — Il sera connétable, duc et pair. — Il ne l'est pas encore. D'ailleurs, cela suffit-il? N'avez-vous pas une ambition plus haute? Ma sœur! ma sœur! j'aurai bien de la peine à servir cela; je verrai.—Et le pacte! *faisons respecter jusqu'à nos faiblesses*. Ne l'avez-vous pas dit? — Oui, respecter des autres, si nous ne pouvons les vaincre. Mais d'abord essayons. — Oh! ma sœur, il n'est plus temps, je l'aime!

Anne se rappela le joli visage qu'elle avait vu, le matin, dans le cabinet du roi, cet ajustement si élégant, de si bon air. Ces manières si délicieusement impertinentes, enfin tout ce qui constituait un raffiné de la plus haute distinction, et elle comprit qu'on pût aimer ce petit d'Effiat, justement parce qu'il avait l'âme plus fière et les désirs plus élevés que sa source première.

— Eh bien! continua Marie, qu'en dites-vous! — Je dis qu'il m'intéresse et que... nous verrons ce soir.

Après ces confidences et ces concessions mutuelles, les deux sœurs s'embrassèrent, sinon tendrement, du moins franchement. Elles se sentirent heureuses d'avoir brisé la glace élevée entre elles, et commencèrent à ressentir les bons effets de cette union qu'elles s'étaient jurée. Marie s'informa si sa sœur avait toutes les choses nécessaires à sa toilette, et s'offrit à les lui prêter.

— Il ne me manque rien, merci. — Déjà! vous ne perdez pas de temps! — Jamais, vous le voyez bien, et j'ai eu celui d'y penser, depuis ma naissance, entre les murailles de mon couvent.

VI — PREMIÈRES CONNAISSANCES

Le salon de l'hôtel de Nevers fut ce soir-là très-nombreux, et le fut davantage encore les jours suivants. Les dames et les seigneurs qui n'étaient pas à Saint-Germain, sachant que les deux charmantes sœurs restaient chez elles à cause de leur deuil, leur tenaient compagnie. Plusieurs courtisans, le grand-écuyer en tête, partaient après le coucher de Leurs Majestés, et venaient passer le reste de la nuit chez les princesses. On veillait jusqu'au jour, et ce qui paraîtra étrange à la société actuelle, on ne dansait pas, on ne jouait guère, on buvait encore moins. La conversation seule suffisait, avec la galanterie, pour amuser cette jeunesse.

La princesse Anne prit naturellement la direction du cercle. Marie, occupée à se faire adorer, à se persuader qu'elle adorait M. le Grand, et qu'elle devait entrer dans ses projets, à écouter les compliments sans fin sur sa beauté, Marie continuait à être l'idole de ce temple, Anne s'en fit la prêtresse.

Parmi les visiteurs les plus assidus, M. de Guise était le plus assidu de tous. Il passait des journées entières près de ses cousines, il leur faisait des lectures interrompues à chaque ligne par de joyeux rires et par les folles réflexions des jeunes filles. M. de Cinq-Mars se tenait sur la réserve avec lui, il sentait un rival redoutable, non pas en amour peut-être, car rien ne révélait l'amour dans les manières ouvertes du prélat, mais en ambition et en gloire.

Un matin, les deux sœurs et l'archevêque, retirés au fond du cabinet de toilette, causaient dans cette intimité si rare que la grandeur accorde encore moins que la médiocrité. Elles s'étaient accoutumées l'une à l'autre, elles se tenaient fidèlement la parole donnée, et jusque-là rien ne troublait cette union si nécessaire.

— Ma cousine, dit l'archevêque à Marie, savez-vous quel est le bruit de Saint-Germain? — Il y a bien des bruits différents à Saint-Germain, monsieur. — Mais il en est un qui domine les autres, et de celui-là vous faites tous les frais. — Moi! comment cela? — On assure que vous épousez M. le Grand. — Allons donc!

Et la princesse rougit, malgré ses efforts pour s'en empêcher.

— Ah! vraiment on dit cela! reprit Anne, qui n'était pas fâchée d'en savoir davantage. — On dit cela... pas tout-à-fait. On dit que madame la princesse Marie et M. le Grand veulent se marier, mais qu'ils ne se marieront jamais. — Pourquoi? — Parce que le roi et surtout le cardinal n'y consentiront point. — Ah! le cardinal! dit Marie d'un air de mépris, et en levant les épaules. — Oui, le cardinal, ma cousine, et ce n'est pas si peu de chose en France que son Éminence le cardinal de Richelieu. — Vous en parlez en archevêque, monsieur, — Et vous, mademoiselle, pardonnez-le moi, vous en parlez en petite fille. — Nous verrons plus tard, laissez venir le temps. — Oui, et Dieu sait ce qu'il amènera. Ma cousine, pensez-vous donc sérieusement à épouser ce petit Henri d'Effiat? — Et si cela était, que diriez-vous? — Je dirais que le sang de Gonzague et de la maison de Lorraine, ne doit pas se mêler à celui d'un parvenu, et croyez-le, le monde dit comme moi. — Le monde et vous, monsieur, vous ne voyez pas les choses sous leur vrai point de vue. — Le monde et moi surtout, mademoiselle, nous vous souhaiterions un autre parti.

Ce fut au tour de la princesse Anne à regarder. Le feu avec lequel il prononça ces paroles y devait naturellement faire soupçonner un intérêt personnel. Chacun savait la décision positive de l'archevêque, il ne voulait pas rester d'église, il le criait sur tous les tons, pendant que madame de Guise répétait à satiété qu'il serait pape, et qu'il organiserait la monarchie universelle de l'Apocalypse.

— Je m'en garderai bien, répliquait-il, la papauté me conduirait trop loin; non, je demande à être tout bonnement empereur.

En riant de ces folies, il avait quelquefois un coin de sérieux, et d'ailleurs Anne qui l'écoutait, Anne pour qui il était un oracle, n'en révoquait pas en doute la moindre parole. Il cherchait à se marier, afin d'avoir un prétexte pour demander à rompre ses vœux ecclésiastiques, elle le savait. Elle savait aussi que cette permission ne lui serait pas refusée, il était devenu l'aîné de sa maison, et cent exemples en pareil cas justifiaient ses désirs. Lorsqu'il parla du mariage de sa sœur, lorsqu'il en parla avec cette espèce d'emportement, il lui semblait qu'il parlait pour lui-même, et son cœur se mit à battre. Elle ne s'était jamais rendu compte jusque-là du sentiment qui l'entraînait vers lui; en ce moment, pour la première fois, elle crut comprendre qu'elle l'aimait.

— Je ne le veux pas! s'écria-t-elle avec énergie, car il ne m'aime point, et l'amour jeté ainsi aux pieds d'un homme est une insulte et un déshonneur pour la femme qui l'éprouve. Je ne le subirai pas.

Marie releva le gant jeté, pendant que sa sœur restait silencieuse, ce sujet lui tenait trop au cœur pour qu'elle l'abandonnât. Depuis longtemps, elle désirait savoir si elle trouverait dans sa famille appui et protection contre le roi et le cardinal, au cas où Cinq-Mars ne pourrait ni persuader l'un, ni abattre l'autre; l'occasion s'offrait, elle la saisit.

— Et quel parti, ce monde si bienveillant, et vous, monsieur, me souhaiteriez-vous? — Il ne manque pas de princes en Europe, ce me semble. — Des princes! et qui donc? Les uns ne voudraient pas de moi, les autres... et c'est le grand nombre, je ne voudrais pas d'eux.

L'archevêque la regarda.

— Je suis heureusement hors de la question, dit-il en souriant.

Anne commença à respirer.

— Mais mes frères, mais le duc de Beaufort, mais le prince de Condé, mais le roi de Pologne, dont on a déjà parlé, mais... le duc d'Enghien.

A ce nom, Marie pâlit extrêmement, ce que remarqua sa sœur, sans en rien dire, se promettant d'approfondir la question.

— Vous êtes fou! que Votre Grandeur me le pardonne! — Ma Grandeur pardonne beaucoup de choses, mais Ma Grandeur n'aimerait guère à traiter de cousine madame d'Effiat. — Madame la connétable, s'il vous plaît. — Vous voulez donc imiter madame de Chevreuse? — Non pas, je n'épouserai qu'un seul mari. — Ah! mademoiselle! Qui sait ce que Dieu nous réserve. — Enfin, avant d'en terminer là, en deux mots, que ferait la maison de Lorraine si les bruits du monde étaient véritables. Me soutiendrait-elle? — Certainement et clairement non. C'est moi qui en suis le chef en France, et je dirais cent fois au roi: Vous avez raison de nous sauver cette honte, sire. — Une honte! — Mademoiselle la princesse Marie de Mantoue, ne vous souvenez-vous plus de votre père? Comment eût-il appelé un pareil mariage?

Marie cacha sa tête dans ses mains, puis, après quelques instants, elle en ôta une en se tournant vers son cousin, ainsi à moitié cachée:

— Si vous étiez un vrai prêtre, je me confesserais à vous et vous me comprendriez mieux. — Je vous en supplie, ne prenez pas semblable caprice. Je ne saurais en vérité comment m'y prendre, malgré les leçons et les mercuriales que m'administre chaque jour le coadjuteur.

Pendant tout ce temps, Anne gardait le silence. Elle ne paraissait pas même écouter. M. de Guise se tournant vers elle, essaya une plaisanterie, elle le regarda sans répondre.

— Quoi! si sérieuse! — Monsieur, je ne ris point de ces choses-là. Vous ne savez pas tout ce que je sais, et certes je ne vous révélerai point de semblables secrets, à vous surtout qui ne confessez pas. Vous êtes peu discret, vous avez une tête sans cervelle, Son Éminence vous appelle une linotte mitrée, et je ne sais pourquoi vous prenez avec nous des airs souverains et de chef de famille. Le chef de notre famille, c'est malheureusement ma sœur, puisque le bon Dieu ne veut plus de Gonzague au monde. Ainsi ne nous tourmentez pas, laissez-nous faire selon notre désir, et occupez-vous de vos ouailles, nous n'en sommes pas, grâce à Dieu!

Cette sortie, accompagnée de larmes qu'elle ne pouvait retenir, semblait aux deux auditeurs une sorte de délire. Le duc se leva précipitamment et s'approcha d'elle, en lui demandant d'un ton empressé ce qu'elle avait et ce qui pouvait l'émouvoir de la sorte.

— Laissez-moi! répliqua-t-elle en le repoussant. — Jamais,

ma sœur, je ne vous ai vue ainsi. — C'est possible;... vous avez raison;... je n'en sais rien... — La pauvre fille déraisonne, monsieur. — Non, elle souffre.

Il essaya de prendre sa main, familiarité très-grande alors, mais que leur proche parenté autorisait presque. Elle la retira vivement.

Le regard du jeune homme alors se fixa sur le sien. Elle le sentit pénétrer lentement jusqu'à son cœur; il éprouvait aussi pour la première fois à côté d'elle ce charme enivrant, cet entraînement irrésistible, auquel les natures passionnées ne résistent pas. Jusqu'à ce moment il l'avait trouvée belle, attrayante, spirituelle, mais il ne l'avait point aimée, il la crut malheureuse, son cœur se fendit, il l'adora.

— Ah! ma cousine, s'écria-t-il, qu'avez-vous fait?

Il prévoyait tout, il voyait se dresser entre eux mille obstacles, il voyait sa mère, sa famille, le roi, le pape, tout ce qui les séparait, et cependant, la regardant encore, il se sentit la force de tout vaincre pour la posséder. Il n'était plus le maître de son émotion, il se leva pour sortir; avant il prit la main de Marie, la baisa et lui dit :

— Vous avez raison, mademoiselle, épousez M. de Cinq-Mars, puisque vous l'aimez, je ne m'y oppose plus.

Anne fut plus contente encore que Marie.

A dater de ce moment, monsieur le Grand et la princesse Marie ne dissimulèrent rien au duc de Guise, de ce qui concernait leur amour et leurs espérances. Il les aidait de ses conseils, en attendant qu'il puisse le faire plus efficacement. Il ne dit pas un seul mot à Anne de Gonzague de ce qu'il éprouvait. Il y avait pour lui dans leur position mutuelle un grand charme qui ne disparaîtrait que trop tôt. Il épiait cet amour qu'il avait fait naître, il en suivait les progrès et il attendait qu'il fût assez fort pour braver les obstacles avant de déclarer le sien. De son côté la jeune fille dissimulait le plus possible. Sa fierté se révoltait contre son cœur. Elle servait de tout son pouvoir la passion de Marie, et cependant il y avait dans la conduite de celle-ci des contradictions inexplicables.

Elle voyait souvent M. le duc d'Enghien, elle était même sortie avec lui une fois, sans rendre compte de cette promenade. Ils causaient bas dans des embrasures de fenêtres; lorsque la princesse Anne en demandait la raison, Marie parlait du cardinal, de la conspiration dont Cinq-Mars était le chef, et qu'il ne cachait pas à ces folles étourdies.

— Je le gagne à notre cause, ajoutait-elle.

Anne secouait la tête et répondait :

— Ce n'est pas cela.

Cette époque est marquée d'un coin tout particulier, l'histoire d'aucun peuple n'en peut offrir de semblable. Ce mélange perpétuel de galanterie, de combats, de fêtes et conspirations; ces scènes qui passent du boudoir à l'échafaud, ces femmes qu'on adore et qu'on change suivant l'intrigue politique du moment, tout cela forme un tableau unique, une de ces comédies tragiques qui se jouent quelquefois sur cette terre, en France surtout. L'amour était, non pas le but, mais le moyen de toutes choses. Pour parvenir il fallait être aidé par deux beaux yeux. Les hommes distingués, et il y en avait beaucoup, étaient tirés à quatre éventails, ainsi que le disait plaisamment M. le coadjuteur.

La princesse Marie, avant d'aimer Cinq-Mars, avait attiré l'attention et reçu les hommages de deux puissants princes. Le premier, et cela datait de son entrée dans le monde, était Monsieur, Gaston d'Orléans, frère du roi. Il la rechercha de telle sorte que la reine Marie de Médicis condamna la belle fille à une retraite forcée au bois de Vincennes, jusqu'à ce que le prince eût oublié ou dominé son sentiment. Il en était facilement venu à bout. Monsieur n'était point un homme à mourir de chagrin parce qu'on lui refusait une femme. La princesse de Mantoue fut excessivement blessée de cette exclusion, et surtout de l'inconstance de son adorateur. La reine-mère avait déclaré que la fille d'un prince mendiant ne serait jamais la seconde dame de France. L'expression était un peu exagérée; certes, le duc de Mantoue et de Nevers n'était pas riche pour sa haute position, mais il ne demandait rien à personne. Jamais Marie ne pardonna à la reine cette conduite et encore bien plus cette insulte.

Après Monsieur, qui s'était toujours conduit en galant respectueux, et dont la princesse ne prisait que le rang, M. le duc d'Enghien se présenta. Il était alors dans toute la fleur de sa jeunesse et d'une ardeur passionnée, dont la gloire ne prenait pas encore sa part. Marie n'y parut pas insensible. Que se passa-t-il entre eux? En ce moment, la princesse Anne cherchait à le découvrir, et se plaignait en elle-même de ce qu'elle nommait une infraction au traité.

La cour était depuis trois semaines à Saint-Germain, et M. de Cinq-Mars n'avait pu s'échapper qu'à de rares intervalles. Il s'en trouvait le plus malheureux du monde; Louis XIII l'ennuyait au point d'en être malade. Malgré les remontrances des deux princesses et du duc de Guise, il ne pouvait se décider à subir cet ennui, et s'échappait à cheval la nuit, seul avec un laquais, comme un étourdi ou un écolier sorti des fers. Un soir le temps était épouvantable, les filles du duc de Nevers étaient seules avec M. de Guise; le reste de la compagnie les avait quittées; il se donnait souper et bal à l'hôtel de Condé. Marie rêvait tristement dans un coin, Henri de Lorraine et Anne de Gonzague restaient près l'un de l'autre sans se parler, et pourtant ils avaient bien des choses à se dire.

— J'ai reçu une lettre de M. le Grand ce matin qui me désole, dit tout à coup Marie. J'ai hésité à vous la montrer, mais je crois pourtant qu'il vaut mieux le faire. Il va bien loin, il va trop loin; il est impossible que le cardinal ignore longtemps la conspiration, on en parle trop haut. Je l'en ai prévenu par écrit plusieurs fois, puisqu'on ne le voit point. Et tenez, voici ce qu'il me répond.

Elle jeta sur les genoux de sa sœur une lettre froissée, qu'elle avait déjà relue bien des fois. Anne l'ouvrit et en fit tout haut la lecture.

« Ne soyez pas inquiète, ma chère princesse, le roi et l'ar» mée sont pour moi : mon ennemi m'a cédé le terrain, et » l'abattement de ses partisans est extrême. J'ai passé hier » deux heures au chevet du lit du roi; vous auriez été con» tente de moi et je l'ai été infiniment de la manière dont il » m'a traité. Il m'a fait, je vous assure, très bonne chère; il » m'a appelé son cher ami, il a soupiré, jeté des propos en » l'air, en me disant qu'il était bien malheureux, qu'on le » tourmentait et qu'on se faisait trop valoir.

» — Ah! sire, lui ai-je dit, et presque les larmes aux yeux, » votre état me touche, et qu'il me surprend en pensant que » vous êtes le maître! Si vous daigniez vous en rapporter à » moi, Votre Majesté, demain, n'aurait plus rien qui la » gênât.

» — Cher ami, m'a-t-il répondu, ne précipitez rien.

» — Je ne puis rien ménager quand il s'agit de l'intérêt de » mon maître, ai-je répondu, Votre Majesté a de fidèles servi» teurs, permettez-moi de leur parler.

» Le roi s'est retourné et m'a dit d'une voix attendrie :

» — Bonsoir, faites pour le mieux, mais ne commettez pas » d'imprudence.

» Jugez, ma chère princesse, si je ne suis pas autorisé à » tout entreprendre, et surtout avec un but aussi glorieux » que celui qui m'anime. Conservez vos bontés à votre plus » passionné serviteur (1). »

— Certes, reprit Marie après avoir lu cette lettre, il a raison, il est bien autorisé à tout. — Non pas avec Louis XIII, répliqua sa sœur. Le roi est, comme Monsieur, un morceau de bois pourri, bien peint à l'extérieur, sur lequel ceux qui s'appuient tombent.

Au nom de Monsieur et à cette allusion involontaire, Marie baissa la tête.

— Le roi et Monsieur l'abandonneront tous les deux, cela est sûr, dit l'archevêque. Quant à moi, je n'entrerai dans aucuns projets; du moment où le roi les connaît, il les dénoncera lui-même un jour qu'il aura peur d'être grondé. — M. le Grand parle trop, il confie ses desseins à tout le monde; il n'est pas un jeune seigneur qui ne les sache comme lui. — Ce n'est pas tout, poursuivit Marie, j'ai appris de source certaine qu'hier au soir même M. le cardinal a parlé de lui en termes très clairs, qu'il a dit précisément ces mots : Monsieur le Grand ne sera pas duc et pair, il n'épousera pas la princesse Marie. La personne qui m'a rapporté ces paroles est digne de foi et elle les a entendues.

Anne se souvint qu'elle avait longuement causé avec M. le duc d'Enghien sous la fenêtre.

— M. de Cinq-Mars doit les connaître à présent, et que va-t-il dire? Il précipitera ses démarches, sa fureur n'aura plus de bornes et il se perdra. — D'après mon opinion, répliqua Anne, la plus judicieuse des trois, depuis longtemps M. de Cinq-Mars est un homme perdu. — Ma sœur!

Des pas précipités retentirent dans la galerie voisine, une main souleva la portière, un visage pâle et défait se montra entre les plis de l'étoffe. C'était M. le Grand, couvert de boue,

(1) Lettre authentique du marquis de Cinq-Mars à la princesse Marie.

ses beaux habits de satin déchirés et souillés. Les deux jeunes filles se levèrent et coururent à lui par un mouvement involontaire. Le duc de Guise seul ne bougea pas.

— Comment, c'est vous et dans un tel état ! s'écria Marie. — C'est moi, oui, c'est moi, mademoiselle, et je serais mort si je n'étais pas venu. Ah ! quelle soirée ! — Vous savez donc?... — Comment je sais? Je sais que je n'ai jamais vu prince plus dolent, plus langoureux, plus lâche, il faut le dire. Il veut, il ne veut pas, il autorise, il dément, il m'aime et il me repousse, mais par-dessus tout, il bâille, ah ! il bâille !

M. le Grand en bâillait encore de souvenir.

— Quoi, c'est là tout ! quoi, le cardinal !.. — Le cardinal viendra tout-à-l'heure, laissez-moi vous parler du roi, c'est le roi qui m'occupe. Depuis cinq heures, il me tient, monsieur le duc, depuis cinq heures, ma princesse ! Ah ! si vous me revoyez vivant, c'est que ma santé est robuste, cinq heures de gémissements, cinq heures de plaintes sur tous les tons ! Cher ami par-ci, cher ami par-là, monsieur le cardinal me tue. — Sire, renvoyez-le. — Non, je mourrais sans lui. — Alors, conservez-le. — Je ne puis pas. — Laissez-moi vous débarrasser. — Ah ! — Ici un soupir déchirant, — puis un silence. — Cher ami? — Sire ! — Que la vie est horrible ! — Je ne trouve pas. — En ce moment, une série de bâillements entremêlés de houh ! houh ! de soupirs, enfin de tout l'attirail dont se compose la conversation du roi très-chrétien, et le tout pendant cinq heures ! Quant à moi, j'étouffe et j'y renoncerais sur le champ sans mon amour et sans ma vengeance, j'aime mieux planter des choux en Auvergne.

Anne l'écoutait et le regardait avec un étonnement profond. Bien plus intelligente et bien plus sérieuse que sa sœur, elle ne comprenait pas, malgré sa jeunesse, que des desseins aussi graves, fussent jetés ainsi gaiement en défi à la Providence. La gaîté de Cinq-Mars, lorsqu'il jouait une partie dont dépendaient sa vie et celles de bien d'autres, la confondait. Elle ne trouvait point en lui cet enthousiasme, cette certitude de réussir, cet entraînement qui bravait tout, qui résistait à tout. Ses yeux se tournèrent involontairement vers M. de Guise, pendant que son esprit faisait une comparaison, tout à l'avantage de ce dernier. Leurs regards se rencontrèrent et elle rougit.

— Vous êtes bien heureux, monsieur, de pouvoir rire ainsi de ce qui vous ennuie, dit Marie d'un ton boudeur. — Et vous en rirez comme moi, si vous m'aimez, chère princesse ! Je me suis échappé pour venir chercher votre sourire, j'ai couru comme un fou sur cette route de Saint-Germain, au risque de me rompre les os, par la pluie et la boue, pour arriver plus vite, et vous me recevez ainsi ! — Nous parlions de vous, et nous étions tristes quand vous avez paru. — Vous étiez tristes, eh bien, moi, je suis joyeux, je le suis plus que je ne l'ai été depuis bien des mois. — Vous êtes pourtant bien pâle ! — Ah ! c'est la pluie, le vent, la fatigue, l'ennui surtout. — Avez-vous vu le cardinal? — Si je l'ai vu ! Ce matin, chez le roi, plus d'une heure et demie. Nous nous sommes escarmouchés de notre mieux. A propos, madame, vous saurez que je ne serai pas duc et pair et que je ne vous épouserai pas. — Vous dites cela ainsi ! — Et comment voulez-vous que je le dise? en pleurant, lorsque je sais que c'est une plaisanterie, lorsque j'ai en poche la certitude du contraire ! — La certitude? — Oui, la certitude, vous dis-je. Elle est là. Vous la verrez tout à l'heure. Laissez-moi compter ma petite chronique pour me désennuyer, pour être quelques instants Henri d'Effiat, je ferai ensuite M. le Grand le reste de ma vie. D'abord donnez-moi votre main à baiser. — Il est fou ! — Non, je suis heureux, je suis heureux non comme un roi, Dieu m'en préserve ! mais comme un homme qui aime, n'est-ce pas, madame?

Marie ne put s'empêcher de sourire.

— Sachez donc que Son Eminence le cardinal a passé une charmante journée, pendant que... Il ne s'attendait guère à quoi je la passais, mais il a reçu une belle. — Une belle ! — Le cardinal est fort galant. Il a plusieurs dames auxquelles il accorde des entretiens particuliers et qui entrent chez lui par la petite porte. Celle-ci est la préférée, du moins par accès. — Savez-vous son nom? — Si je le sais ! c'est Marion Delorme. — Vous en êtes bien sûr? — Parbleu ! c'est elle qui me l'a dit. — Ah ! vous voyez Marion Delorme ! — Je ne la vois que pour me rendre compte, pour savoir... — Et vous avez appris... — J'ai appris la scène de ce matin, une scène impayable, une scène à dérider Héraclite. Son Eminence avait fait appeler Marion, Marion, la joyeuse et la folle, Marion la courtisane. Les dames de la cour ne lui plaisaient point en ce moment, à ce qu'il paraît, et il la voulait chez lui en se réveillant, de sorte que la pauvre fille a dû coucher à Saint-Germain. Je ne lui ai pas demandé où. C'est peut-être chez les chevau-légers ou chez les mousquetaires, à moins que ce ne soit chez les cordeliers. — Fi donc ! — Enfin, ce matin dès l'aube, Marion, emmitouflée de coiffes, a été introduite au château par les petits degrés comme vous le pensez bien, car Louis-le-Chaste... Elle a attendu une demi-heure le bon plaisir du ministre et on l'a fait entrer après dans une chambre obscure.

« — Ah ! te voilà, mignonne, lui dit-il. — Me voilà, en effet, monseigneur. — Ah ! te voilà !

» Ici, Marion ne répéta point la phrase; il y eut un silence dont elle s'embarrassait peu ; elle cherchait à tâtons un siége, Marion ne se gêne guère avec l'Eminence. Elle s'assit et attendit. Un quart d'heure après, il recommença :

» — Ah ! te voilà, Marion.

» Ce qui impatientait fort la belle fille, peu accoutumée à des conversations aussi laconiques dans les visites qu'elle rend.

» — Si monseigneur n'a que cela à me dire...

» Ce mot lui échappa, et elle eut peur après.

» — Ah ! Marion, si tu savais comme j'ai mal dormi ! si tu savais comme j'ai la tête pleine des affaires de l'Etat, et quel souci me donne M. le Grand ! — J'en suis bien triste, monseigneur.

» Ils recommencèrent à se taire.

» — M. le Grand me donne de bien grands soucis, reprit-il, et le roi aussi. — Cependant M. le Grand est tout dévoué à votre Eminence, et quant au roi, chacun sait... — Ah ! Marion, on ne sait rien, on ne sait rien, Marion...

» A la suite de cette phrase, il rentra dans le silence, et cela pendant si longtemps que Marion le crut endormi et essaya de se lever pour sortir. Mais il avait l'oreille fine et ne dormait pas, le bon apôtre, il songeait au dénouement de ses interjections sans doute, ou peut-être à autre chose, dès qu'elle fit un mouvement, il éleva la voix.

— » Où vas-tu, ma chère Marion? — Votre Eminence est occupée, je reviendrai causer avec elle... une autre fois. — Non, non, reste. Ah ! que M. le Grand me donne de souci !

» Et là-dessus le voilà qui se lève ! Il était sur son lit en robe de chambre. Il se promena par la chambre, en évitant le côté où *gisait* la belle fille, et poussant des exclamations inintelligibles, dans lesquelles mon nom et celui du roi revenaient sans cesse. Enfin, s'arrêtant devant elle il ajouta :

« — M. le Grand veut devenir duc et pair et épouser la princesse Marie. S'il avait marché dans ma voie, cela aurait pu être, mais maintenant, entends-tu, Marion? cela ne sera pas, cela ne sera jamais. Tu peux t'en aller, ma belle amie ; ainsi que tu le dis, je suis occupé et nous causerons plus tard de ce qui te concerne.

» Voilà comment s'est terminé le rendez-vous amoureux du maître de la France. Cela n'est-il pas du dernier plaisant? »

Contre son attente, Cinq-Mars ne rencontra que des visages sérieux. Certes, la chose était drôle par elle-même. Mais elle était si visiblement inventée, pour quiconque avait vu deux fois le cardinal de Richelieu, qu'il était impossible de n'y pas voir une perfidie.

— Vous croyez cela ! répondit tristement Anne. — Comment ne le croirait-il pas, il le tient de Marion, la belle Marion, cet oracle ! — Marion ne m'a jamais trompé, mademoiselle, Marion n'a pas intérêt à le faire. — Monsieur le Grand, dit le duc de Guise en se levant, Marion est l'espion le plus adroit et le plus fidèle du cardinal ; fasse le ciel que vous ne lui ayez pas rendu confidence pour confidence, sans quoi vous êtes perdu. — Non, non, répondit-il avec embarras, Marion ne sait rien de mes affaires. J'ai ri, j'ai plaisanté avec elle, voilà tout, et je me suis gardé de lui ouvrir mon cœur. — Marion vous a menti, Marion vous a été envoyée par son Eminence, Marion a voulu vous flatter et vous faire croire à une fausse crainte de la part de cet homme qui ne craint personne, et cela pour que votre amour-propre vous arrachât de ces mots qui tuent, de ces mots qu'une intelligence telle que la sienne n'oublie jamais. Marion a employé près de vous les séductions, les chatteries d'une femme sûre de plaire. Vous ne l'avouerez pas, mais vous avez parlé. — Cent fois, mille fois non ! — Anne a raison, poursuivit Marie, elle dit la vérité. Vous n'en conviendrez pas avec nous. Je tremble en pensant à tout ce qui peut résulter de votre faiblesse ; et que faisiez-vous donc pendant cette scène? quelle est cette vengeance si douce que vous goûtiez à la même heure. — Tenez ! s'écria-t-il en jetant sur la table un large paquet, cacheté d'un sceau brisé, tenez, madame, voilà ma vengeance, mon bonheur, ma gloire, la vôtre et notre avenir à tous les deux.

La princesse Anne était debout, elle se trouvait la plus près de la table, elle saisit le papier et l'ouvrit ; à peine en eût-elle parcouru la première ligne qu'elle devint pâle comme un linge et s'élançant vers M. de Guise, elle lui dit, d'une voix tremblante : — Vous n'avez pas signé cela, j'espère ?

L'archevêque y jeta les yeux, pâlit comme elle, et répondit : — Non, non, sur l'honneur jamais.

Tout ceci fut un éclair. En même temps, Marie s'était levée, elle arracha des mains de sa sœur le fatal papier, regarda la signature :

— Mon Dieu ! mon Dieu ! *Olivarès!* qu'est-ce là ? un traité avec l'Espagne ! Henri, qu'avez-vous fait ! — J'ai assuré ma vengeance et mon bonheur, j'ai sauvé ma fortune, j'ai sauvé mon pays et mon roi, j'ai éloigné un tyran, un ogre, qui dévorerait les têtes de la noblesse et qui nous réduirait au rôle de vassaux. Enfin, madame, j'ai joué pour vous et pour la France ma vie à quitte ou double. Si la France et vous vous êtes ingrates, Dieu me restera.

Ces mots, prononcés avec la chaleur d'une âme exaltée, d'une âme blessée jusqu'au fond, touchèrent Marie et le duc de Guise, dont une semblable position était le rêve favori ; Mais Anne, qui jugeait de sang-froid, Anne qui, dans toute son existence, n'eut qu'un seul entraînement, auquel elle n'avait pas cédé encore et dont elle ignorait la force, Anne *déshabilla* la vérité et ne trouva qu'un feu de paille sous cet enthousiasme d'un moment. Elle secoua la tête, pendant que sa sœur essuyait ses larmes :

— Enfantillage ! murmura-t-elle, Richelieu aura le traité.

— Non, il ne l'aura pas. Car le seul exemplaire qui en reste est parti ce soir pour l'Espagne avec Fontrailles, dans un bâton creux. Fontrailles risque sa tête, il ne trahira pas. Nous allons bientôt le suivre. Le roi se rend au siége de Perpignan, la cour y va avec lui, le cardinal avant les autres. Il court au-devant de sa destinée. Quelques pas en dehors des frontières et ce superbe sera pris. L'armée espagnole l'attend, la tour de Ségovie le gardera, et ensuite, à moi le roi, à moi l'Etat, à moi surtout ma belle princesse ! Je serai le sauveur de la France. Je serai l'idole du peuple, l'ami du roi, le défenseur de la reine et l'époux de la plus belle reine de l'univers. Où trouverez-vous un homme plus heureux que moi ?

M. de Guise secoua la tête.

— On vous appellera traître, monsieur, on vous accusera ; si vous réussissez, vous serez absous de votre vivant, la postérité vous couvrira de mépris. — Eh ! monsieur, c'est pour elle ! répliqua Cinq-Mars en montrant la princesse. — Alors je n'ai rien à dire.

Le reste de la nuit, les quatre jeunes gens causèrent de cette grande affaire, de ce pas immense franchi si légèrement. Les princesses s'effrayaient beaucoup. M. de Guise se laissait exalter par moments aux projets de Cinq-Mars. Cependant il revint à lui-même sur une observation d'Anne de Gonzague.

— Il n'y a point de place pour vous là-dedans, monsieur.

En effet, il ne convenait point au nom, aux talents du duc de Guise de se trouver en sous ordre. Le grand-écuyer n'était point un chef auquel il dût obéir : ni sa position, ni sa hauteur d'intelligence ne pouvaient lui servir d'excuse.

Quant à la princesse Marie, lasse d'être fille, lasse de ses mariages manqués, elle n'aspirait qu'à épouser n'importe qui, Cinq-Mars plus qu'un autre, ne voyant pas mieux autour d'elle et ne prévoyant pas un parti brillant à l'étranger. Elle était si peu riche et elle avait tant occupé la *renommée !*

Quelques jours après, la cour partit pour le Roussillon. Les adieux de la princesse et de M. le Grand furent très-tendres ; ils étaient cependant loin de prévoir qu'ils ne se reverraient jamais.

Le duc de Guise resta à Paris.

VII — COMMENCEMENT ET FIN

Le deuil des princesses de Gonzague étant un peu moins sévère elles retournèrent à la cour. La reine les aimait, surtout la princesse Marie, dont l'esprit ne l'effarouchait pas. Elle la retenait souvent à Saint-Germain, où on passait le temps le mieux possible, en l'absence du roi. L'amour du duc de Guise et de la princesse Anne allait toujours croissant, sans que personne s'en doutât néanmoins et sans qu'ils le déclarassent. M. de Guise n'avait plus que le titre et l'habit d'archevêque. Il n'en exerçait aucunes fonctions, il ne disait plus depuis longtemps ni offices, ni bréviaire et tourmentait incessamment madame sa mère pour qu'elle l'aidât à faire des démarches afin de s'en débarrasser tout à fait.

— Vous êtes un fou, mon fils, lui répondait-elle, le duc de Guise cardinal, (et vous le serez bientôt,) peut gouverner le monde. — Mais, madame, je suis l'aîné de notre maison. — Qu'importe ! Elle ne périra pas, n'avez-vous point de frère ? — Et si je désire me marier ? — Vous marier, vous ! avec qui ? Il n'y a qu'un seul parti en France, c'est Mademoiselle, et Mademoiselle veut être reine ou impératrice. Conquérez donc un trône, si vous voulez obtenir cette princesse et sa fortune, ou bien levez les yeux plus haut encore, et vous y verrez le seul but digne de votre ambition avec l'habit que vous dédaignez. — Encore cette folie ! non, madame, non, vous dis-je, je quitterai cette robe et je redeviendrai Henri de Guise, comme mes grands ancêtres, je porterai l'épée et non la crosse, et je continuerai ce nom que mon père ne m'a pas transmis pour le laisser périr.

Ces scènes se renouvelaient continuellement, sans que madame de Guise se doutât néanmoins des projets de son fils, qu'elle eut commencé à traverser dès cet instant, ce qui eût sans doute changé la face des choses. M. de Guise en quittant fort peu ses cousines, s'occupait autant de l'une que de l'autre, les succès de la princesse Marie étaient si connus que par habitude, le monde lui attribua encore ceux-là. Elle eût peut-être bien désiré qu'il dit juste : elle enviait à sa sœur et cette conquête et les autres, elle ne lui pardonnait pas son esprit et surtout les années qu'elle avait de moins qu'elle. Cependant elle se berçait toujours de chimères, par rapport à M. le Grand. Elle croyait à l'exécution du traité, à la chute du Cardinal. M. le duc de Bouillon, dix autres seigneurs initiés répandaient sourdement des bruits qui prenaient de la consistance. Elle les écoutait avec une avidité fiévreuse, écrivant à Cinq-Mars de façon à compromettre toutes les générations de princes dont elle était issue.

— Ma sœur, ma sœur, répétait Anne la prudente, prenez garde !

Depuis plus de quinze jours les princesses n'avaient pas été à Saint-Germain, elles comptaient partir le lendemain matin de très bonne heure, lorsque le duc de Guise entra chez elle pâle, tremblant, en proie à une émotion dont il n'était pas le maître, et qu'il s'efforçait de cacher. Anne s'en aperçut sur le champ et s'élança au-devant de lui.

— Qu'avez-vous ? lui demanda-t-elle. — Je n'ai... je suis désolé, ma cousine, désespéré. — Pourquoi ? Pourquoi ? — Votre sœur, votre sœur, éloignez votre sœur, lui dit-il tout bas. — Monsieur, êtes vous-donc souffrant ? dit à son tour Marie, moins pressée. Permettez-moi de finir cette lettre, je veux la faire partir demain. On m'a donné ce soir de bonnes nouvelles, que j'annonce à M. le Grand. — Pauvre princesse Marie ! murmura l'archevêque.

Il emmena la princesse Anne dans cette embrasure de fenêtre, où tant de secrets s'étaient déjà révélés et lui dit bien vite et très bas.

— Tâchez de m'écouter tranquillement, préparez-vous...... M. le Grand est arrêté. — Mon Dieu ! — Tout est découvert, le cardinal a le traité. — Etes-vous compromis ? — Non, je ne m'en suis pas mêlé ; M. de Bouillon est en fuite, Fontrailles également, on va arrêter Monsieur à Bourbon. M. de Thou est pris avec Cinq-Mars, le roi les a absolument abandonnés, pour obtenir son pardon du Cardinal, ils sont perdus. — Et ma sœur, ma pauvre sœur ! — Je ne sais si elle est compromise, elle a écrit, m'avez-vous dit, de terribles lettres. — Que faire ? — J'y pense sans cesse. J'ai appris tout ceci à l'instant même chez Mademoiselle, où j'avais conduit ma sœur, je me suis échappé pour vous le dire, et nous entendre. Le plus sûr serait peut-être de parler à ma mère. — J'irai ce soir même. — Et la princesse Marie, qui lui apprendra cela ? — Il faudra bien que ce soit moi, c'est une triste commission. — Mais peut-être ma mère... — Ma tante ne sait pas, ne saura pas tout : il est inutile de lui confier bien des légèretés, qu'elle blâmerait et qui nous attireraient une gardienne plus sévère que cette excellente Madame d'Amalfi. — Alors quoi donc !

Un valet annonça M. le duc d'Enghien.

— C'est le ciel qui l'envoie ! s'écria la princesse Anne. Monsieur, continua-t-elle, en allant au-devant du prince, venez ici je vous prie, ma sœur est occupée à écrire et nous tenons salon dans cette embrasure.

M. le duc d'Enghien s'empressa de la suivre, il était aussi pâle et aussi défait que M. de Guise.

— Vous me rendez un vrai service, mademoiselle, je voulais vous parler. Il y a de grandes et douloureuses nouvelles. — Vous savez donc ? — Hélas ! oui. — Eh bien ? — Eh bien ! et ma sœur ? il faut l'instruire. — Elle ignore tout ? — Assurément. C'est à vous, monsieur, à vous, son ami, de remplir cette tâche — J'étais venu pour cela.

Anne fut ravie d'une facilité à laquelle elle ne s'attendait pas. Elle en conclut judicieusement qu'il devait y avoir entre sa sœur et le prince un lien plus fort, une intimité plus solide qu'elle ne le supposait. Remettant à un instant plus opportun le soin de s'en rendre compte, elle emmena le duc de Guise dans le salon précédent et laissa M. le duc d'Enghien seul avec Marie.

Ils s'assirent tous les deux en silence. La situation dominait même leur besoin habituel d'épanchements. Ils écoutaient sans rien dire. D'abord on n'entendit rien, le prince, sans doute, préparait Marie. Ce moment de silence fut assez long. Un cri déchirant retentit enfin, et M. le duc d'Enghien appela mademoiselle de Gonzague.

— Venez! venez! elle est évanouie.

Anne courut vers sa sœur. Elle fit venir ses femmes, on la transporta dans sa chambre; on l'entoura de mille soins. Elle reprit connaissance, pour retomber encore, et passa ainsi toute la nuit entre la vie et la mort.

— Ah! je n'en reviendrai pas! répétait-elle, ma sœur, je suis perdue! c'est fait de moi. Mes lettres! mes lettres! — Et moi, simple, pensa la jeune fille, moi qui croyais que c'était pour lui!

Elle ne connaissait guère encore l'esprit des cours, elle l'apprit à ses dépens plus tard.

— Anne, savez-vous quelque chose qu'on me cache encore? Est-il mort? suis-je compromise? — Il n'est point condamné, du moins la nouvelle n'en est pas encore parvenue, et jusqu'ici on ne parle pas de vous. — Dieu soit loué! ses amis le sauveront peut-être, il aura pu dérober mes lettres. Il faudrait écrire, s'informer... — A qui? — A ses gens, à son valet de chambre, qui nous servait d'intermédiaire. — Faites écrire votre secrétaire. — Mon secrétaire ignore tout. — Vous croyez? alors, c'est le seul. — Anne! vous êtes cruelle. — Ma sœur, je suis vraie. Je m'attendais à tout ceci. Vous n'avez pas voulu en croire mes conseils, maintenant je ne puis plus rien. — M. le duc d'Enghien me rendra ce service. — Il le peut, car il ne s'est pas mêlé de cette belle œuvre, et d'ailleurs il est si fort de vos amis qu'il ne vous refusera point. — Faites-le appeler à la pointe du jour, je vous en supplie. — Nous n'irons point à Saint-Germain? — Au contraire. — En aurez-vous la force? — Je la trouverai. Ah! ma sœur! quelle triste position que celle d'une princesse, obligée de fouler aux pieds ses affections, de cacher ses douleurs, de montrer un visage serein quand son cœur est brisé! — Qui vous y force? — La reine nous attend. — Votre santé est une excuse suffisante. — Et que dirait la cour? — La cour dirait que vous pleurez M. de Cinq-Mars, votre amant, et que vous avez le cœur aussi bien placé que tendre. Si vous persistez à vouloir vous montrer en ce moment, on dira que vous avez aimé M. Le Grand pour le pousser à la rébellion et l'épouser ensuite, s'il réussissait, et l'on ajoutera qu'en le sachant perdu, vous abandonnez lâchement jusqu'à son souvenir, que vous n'avez pas pour lui même un regret.

Marie devint rouge et ne répondit pas. Elle crut cependant devoir à la clairvoyance de sa sœur un soupir et une larme.

— Que puis-je faire pour lui maintenant? — Le pleurer et ne pas insulter sa mémoire. C'est à cause de vous qu'il s'est exposé ainsi, c'est dans l'espoir de vous obtenir qu'il a risqué sa vie, la reine le sait, personne ne l'ignore, ne le reniez donc pas, Marie, que nul, excepté moi, ne se doute de cette indifférence... — Mais je l'aime, ma sœur! — Non, vous ne l'aimez pas, vous ne l'avez jamais aimé. Je vous remercie de me le laisser voir, c'est une preuve de bonne foi qui me donne confiance en vous, je ne vous trahirai point. Croyez-moi, restez ici. Un mot de madame à Brassac pour prévenir la reine, tout sera dit. On ne nous attend pas, je vous en réponds.

Marie réfléchit quelques instants.

— Vous avez peut-être raison, dit-elle.

Les princesses restèrent chez elles, leur porte fermée, excepté pour M. le duc d'Enghien et leur famille. La cour et la ville répétèrent l'histoire, ou plutôt la chronique, et les romans répétèrent après elle que la belle princesse Marie de Gonzague se mourait de chagrin de la mort de Cinq-Mars, qu'on ne tarda pas à apprendre. On en fit une héroïne, et un des plus charmants livres de ce temps-ci est fondé sur ces belles amours, sur cette mort, sur ce désespoir. Mais les Mémoires sont là, les Mémoires, ces impitoyables chroniques, qui nous montrent les grands en déshabillé. Tous s'accordent à dire que M. de Cinq-Mars aimait la princesse Marie par ambition et qu'elle l'aimait par désœuvrement, par amour-propre, pour trouver enfin un mari à peu près digne d'elle, lorsque le roi l'aurait fait connétable et lui aurait donné la petite souveraineté qu'il lui avait promise.

Nous sommes donc obligé, en historien fidèle, de raconter les choses d'après eux, sans faire les gens meilleurs qu'ils sont et sans poétiser les sentiments.

L'amour d'Anne et d'Henri de Guise fit, pendant ces jours de retraite, un chemin immense. Ils furent dix fois au moment de se l'avouer; je ne sais quelle crainte la retenait et arrêtait le jeune prince, malgré la fougue de son caractère. Anne redoutait le sort de sa sœur, elle redoutait de n'être pas assez aimée. Quelquefois il ne lui semblait pas trouver chez Henri cet amour, auquel seul elle voulait céder la victoire sur sa fierté. Il lui semblait qu'il plaignait trop vivement Marie, qu'il ne voyait point ce qu'elle était et combien peu son cœur était touché par ce malheur inattendu. Elle en montrait de l'humeur, elle en souffrait, elle accusait le genre humain tout entier, et faisait, par représailles, de telles élégies sur la mort de M. le Grand, que le prince en éprouva sérieusement de la jalousie.

Ces orages concentrés, car rien n'éclatait, augmentaient les difficultés qui les séparaient, en les compliquant de leurs propres obstacles. Ils se fuyaient, et le souvenir les obsédait. Ils aimaient à parler l'un de l'autre et ne se parlaient point. La réclamation des lettres de Marie fut maladroitement faite, elle produisit un effet prodigieux. La cour entière en retentit. On se le glissait à l'oreille, mais tout le monde le savait. Le cardinal se garda de les refuser. En les rendant, il eut soin d'en laisser voir quelques fragments, pour vanter sa clémence.

— Les princesses de Gonzague sont aussi coupables que M. de Thou, disait-il; comme lui elles ont connu le complot contre l'Etat, comme lui elles ne l'ont pas révélé, et plus que lui elles en auraient profité. Enfin, ce sont des femmes!

— Voilà des princesses qui ne se marieront point, dit madame de Chevreuse, lorsqu'elle apprit cette manière de pardonner, M. le cardinal se souviendra de leur discrétion. Après cela qu'on accuse les femmes de trop parler!

La princesse Marie resta plusieurs mois sans reprendre ses manières habituelles. Elle persista dans son deuil, dont la reine ne la blâma pas, et dont Anne profita pour voir presque sans cesse M. de Guise. Celui-ci les tourmentait néanmoins pour sortir davantage. Il obtint, après bien des prières, qu'elles se rendraient à l'abbaye de Poissy, afin d'y passer quelques jours et de se distraire avec les religieuses. On y pria toutes les dames des environs, il faisait un temps magnifique, l'abbesse leur donna des fêtes à sa manière, on y fit beaucoup de musique. M. de Guise reprit sa qualité d'archevêque pour s'y introduire. Les princesses de Gonzague se rendaient partout avec madame d'Amalfi, leur dame d'honneur, venue de Mantoue dans leur enfance et qui n'avait jamais quitté la princesse Marie. C'était une femme de peu d'esprit, très bonne, très indulgente, ne voyant absolument que ce que l'on voulait, et dont la surveillance, au lieu d'être une gêne, apportait une sûreté de plus.

Cette dame, femme d'un gentilhomme Véronais, avait été attachée à la duchesse de Mantoue et aimait tendrement ses filles. Elle avait fait venir d'Italie, depuis quelques mois, un de ses fils, qu'elle donna pour écuyer à ses maîtresses et qui était le plus beau garçon du monde. Il les suivait partout, ainsi que sa mère, et se rendit par conséquent à cette abbaye de Poissy. Tout le monde le remarqua. Après M. de Guise, sur la même ligne que lui, disaient même quelques dames, c'était le plus bel homme de la cour. Anne ne le remarqua pas. Mais Marie, dont le chagrin cherchait des distractions, le faisait souvent venir près d'elle, avec sa mère, pour lui parler de Florence, où il avait été élevé, et pour entendre cette douce langue italienne, qu'elle aimait passionnément.

Le jeune homme aussi adroit, aussi spirituel qu'il était beau, eut bientôt déchiffré ce caractère et compris tout ce qu'il en pouvait attendre. Il se laissa prendre à l'aimer tout juste assez pour être heureux de réussir, mais pas plus qu'il ne fallait pour ne point perdre ses avantages. Son respect, ses soins, ses attentions de toutes les minutes intéressèrent la princesse; elle l'encouragea, sans y attacher d'importance, ne songeant même pas qu'il pût en mettre aucune à leurs entretiens journaliers, il y avait si loin d'elle à lui!

L'adroit jeune homme feignit de ne pas s'en apercevoir, il alla jusqu'au point de se rendre nécessaire, de se faire demander quand il ne venait pas; d'abord il obéit toujours, puis il trouva des prétextes et éloigna les entrevues, jusqu'à les supprimer tout-à-fait, excepté aux heures où son service l'appelait impérieusement. Marie s'en étonna, s'impatienta, finit par s'en préoccuper au point d'en être alarmée. Elle demanda à madame d'Amalfi pourquoi son fils la fuyait.

Madame d'Amalfi répondit qu'elle n'en savait rien.

Un autre jour elle fit monter trois fois à sa chambre. Leontio s'excusa sur ce qu'il était malade et ne descendit point.

— Madame d'Amalfi, dit la princesse d'un ton piqué, l'air de Paris ne convient pas à votre fils, il faut le renvoyer en Italie.

La mère n'était point dans le secret, mais, en fine mouche, elle avait tout deviné. Elle répondit respectueusement à Marie que son fils n'était jamais malade lorsque son service l'appelait, et que, sans manquer à son devoir, il pouvait fuir des entretiens nuisibles à son repos.

— Leontio n'est pas comme vos légers Français, madame, il ne fait point de l'amour un jouet, et si jamais il donnait son cœur, ce serait pour la vie. Comment pourrait-il voir impunément, à chaque minute, dans l'intimité, la plus belle princesse de l'univers et garder sa franchise? Non, madame, il fuit, il a raison, et puisse-t-il n'y avoir pas songé trop tard! — Vous a-t-il chargé de me déclarer ses raisons? — Madame, il ne m'a pas dit un mot de l'état de son cœur, mais une mère voit tout, et je l'ai deviné.

La princesse avait bien aussi quelque soupçon de cela.

— C'est une folie, Amalfi, votre fils sait trop ce qu'il me doit... — Mon fils le sait et ne l'oubliera pas, madame peut être tranquille, répliqua la dame d'un air pincé.

Cette conversation ne se renouvela plus, cependant elle porta ses fruits. La princesse s'en souvint. Elle ne pria plus le jeune Amalfi de descendre, ne lui parla pendant son service qu'autant qu'il était indispensable de le faire, c'était d'un ton doux, presque timide, c'était d'une voix indécise et le regard baissé. Léontio s'en aperçut à merveille, sa mère aussi; ils ne se communiquèrent point leurs remarques, chacun d'eux conçut des projets brillants, partant du même point et arrivant au même but : le mariage de Leontio avec la princesse de Gonzague. Pour cela il fallait jouer serré, et chacun d'eux savait son rôle d'avance.

Lors du voyage de Poissy, cet état de choses durait depuis plusieurs semaines. Marie s'impatientait de plus en plus, malgré elle Amalfi faisait son occupation constante, chaque matin sa première pensée était : — Descendra-t-il aujourd'hui?

Toutes les fois qu'on ouvrait la porte elle tressaillait; le soir elle répétait en soupirant : —Allons! il n'est pas venu!

Il en résulta une pensée incessante, une sorte de domination du cœur et de la tête, qui peu à peu dégénéra en passion. Ce feu couva d'abord, à l'insu même de celle qui le nourrissait; il ne se traduisit que par une sorte de mauvaise humeur et de brusquerie envers celui qui l'inspirait. Elle le rudoyait, en le maltraitant presque à tout propos. Anne, tout occupée de son amour et bien éloignée de supposer un sentiment aussi disproportionné, disait à sa sœur :

—Vous êtes trop dure, Marie, pour ce pauvre Amalfi. Il fait cependant tout ce qu'il peut pour vous contenter. Vous ne voyez même pas qu'il est malade et qu'il change à faire peur; épargnez-le donc un peu, je vous prie. — Vraiment, ma sœur, il change, vous trouvez? répliqua-t-elle avec empressement. — Il change à effrayer, vous dis-je. L'air de Paris est mauvais pour nos Italiens. Ils s'abandonnent au plaisir avec trop de force, et cela les dérange de toutes façons. — C'est possible, répondit Marie en réfléchissant. Au fait! c'est peut-être vrai. Peut-être ce changement qui me frappe aussi, peut-être cet éloignement que j'attribue au respect d'un amour combattu, peut-être tout cela n'est-il que le fruit de la débauche et de ces vils sentiments jetés dans la boue de cette ville immense. Oh! si je le croyais!

Sans s'en douter, la princesse Anne venait de fournir un aliment nouveau à cette préférence si douloureusement repoussée, bien qu'elle fût loin d'être vaincue. La jalousie s'empara de cette âme altière et lui fit éprouver un autre supplice, auquel elle ne donna point son véritable nom, il l'eût humiliée. Elle jalouse! et d'un homme si fort au dessous d'elle. Elle appela cette pensée, amour-propre, juste orgueil; elle se dit qu'une fille de la maison de Gonzague ne pouvait être le jouet d'un simple écuyer, et sur-le-champ elle accepta ce voyage de Poissy, qu'elle refusait obstinément depuis plusieurs semaines.

— Au moins, se dit-elle, il ne courra pas les rues de Paris, pendant ce temps-là...

Anne se montra enchantée de cette diversion. Le séjour à l'abbaye fut charmant, Marie y prit la meilleure humeur possible, parce que Léontio ne la quittait point. Sous prétexte de représentation indispensable, elle gardait près d'elle sa maison tout entière, ou du moins ses premiers domestiques. Vingt fois elle lut dans ses yeux l'aveu que ses lèvres n'osaient prononcer. Vingt fois ses regards lui imposèrent un silence qu'elle brûlait de voir rompre.

— Ah! qu'il en coûte, pensait-elle, pour garder sa dignité; mais qu'il est doux pourtant d'être aimée ainsi! Combien ce mystère a de charmes! combien ce sentiment inconnu à tous fait battre mon cœur plus vite et plus délicieusement que celui de ce pauvre Cinq-Mars, que j'aimais bien pourtant et que j'ai tant regretté!

Madame d'Amalfi reçut tout-à-coup une lettre, qui l'obligea de partir pour Paris quelques jours avant les princesses. Il s'agissait de réparations à l'hôtel de Nevers. On profitait de leur absence pour les faire exécuter; la présence de la dame d'honneur est indispensable à la surveillance. La princesse Marie lui donna son congé avec peine; cependant, au milieu des religieuses et des dames qui ne la quittaient pas, les tête-à-tête dangereux devenaient difficiles. Plusieurs jours se passèrent encore; il fallut retourner à Paris, et les deux princesses n'avaient avec elle, outre leurs gens subalternes, que le duc de Guise et Amalfi dans leur carrosse.

Certes l'occasion était belle, et quels amants l'eussent laissée échapper? Le duc de Guise ne s'occupait que d'Anne, il n'avait des yeux que pour elle. Celle-ci, au contraire, cherchait à s'en distraire, à détourner l'attention de sa sœur, dont elle craignait les plaisanteries. Avec son adresse et sa pénétration ordinaires, elle découvrit bien vite ce dont elle ne se doutait pas. Les yeux des amants parlaient à défaut de leur langage. Elle comprit que Marie ne s'occuperait point d'elle ce jour-là, et se laissa aller désormais sans inquiétude au charme qui l'entraînait.

VIII — LES DOUBLES AVEUX

Ils partirent de Poissy, assez tard dans la matiné et ils devaient traverser la forêt de Saint-Germain, quand la nuit serait venue. Marie pour s'arracher à la contemplation dont elle sentait tout le danger, se mit à faire des plaisanteries sur le voisinage de la cour, sur les surprises auxquelles il pouvait donner lieu.

— Si la reine apprend notre passage elle nous en voudra sûrement. Sa Majesté n'approuve pas qu'on brûle ainsi sa résidence. — Elle est si seule et si triste! ajouta la princesse Anne. — Ah! la pauvre princesse est bien l'ennui couronné! — Oui, mais elle est couronnée! poursuivit Henri de Guise. — Voilà une observation qui sent la Ligue et les Guisards, dit en riant Marie, mon beau cousin, nous allons revenir au temps d'Henri III, à ce qu'il paraît, s'il ne tient qu'à vous; mais je ne me sens aucune disposition pour le rôle de la duchesse de Nemours, je vous en avertis. — Si le cas échéait, la maison de Lorraine n'aurait pas besoin de recourir à ses alliances pour tenir cet emploi, et mademoiselle de Guise remplacerait son arrière grand'tante beaucoup mieux que vous et que moi. — Méchantes! murmura Henri. — Oui, mademoiselle de Guise, dit-on, est dévorée de l'amour de sa famille, son ambition, pour elle et pour ses frères, n'a bas de bornes. Elle aspire à être reine et cela est très-simple, très-facile; les trônes pleuvent autour de nous, à ce qu'il paraît. Quant à ses frères, il leur faut des dignités plus élevées encore et plus uniques. Il n'existe point de parti digne d'eux; monsieur le duc que voici doit être pape, monsieur le chevalier de Guise, grand-maître de l'ordre de Malte, et quant à... — Assez, assez, mademoiselle! vous ne feriez grâce à personne, heureusement, ma sœur n'est pas le chef de la maison de Guise. — Non mais elle a si bien chapitré madame votre mère, qu'elle n'entend que de ce côté et elle a même, assure-t-on, tout pouvoir sur M. de Lorraine, le chef de votre maison; celui-là vous ne le nierez point. — Mademoiselle, le duc de Guise ne consulte et ne veut consulter que son cœur et sa conscience lorsqu'il s'agit de régler sa vie, et nul n aura le pouvoir de le déranger dans ses desseins, pas même le Roi de France.

Ces mots dits avec une fermeté arrêtée, coupèrent le discours. La princesse Anne y puisa une confiance qui n'était plus dans son cœur, et Marie laissa reprendre à ses regards la route qu'ils suivaient si volontiers.

La nuit était tout à fait venue, on entrait dans la forêt de Saint-Germain et l'on fut frappé tout-à-coup de l'éclat d'une grande clarté.

—Qu'est-ce cela? demanda la princesse Marie, sommes-nous tombées dans l'embuscade d'une fête à la cour, avec nos habits de voyage? — Ce sont probablement les dryades de ces chênes qui se préparent à nous recevoir, mes belles cousines;

elles ont appris que vous honoriez ces bois de votre présence et se sont mises en mesure de vous arrêter quelques instants : lorsqu'elles vous auront vues, elles en mourront de dépit.

Ce pathos mythologique, alors à la mode, était du suprême bon ton, du dernier beau, du dernier galant, ainsi que le disent Cathos et Madelon. A l'époque où Molière s'en moque si finement, c'est qu'il était descendu jusque dans la bourgeoisie; mais alors la fine fleur des courtisans et les raffinés se le permettaient seulement. Il fallait être prince ou illustre pour parler ce beau langage. Les princesses remercièrent M. de Guise par un sourire. Elles se doutèrent bien à cette réponse que la fête était de sa façon, et se préparèrent à lui en adresser leurs compliments.

Une partie de la forêt, dans une clairière, était éclairée de mille lanternes de papier de diverses couleurs, et une tente superbement décorée tendue au milieu. Ce n'étaient que damas, lampas, velours et dorures. Des chevaliers armés de toutes pièces, vinrent au-devant des carrosses, l'un d'eux invita les dames à descendre, par un discours fort bien tourné.

— Nous n'aurons garde de vous refuser, messire, répondit la princesse Marie, en sa qualité d'aînée, l'engagement est trop agréable et vos manières trop encourageantes, pour que nous passions notre chemin; conduisez-nous, nous serons charmées de vous suivre.

Pendant ces préliminaires, M. de Guise avait disparu. Les princesses le cherchèrent vainement auprès d'elles.

— Où est notre noble cousin? demanda Marie? croit-il que cette invitation ne le regarde pas, ou refuserait-il de nous accompagner? — Il va reparaître, ma sœur, n'en doutez point, répondit Anne, monsieur de Guise sait bien où nous allons et ne manquera pas de nous y suivre.

On mena les princesses au pas, par de petites allées, pour retarder encore, et lorsqu'enfin elles arrivèrent à la tente, elles aperçurent à la porte M. de Guise, en costume superbe, du temps de Henri III, ressemblant à un portrait de ses grands aïeux, debout, entouré d'une foule de domestiques portant des torches, d'écuyers, de pages, d'une suite magnifique, digne de son nom, de sa fortune et de la splendeur de sa maison.

Il était beau à miracle sous ce costume, le cœur de la princesse battit bien fort, en le voyant ainsi. Elle ne put s'empêcher de rougir lorsque le prince lui offrit la main, et l'engagea à lui faire l'honneur d'entrer chez lui.

Une collation délicieuse était servie sur une table d'une somptuosité royale, des gens à la livrée de Guise, selon l'ancienne mode, s'empressaient alentour. Des fleurs embaumaient de tous les côtés, des devises amoureuses et significatives se lisaient dans de beaux cadres, avec des drapeaux et des couronnes. Des emblêmes mystérieux parlaient au cœur auquel ils s'adressaient, et plus d'une fois la princesse Anne devint rouge en découvrant les allusions.

Les violons du roi jouaient toutes sortes d'airs les plus amoureux et les plus mélancoliques. Cet orchestre caché produisait un effet incroyable, il portait dans les sens une douce langueur, que la beauté de la nuit, les senteurs augmentaient encore. On se mit à table, c'est-à-dire les deux princesses et M. de Guise. Les chevaliers s'empressaient à les servir. Quant à Léontio, placé derrière sa belle maîtresse, il n'avait d'yeux que pour elle, il prévenait ses moindres désirs, il s'en occupait exclusivement, le reste de l'univers n'existait plus.

Des vins exquis, des fruits admirables, les viandes et les mets de toutes sortes les plus recherchés, furent prodigués à cette table. Des sorbets et des glaces en faisaient perpétuellement le tour. Un pareil luxe n'existait pas sur les tables du roi. Anne était enivrée. Après le repas, qu'une aimable et piquante conversation prolongea, les convives se levèrent et le prince proposa une promenade dans la forêt; elle fut acceptée avec empressement. Ni les chevaliers, ni aucun des gens ne les suivirent, sauf M. d'Amalfi. Ils marchèrent d'abord tous les quatre, devisant gaiement ensemble : un peu plus loin Marie appuya son bras sur celui de son écuyer, dont c'était la fonction habituelle.

— Je ne sais pourquoi je me sens ainsi fatiguée, dit-elle d'un air languissant, en ralentissant le pas.

Anne et M. de Guise ne firent pas semblant de l'entendre, et bientôt ils se trouvèrent à une grande distance les uns des autres. Marie et Léontio prirent une allée à droite, tandis que sa sœur suivait celle où elle se trouvait déjà et qui insensiblement la conduisait dehors de la ligne éclairée.

La lune perçait de ses rayons et argentait de ses paillettes le feuillage épais. Un rossignol chantait au bord de son nid et troublait seul le silence, que les amants se gardaient d'interrompre. Les accords lointains de la musique arrivaient brisés et mélodieux, c'était une de ces heures solennelles, où l'âme la plus froide se sent animée et vibrante. Aussi les cœurs battaient-ils bien vite et à l'unisson, sans se parler ils s'entendaient, ils se rapprochaient involontairement, et tout-à-coup le prince, moins maître de son transport que la jeune fille, s'arrêta en étendant la main vers elle :

— Anne, Anne! balbutia-t-il, avec une émotion invincible, répondez-moi, m'aimez-vous?

La princesse s'arrêta aussi, baissa les yeux, et ne répondit point.

— Anne, je vous en conjure, un mot! un mot! Est-ce donc si difficile? Cela vous coûte-t-il donc tant?

Elle le regarda et baissa les yeux encore. Anne avait dix-huit ans!

— Ne voulez-vous pas me rendre heureux? cela dépend de vous. Anne,... ma bien aimée... — Monsieur... Mon cousin... — Eh! bien?... au nom du ciel!

Il se jeta à ses genoux : à cette époque classique, une déclaration n'eût pas été complète sans cela. Anne se recula et fit un geste pour le relever.

— Non, pas avant que vous m'ayez répondu. Vous tenez en vos mains ma vie ou ma mort, ayez pitié de moi, je vous en conjure. — Mais... mais... vous... vous n'êtes pas libre. — N'est-ce que cela? Est-ce le seul obstacle qui nous sépare? Oh! ne craignez rien, je le serai bientôt. Mes dispenses sont demandées à Rome, j'ai la certitude que le saint Père ne me refusera pas. Ma chaîne sera brisée et je pourrai vous offrir mon cœur, mon nom, ma fortune, tout ce que je possède, tout! tout! — Madame votre mère... — Ma mère n'est point ma maîtresse, grâce à Dieu! Elle pourra élever des obstacles, elle en fera naître, je n'en doute pas, ma volonté les surmontera tous. Aimez-moi seulement. — Vous aimer!... que me demandez-vous là, mon cousin? — Ah! je vous demande ce que je désire le plus au monde, je vous demande le bien pour lequel je sacrifierais tous les autres, votre amour. — Quoi! dit Anne avec cette complaisance et cette coquetterie d'une femme sûre d'elle-même, d'une femme sûre de l'homme qu'elle aime. Quoi! si l'on vous offrait la couronne de France vous ne la préféreriez pas à l'amour d'une pauvre princesse ruinée?

Le sourire dont elle accompagnait ces paroles devinait d'avance la réponse.

— Le trône de France, celui du monde, tous les honneurs, toutes les richesses, qu'est-ce que cela auprès d'un de vos regards? Doutez-vous donc de ma passion, en doutez-vous, madame, que vous m'interrogez ainsi? — Non, je n'en doute pas, mon cousin; à quoi vous servirait de me tromper? quel renom obtiendrez-vous d'une semblable félonie? Je ne doute pas, Dieu m'en préserve! — Voulez vous être duchesse de Guise, Anne, le voulez-vous? — C'est un beau nom, assurément, pourtant ma sœur... — Encore une objection! je lui parlerai ce soir. — La vôtre... — Mademoiselle de Guise! et de quel droit se placerait-elle entre vous et moi? — C'est que...

Et la jeune fille se mit à rire, elle était au bout de ses expédients, il fallait bien répondre.

— Ah! vous riez, mademoiselle, vous vous jouez de moi, je suis bien malheureux! — Malheureux! vous, Henri! — Henri, Henri, avez-vous dit? Oh! répétez ce nom, répétez-le, ma bien chère Anne, répétez mon nom; dans votre bouche, il ne me semble plus le même. Henri! Henri! ce nom de mon glorieux ancêtre, ce nom dont j'étais si fier, lorsque vous le prononcez, il devient une caresse. — Hélas! c'est un nom de mauvais augure, répondit la princesse en branlant la tête. — Tous les noms sont de mauvais augure dans ma race depuis plus d'un siècle, madame; un devin m'a annoncé qu'elle finirait en moi et que je serais le dernier duc de la maison de Guise. — Un devin! êtes-vous donc comme ma sœur, qui croit en eux et les consulte sans cesse? Ils lui annoncent des diadèmes, ils lui prédisent qu'elle sera deux fois couronnée, et cependant..... — Et cependant elle est occupée en ce moment à effeuiller ses couronnes! Croyez-vous donc que je ne m'en sois pas aperçu? Heureusement nous n'avons pas peur de faire comme elle. Il ne s'agit ni de sorciers, ni de la princesse Marie, il s'agit de nous, de nous qui nous aimons... — Le croyez-vous? répliqua finement la princesse. — Vous ne l'avez pas dit, c'est vrai. Cependant... — Eh! bien? — Cependant je le sais. — Vous le savez, monsieur! — Je le sais, j'en suis sûr... — Et moi qui croyais l'ignorer encore! — Je vous l'apprends, ma belle duchesse!

Il lui baisa la main, qui resta dans la sienne. Anne, rouge comme une cerise, interdite, joyeuse, craintive tout à la fois, demeurait en face de lui, dans cette attitude charmante d'embarras et de bonheur qui rend les fiancées si touchantes.

— Ma bien-aimée Anne ! vous serez donc à moi ! — Hélas ! cela est-il vrai ? — Qui pourrait en empêcher ? — Tout le monde, le roi, la reine, le cardinal, madame de Guise, ma sœur, la vôtre, le pape, le parlement, le diable... — Tout cela ne peut rien contre moi. — Nous verrons. — M'aimez-vous ? — N'avez-vous pas prétendu que cela était certain ? — Oui, mais vous ne l'avez pas confirmé, ma cousine. — Ah ! j'ai grand peur que vous soyez infaillible.

Ils s'égaraient de plus en plus, ils avaient perdu complétement de vue jusqu'à la dernière lumière ; aucuns bruits n'arrivaient jusqu'à eux ; ils ne s'en apercevaient pas. Ils causèrent ainsi plus de deux heures, appuyés l'un sur l'autre, oubliant le monde qui ne les oubliera pas, lui ! Ce fut un enchantement. Des voix qui les appelaient les rendirent néanmoins à la réalité. Il fallut répondre, il fallut revenir ; le jour commençait à poindre, les oiseaux s'éveillaient et couraient de branches en branches. Les rayons de l'aurore doraient les cimes des arbres. Tout renaissait autour d'eux.

— Se quitter déjà ! s'écrièrent-ils. — Oui, mais pour se rejoindre et ne se plus quitter ensuite, ma bien-aimée, ma femme, ma duchesse !

Un des chevaliers parut dans le lointain ; il s'arrêta et salua respectueusement le prince.

— Allons ! dit celui-ci, rejoignons-les, puisqu'il le faut.

Ils arrivèrent à la tente, mais ils n'y trouvèrent point Marie. De ce côté, la promenade avait été plus longue encore et l'oubli plus profond. Ils se regardèrent et ne firent aucune observation ; ils n'étaient pas seuls. Madame d'Amalfi venait d'arriver, et c'était elle qui les faisait chercher ainsi. Elle se rendait à Poissy près des princesses, dont elle ignorait le départ. La tente et les illuminations se trouvaient sur la route, les gens se reconnurent et s'arrêtèrent. Frappée de l'imprudence des jeunes personnes, elle s'empressa de les rappeler.

— Ce sera demain la nouvelle de la cour, se dit-elle ; passe pour M. de Guise, mais mon fils !... cela peut tout empêcher.

En attendant, son fils et Marie ne paraissaient pas. Anne, qui avait besoin de sa sœur, et à laquelle d'ailleurs l'honneur de son nom était cher, s'empressa de dire :

— Ma sœur était horriblement fatiguée, elle s'est assise, nous l'avons laissée, il y a un quart d'heure, sous la garde de M. d'Amalfi, pour aller, monsieur mon cousin et moi, explorer un peu cette belle forêt. Elle va revenir, elle aura pris un autre chemin sans doute, et, comme elle était très-lasse, elle marche lentement.

En effet, dix minutes après, Marie, pâle, défaite, les yeux encore rougis de larmes, parut à la porte de la tente, appuyée sur le jeune homme, dont l'impassible physionomie n'exprimait absolument rien. Anne courut vers sa sœur.

— Ma chère Marie, lui dit-elle, je suis sûre que vous avez eu une peine horrible à marcher, et vous souffrez beaucoup. — Plus que je ne puis vous le dire, Anne. — Venez vous reposer un peu et nous partirons. Lorsque nous vous avons quittée là-bas, assise sous le gros arbre, j'étais persuadée qu'il en serait ainsi. Pourquoi n'être pas revenue de suite ? Pourquoi avoir cédé à ma fantaisie ? Vous me gâtez trop, en vérité.

Marie serra la main de sa sœur pour la remercier.

— Oui, balbutia-t-elle, comme une personne hors d'elle même, oui, un peu de repos, j'en ai besoin.

C'est que la pauvre Marie avait eu aussi une entrevue orageuse, c'est qu'elle avait lutté courageusement contre elle-même et contre un homme qui l'aimait, c'est que le souvenir de Cinq-Mars décapité s'était dressé entre eux et l'avait glacée de terreur. Cette infidélité à un mort et à un mort tel que celui-là lui semblait le plus mauvais présage pour cette nouvelle liaison. Elle se sentait éprise plus fortement, plus profondément qu'elle ne l'avait été encore, et ainsi que le dit la princesse palatine dans ses mémoires :

— « Cet amour-là fut le seul de sa vie. »

Cet amour pour un homme sans naissance, sans fortune, sans position, cet amour qui la faisait déchoir, qui la détrônait peut-être, elle s'y livrait avec un entraînement qui tenait du délire. Elle avait entendu Léontio lui dire à ses genoux :

— Oui, adorable princesse, je suis bien indigne de vous, je le confesse, je le comprends, mais permettez-moi d'aspirer à un bonheur promis aux Dieux, permettez-moi d'oser sortir de mon rang infime, de m'élever jusqu'à vous, et nul, j'ose le croire, ne fera autant pour vous mériter. Je ne pourrai, hélas! vous offrir une couronne, mais j'acquerrai pour vous un nom plus grand, plus héroïque que celui de tous les rois du monde, un regard de vous me rendra capable des actions les plus merveilleuses, me l'accorderez-vous seulement?

La princesse se tut.

— Vous m'aimez donc bien? reprit-elle après quelques instants. — Si je vous aime! ah, j'en allais mourir sans ce bienheureux voyage. — Et moi qui l'accusais! pensa-t-elle. — Jamais je n'aurais eu la hardiesse de parler, jamais, si votre bonté ne m'eût soutenu, deviné, jamais je n'aurais arraché de mon cœur ce secret, mon seul bien : ah! madame, quel heureux vous avez fait!

Cependant Marie n'avouait rien encore, elle écoutait, c'était beaucoup pour l'adroit jeune homme, c'était plus qu'il n'eût osé désirer un mois avant, cependant il voulait plus encore, il voulait un encouragement positif, il voulait même un aveu, si on lui laissait le temps de l'obtenir.

— Madame, lui disait-il, que faut-il que j'espère? — Je ne sais. — Si vous ne tendez vers moi une main secourable, j'y succomberai, je n'ai plus la force de me taire à présent, ou il me faudrait m'éloigner pour toujours. — Je vous le défends. — Vous voulez que je reste, vous voulez... — Je veux vous voir.

Ce mot lui échappa; elle eût désiré le reprendre, mais il était dit, il était compris surtout, et Léontio la remerciait avec toute la fougue de son amour et de son pays. Elle éprouva la joie la plus puissante, la plus indicible de sa vie, et dès lors elle s'y abandonna, il lui fut impossible de se contraindre davantage.

— Eh bien! oui, lui disait-elle, oui, mon Léontio, aimez-moi, aimons-nous. Je vous dois des instants à peine entrevus dans mon passé à travers un nuage, à travers le prisme de l'ambition et de la grandeur, mais vous, vous, qui ne m'apportez rien, qu'un cœur passionné, vous, qui donneriez sans hésiter vos jours pour moi, vous qui m'aimez ainsi que je n'ai jamais été aimée, oui, je vous aime, oui, oui je vous aimerai sans cesse, oui, à mon tour je jetterai loin de moi toutes les espérances d'avenir que vous ne partageriez point et je m'abandonne à ma destinée en vous en laissant le soin.

En cet instant le visage pâle de Cinq-Mars, cette tête tombée sous la hache, cet être qui lui aussi avait perdu la vie pour l'avoir aimée, pour avoir essayé de monter jusqu'à elle, le malheur enfin se présenta à elle, elle le vit et elle frémit pour celui qui allait aussi jouer quitte ou double avec la Providence. Elle poussa un grand cri, involontairement, sans réfléchir, elle jeta ses bras autour de son cou, l'attira vers elle comme pour le défendre, en ajoutant d'une voix déchirante :

— Non, non, n'essayez rien, ne cherchez pas à vous élever, restez ce que vous êtes, vous y succomberiez, et je vous perdrais encore, oh! restez! restez!

Cette fille, si dédaigneuse, si fière, cette fille qui avait rêvé la couronne de France et qui ne pouvant l'obtenir, trouvait les autres couronnes trop au-dessous d'elle, cette fille maintenant défendait l'ambition à un simple gentilhomme, parce qu'elle l'aimait et, qu'avant la fortune et la puissance, l'amour était son maître. Je ne sais comment aurait fini cet épanchement déjà si tendre, si la voix de ceux qui les appelaient ne les eût en même temps ramenés sur la terre. Marie fut inquiète et honteuse; sa sœur et M. de Guise qu'allaient-ils penser?

— Ah! se dit-elle, ils songent à eux et ne s'occupent pas de moi.

Ce fut dans ces dispositions que ces quatre personnages remontèrent en carrosse avec madame d'Amalfi et se dirigèrent vers l'hôtel de Nevers, où ils n'arrivèrent qu'à huit heures du matin.

IX — PROJETS ET CHIMÈRES

En rentrant chez elles les deux sœurs se séparèrent, elles avaient besoin d'être seules et de retrouver dans leur cœur la nuit si délicieuse qu'elles venaient de passer. Ni l'une ni l'autre ne dormit : l'amour et le bonheur remplissaient leur être tout entier. Anne était pleine d'espérance, la princesse de Mantoue craignait toutes choses.

— Je n'en pourrai faire mon époux à la face de l'univers, pensait-elle. Eh ! bien, si je ne puis vaincre ce désir, si cette passion me domine, je formerai des nœuds secrets, j'irai vivre avec lui dans quelque coin de l'Italie, où un moine obscur recevra nos serments. Je veux être heureuse, moi, bien que fille de prince, n'ai-je pas le droit de le demander ?

Il avait été convenu entre M. de Guise et sa maîtresse que

ce matin là même il viendrait à l'hôtel, qu'il parlerait à la princesse Marie, qu'il obtiendrait son approbation et qu'ensuite il déclarerait hautement ses intentions à sa mère et à tous. Anne ne se hâta donc point de descendre, elle attendit au contraire, d'être demandée, ce qui tarda assez longtemps, Marie ayant donné audience à ses amours avant celles de sa sœur, ainsi que cela était juste. Elle reçut de bonne heure le reconnaissant, le transporté Léonito; et ces moments passèrent aussi vite que la veille.

L'aspect de M. de Guise la rappela au monde présent, elle se douta de ce qu'il venait faire, et congédiant Amalfi d'un geste, elle se retourna vers le prince en lui disant :

— Ah ! que vous êtes heureux !

C'était une confidence et une promesse. M. de Guise comprit qu'il ne trouverait point de résistance et qu'elle se prêterait à ses désirs, puisqu'elle lui avouait si franchement et si bénévolement sa passion nouvelle. Il se promit de ne la point contrarier, jusqu'à ce qu'il eût un droit positif de le faire.

— Elle n'ira toujours que jusqu'où je voudrai. Anne est là qui surveille. Une fois, ma belle-sœur, je saurai bien la débarrasser de ce gentilâtre, qui d'ailleurs se lassera avant.

Le duc de Guise jugeait Marie d'après lui, d'après ses impressions légères. Il ignorait qu'il existe dans la vie, une fois, peut-être deux, jamais davantage, un sentiment qui triomphe de tout, qui domine tout, dont le cœur seul peut se rendre maître et encore échoue-t-il quelquefois. Lorsque ce jour est venu, pour une femme, surtout, plus les dificultés sont grandes, plus l'objet de cet amour semble impossible à obtenir, plus on le désire, plus on le veut ardemment, hélas ! combien d'entre nous voient luire ce terrible soleil, dont les rayons éclairent la vie ! et lorsqu'il s'éclipse, lorsqu'il disparaît à l'horizon, alors la nuit se fait dans l'âme, alors le deuil se répand sur nous, il ne reste plus qu'à regretter et à souffrir.

— Je sais ce que vous allez me demander, mon cousin, dit Marie, je n'ai qu'une chose à vous répondre : puissent tous ceux dont vous dépendez vous souhaiter le même bonheur que moi ! — Ainsi donc... — Ma sœur est libre, je n'ai rien à lui ordonner, rien à lui défendre, mais si elle était ma fille, je ne lui souhaiterais pas d'autre mari que vous. — Je n'en demande pas davantage ; à présent j'offrirai mes vœux à la princesse Anne, je me proclamerai hautement son passionné serviteur, ce soir même, je déclarerai mes intentions à ma mère; demain j'irai à Saint-Germain, je parlerai à Sa Majesté, à M. le cardinal, et lorsque tout le monde sera instruit, je presserai mes bulles de dispense à Rome, et puis... et puis... — Et puis vous serez heureux, je vous le disais tout à l'heure, vous pouvez l'être, vous ! — On peut être heureux si on veut et si on sait l'être, mademoiselle. — Ah ! que ne dites-vous vrai ! — Je vous le prouverai plus tard. — Vous êtes fort habile, je n'en doute pas, mais ces preuves-là sont difficiles à faire. — Pourquoi, lorsqu'on ne blesse personne en les faisant ? — Ah ! M. de Guise ! répliqua-t-elle, en le menaçant du doigt et en souriant, ah ! M. de Guise, vous êtes un satirique. — Moi ! — Sans doute. Je vous comprends à merveille. Vous me croyez futile, légère, vous n'avez pas foi en mes sentiments parce que... parce que...

Elle devint pâle et tremblante.

— Parce que ? achevez. — Parce que j'oublie celui que je n'aurais jamais dû oublier peut-être, répliqua-t-elle d'une voix sourde. — Vous vous trompez, ma cousine, je ne vous accuse point, je connaissais mieux que vous M. le Grand. — C'est moi qui l'ai conduit à la mort, c'est pour m'obtenir qu'il a risqué cette entreprise, j'aurais dû porter un deuil éternel, mais nous sommes bien faibles. — Rassurez-vous, ma cousine, vous n'avez pas été la cause de sa mort, ce n'est pas pour vous qu'il a conspiré, c'est pour lui.

Marie secoua la tête.

— C'est pour lui, vous dis-je, M. de Cinq-Mars était un petit compagnon, la faveur du roi seule en avait fait quelque chose, cette faveur il pouvait, il devait la perdre. Il a travaillé pour rester un personnage après cette faveur anéantie : vous étiez tout à la fois un moyen et un but, vous êtes jeune, vous êtes belle, vous êtes accomplie sans doute, surtout vous êtes princesse. Vous l'avez aimé, cela se comprend, il vous l'a rendu de son mieux, cela se comprend encore, mais vos aïeux, vos alliances, tout ce qui s'attachait à la queue de votre robe lui était bien plus cher que vous, n'en doutez pas. — Ah ! monsieur, s'écria la princesse, ne détruisez pas mes illusions, laissez-moi croire en celui qui n'est plus, sans cela comment croirai-je en celui... — Quant à ceci, n'en parlons point, consolez-vous, non pas de vos regrets peut-être, mais de vos remords. Tachez de vivre tranquille et heureuse et pour cela ne vous embarquez pas dans les orages. — Ah ! *mon frère* !... — Je comprends ce que veulent dire ces mots, ma belle *et chère sœur*, moi aussi je cherche les tempêtes, mais songez, s'il vous plaît, que ma fiancée est Anne de Gonzague et que je m'appelle Henri de Guise.

La princesse Marie sentit qu'il n'y avait rien à répondre à cela. Elle détourna la conversation, en reparlant de sa sœur, de la fête de la veille, de tout ce qu'elle avait eu de galant et d'agréable.

— J'en garderai un souvenir éternel, ajouta-t-elle en soupirant; on en parlera fort, je le crains. L'absence de madame d'Amalfi sera mal interprêtée, nous étions seules, ma sœur et moi, vous êtes bien jeune, bien beau, bien connu. — Mademoiselle, toute la cour saura demain que la princesse Anne daigne accepter mon nom, et nul n'aura le droit de critiquer ni vous ni elle; ceux qui oseraient le prendre auraient à s'en repentir.

Cette conversation finit là. Anne attendait avec impatience. Pour la première fois elle reçut M. de Guise chez elle, et leur entrevue fut très longue et très tendre. Que de choses à se dire ! que de promesses à se faire ! combien ils s'aimaient alors ! C'était un spectacle à la fois réjouissant et mélancolique que celui de ces deux êtres, si pleins d'espérance, si confiants dans leur avenir, pour la vie qui s'ouvrait si belle et si pleine d'enchantements! Leurs projets furent bien vite arrêtés : s'appartenir le plus tôt possible et par tous les moyens possibles. A cela se réduisait leur politique. C'est celle de tous les amoureux.

Il fallut cependant se quitter. Le prince devait se rendre sans plus tarder à Saint-Germain, madame de Guise y était, le cardinal, le roi. Les grands coups seraient portés le soir même.

— Demain je viendrai tout vous dire, ma belle princesse, demain j'apporterai certainement à vos pieds la certitude de mon bonheur; d'ici là, que votre pensée soit la mienne, qu'elle me suive et qu'elle me protége, je suis sûr de triompher.

Dès que M. de Guise eut quitté l'hôtel, après l'avoir suivi des yeux aussi loin qu'elle put le voir, la princesse se rendit chez sa sœur. Marie était enfermée dans sa chambre, ce qui lui arrivait quelquefois, mais lorsqu'on la prévint que mademoiselle de Gonzague l'attendait, elle entr'ouvrit sa porte et donna ordre de la faire entrer sur le champ, pourvu qu'elle fût seule. Marie n'était point habillée encore; retirée au fond de son appartement, elle jouait avec une charmante petite fille de quatre ans à peu près, royalement parée, suivant la mode de l'époque pour les enfants, et qui leva sur elle ses grands yeux, quand elle la vit entrer dans la chambre. La princesse, assise par terre sur le tapis, avait les yeux pleins de larmes, qu'elle n'essuyait pas, et tendit la main à sa sœur, et l'attirant vers elle pour l'embrasser.

— Anne, ma chère Anne, je vous félicite, je suis heureuse de votre bonheur.

Anne lui rendit son étreinte; ce fut une des rares occasions de leur vie où leurs cœurs battirent à l'unisson.

— Merci, ajouta-t-elle, je vous crois et je vous dis encore merci ! Mais vous, ma sœur, d'où viennent ces larmes ? Quelle est cette enfant, si jolie et si bellement accoutrée ? — Mes larmes ! ah ! puissiez-vous n'en jamais répandre de semblables ! Quant à cette enfant... c'est ma filleule; elle s'appelle Marie. Saluez cette dame, mon enfant, c'est ma sœur.

La petite fille baisa respectueusement la main de la princesse.

— Elle est charmante, votre filleule. De qui est-elle fille ? Et pourquoi ne m'en avez-vous jamais parlé ? — On oublie !... C'est la fille du marquis d'Arquien. — Ah ! elle a cependant un visage que je connais, et je ne connais pas le marquis d'Arquien.

Marie garda le silence quelques instants, puis, tout-à-coup, ainsi qu'elle agissait d'ordinaire, elle se jeta dans les bras de sa sœur en fondant en larmes.

— Anne, ma chère, je suis bien malheureuse, dit-elle, aidez-moi, consultez-moi, laissez-moi vous ouvrir mon cœur. Restons toute cette journée ensemble, comme deux sœurs qui s'aiment bien, qui n'ont rien de caché l'une pour l'autre. Le voulez-vous ? — Très volontiers. — Ecoutez-moi, alors, et préparez-moi votre indulgence, votre amitié, j'en aurai besoin. Marie, allez jouer au jardin jusqu'à ce que je vous rappelle, et ne parlez à personne, surtout !

L'enfant sortit après un signe d'intelligence.

— Maintenant, Anne, je suis tout à vous, écoutez-moi.

X — LE PASSÉ

— « Vous savez, ma sœur, quelle fut pour moi l'indulgence de notre père, vous savez jusqu'à quel point il se faisait une loi de satisfaire mes caprices et de ne jamais me contrarier ; vous ne le savez que trop, puisque cette préférence a causé les premiers chagrins de votre vie et a précipité notre sainte Bénédicte dans un cloître où elle mourra bientôt. Je fus donc élevée comme une enfant à laquelle tout devait obéir, je ne vis autour de moi que des fronts baissés et des regards soumis, aussi quand j'entrai dans le monde, quand je vins habiter l'hôtel de Nevers, je crus devoir exiger de tous, des événements même, cette obéissance, et je trouvai fort extraordinaire que le destin osât me résister quelque peu.

» Ma première déception fut le refus formel que fit la reine Marie de me laisser devenir la femme de Monsieur. Ma fierté fut souverainement blessée, quand on m'envoya au bois de Vincennes et qu'on me déclara, en termes assez peu courtois, mon indignité d'une pareille place. Je crus que j'en mourrais, tant ce premier coup fut sensible ; je me renfermai dans le donjon, refusant de paraître lorsque la cour y venait, et rongeant mon frein en silence. Ce n'était pas que j'aimasse Gaston, mais j'aimais la grandeur, j'aimais la seconde dignité du Royaume, et mon orgueil me répétait à chaque instant que je la méritais plus que personne.

» Le prince m'oubliait lentement, à ce qu'il paraît, car ma prison fut longue et la reine avait juré de n'y point mettre un terme tant que son fils me conserverait sa tendresse. J'étais si triste que je ne songeais point à revoir du monde. De longues promenades dans la forêt avec madame d'Amalfi formaient toutes mes distractions ; je ne recevais personne, je fuyais tous ceux que j'apercevais, et je m'enveloppais dans mes chimères détruites comme en un linceul.

» Un jour j'avais formé le projet de me rendre dans une maison dont on parlait beaucoup, renfermant quantité d'objets curieux, apportés d'Italie ; cette maison était dans le bourg même de Vincennes, ou du moins à l'extrémité, un peu en dehors, elle appartenait au marquis d'Arquien, seigneur tourangeau. Madame d'Amalfi s'y était rendue plusieurs fois et m'avait donné le désir de la visiter aussi, à condition toutefois que les propriétaires seraient absents. Nous y arrivâmes à pied, suivies d'un seul laquais, nous fûmes reçues suivant nos conventions par le concierge, il nous ouvrit la porte, s'excusa de ne pas nous accompagner sur la nécessité de ses occupations, et nous laissa seules.

» Nous parcourûmes les galeries, nous admirâmes tout, puis nous nous rendîmes au jardin, afin de voir quelques statues. A peine venions-nous d'y entrer, qu'un seigneur de fort bonne mine, se trouva comme par enchantement à mes côtés, je ne le reconnus pas d'abord et je fis un mouvement pour l'éviter ; il me salua respectueusement tout en me barrant le passage ; je levai sur lui des yeux courroucés, c'était M. le duc d'Enghien.

— Je pourrais vous dire, mademoiselle, que je suis ici par l'effet du hasard, mais au risque de m'attirer votre mécontentement, je préfère que vous sachiez la vérité, et je vous la ferai connaître sur-le-champ : je suis ici pour vous rencontrer. — Monsieur...... — Vous vous fâcherez peut-être, vous m'appellerez audacieux, téméraire, tout cela est juste, cependant je suis venu. — Et pourrai-je savoir..... ? — Pourquoi je risque de vous déplaire ; certainement, et je n'ai pas de plus grand désir que de vous l'apprendre. — Je vous écoute, monsieur. — Mademoiselle, je suis amoureux. — Monsieur, vous me manquez, ce me semble. — Rassurez-vous, mademoiselle, ce n'est pas de vous ; je suis amoureux d'une dame que vous honorez de votre amitié, qui vient souvent chez vous et que je ne puis pas voir à mon aise ailleurs. Voulez-vous me permettre de fréquenter l'hôtel de Nevers, quand il vous plaira d'y retourner ?

La hardiesse de cette proposition me confondit ; le prince s'en aperçut, et se hâtant de m'empêcher de répondre :

— La personne que j'aime est mademoiselle du Vigean, et mon intention est d'en faire ma femme, vous voilà bien à l'aise maintenant.

— « C'était une autre sorte de péril : si la reine-mère et le cardinal, dont la puissance augmentait chaque jour, venaient à découvrir les desseins de M. le duc d'Enghien, si on m'accusait de les protéger, on me ferait payer cher notre rebellion. Pourtant je connaissais du Vigean, pourtant cette vengeance me plaisait, et puis j'aime l'imprévu, j'aime à résister, j'aime malheureusement tout ce qui peut aventurer l'avenir d'une princesse dans une position aussi dépendante que la mienne. »

— C'est vrai, interrompit Anne, sous forme de corollaire.

— « Je me sentis entraînée vers le prince, qui promettait déjà tant de choses à dix-sept ans qu'il avait alors, et, par un mouvement irrésistible, j'acceptai sa proposition. Je lui promis même plus qu'il ne demandait, pour lui et pour mademoiselle du Vigean, je consentis à rompre ma clôture et à les accueillir ensemble ou séparément soit au bois de Vincennes, où j'étais parfaitement libre d'admettre qui il me plairait, hors Monsieur et ses émissaires, ou dans cette maison même, chez madame d'Arquien, amie de la maison de Condé, où l'on serait trop honoré de ma visite.

» Tout fut convenu ; le lendemain, du Vigean vint me trouver dans ma prison, je lui ouvris les bras, elle me conta son amour, ses espérances et son désespoir, elle m'appela sa providence et son amie ; à dater de ce jour, elle ne me quitta plus.

» Je ne vous raconterai pas nos promenades, nos entretiens, nos confidences, les interminables douceurs auxquelles j'assistais, entre l'amoureux prince et sa dame ; cette intrigue devint ma vie, je m'en occupai uniquement, et j'en recueillis le fruit inévitable, c'est-à-dire le besoin impérieux d'avoir, moi aussi, un roman à filer. Du Vigean était belle et vertueuse ; elle aimait M. le duc d'Enghien avec passion ; elle en était aimée de même, à ce point qu'il ne me voyait plus quand elle était là, et qu'il ne m'adressait même pas la parole, j'en fus piquée jusqu'au fond du cœur.

» Ma retraite éloignait de moi tous les courtisans, je ne trouvais personne pour apaiser cette soif d'aventures dont j'étais dévorée, je m'ennuyais, j'étais non pas jalouse, mais envieuse de mon amie ; l'idée me vint de me venger d'elle, de me venger de son amant, qui me méprisait, en les forçant tous les deux à me compter pour quelque chose.

» Mon plan fut bientôt dressé, et exécuté tout aussi vite.

» Nous nous rencontrions fréquemment chez le marquis et la marquise d'Arquien ; ils se trouvèrent mêlés dans notre intimité continuelle, et, un soir, sous prétexte de me distraire, je leur demandai de nous offrir une petite fête. Dans ma bouche, cette prière était un ordre. Je dressai une liste, je fis quelques invitations, très restreintes, j'en éloignai soigneusement tout l'entourage de Monsieur, pour ne pas alarmer la cour, et je me préparai à être belle, à me faire regarder, à me faire aimer, si c'était possible.

» Le hasard me servit merveilleusement. Du Vigean, à laquelle un ami maladroit vint raconter le mariage probable de M. le duc d'Enghien, prit la mouche en aveugle et s'alla jeter aux Carmélites de Chaillot. Le prince, malgré ses efforts, ne put ni la voir, ni vaincre sa résistance ; il avait besoin d'en parler et passait chaque jour plusieurs heures avec moi. La veille de la fête, il m'arriva tout plein d'humeur et de caprice, maudissant les dévotes, maudissant les bavards, maudissant tout, même un peu sa bien-aimée qui n'avait pas l'énergie de vouloir, et qui cédait à la moindre atteinte.

— » Ah ! ce n'est pas ainsi que j'aimerais, répondis-je involontairement. — Vous ! s'écria-t-il, et pour la première fois il me regarda. Jusque-là je n'avais été pour lui qu'une manière de meuble, propre à recevoir ses confidences, à placer ses billets doux. — Oui, moi, pourquoi pas, monsieur ? l'amour m'est-il donc interdit ? — Il doit vous être facile, car vous êtes bien belle. — Vraiment ! — Ah ! oui, vous êtes bien belle ! —

» Et il soupira.

— « C'est dommage ! ajouta-t-il. — Quoi donc est si fort dommage ? — Que je doive épouser mademoiselle de Brézé, et que j'aime mademoiselle du Vigean. — Ah ! oui, je comprends, votre cœur en gémit. — Vous ne comprenez pas, mademoiselle. Si je n'aimais pas mademoiselle du Vigean, je vous aimerais, si je n'épousais pas mademoiselle de Brézé, j'épouserais la princesse de Gonzague, nul ne songerait à m'en empêcher, pas même M. le cardinal. — La princesse de Gonzague n'est pas digne de s'allier à la maison de Bourbon, monsieur, répliquai-je encore blessée de l'affront que j'avais reçu.

» La conversation en resta là, après mille protestations de sa part. Il était donc admirablement préparé à recevoir le coup que je lui destinais, et le lendemain, lorsque je parus chez la marquise, parée et belle à miracle, il resta ébloui, il oublia ses amours, son mariage, il oublia tout pour ne songer qu'à moi seule. J'en fus enivrée, enorgueillie, j'en perdis la tête, comme une sotte et une enfant que j'étais. Je me mis à jouer avec cet homme ; je fus coquette, je fus provoquante, je voulus qu'il m'aimât, bien que je ne l'aimasse point, et je dus croire que c'était une chose facile, car avant la fin de la soirée, il avait mis à mes pieds ses amours et son mariage, me jurant qu'il abandonnerait l'un et l'autre sur un mot de moi.

— « Mademoiselle du Vigean ne m'aime pas, puisqu'elle n'a pas le courage de le prouver, pourquoi donc, alors, voudrais-je m'obstiner à la vaincre ! Elle me préfère ou Dieu ou un rival peut-être, je lui rends sa liberté, je ne la reverrai plus, qu'elle reste obstinément derrière ses grilles, tandis que vous, ma belle princesse, vous ne me repoussez point, vous n'avez peur de rien, vous ne fuyez pas un homme parce qu'on le condamne au mariage avec une bossue. C'est bien, voilà qui est digne de vous et de moi.

» J'avais seize ans, je crus du Vigean oubliée, je me crus victorieuse de cette passion réputée invincible et je m'enivrai de ma victoire. M. le duc d'Enghien ne me quitta pas de toute la nuit. En rentrant chez moi, lasse et fatiguée, je fus cependant obligée de convenir avec moi-même que c'était une mauvaise action et que ma pauvre amie ne me le confiait pas pour que j'abusasse de sa bonté. La conscience se tut devant le sommeil. Le lendemain je l'attendais, il ne vint pas.

» — Ah! me dis-je, me serait-il déjà échappé!

» Il me sembla le voir du haut du donjon galopant dans la plaine et tournant tout autour de ma cage. C'était bien lui, avec une petite suite; mais pourquoi n'entrait-il point? J'agitai mon mouchoir, il me répondit avec son écharpe, rétrécit ses cercles, cependant n'approcha pas à la portée de la voix et disparut.

» Le soir, je reçus, en grand mystère, un mot de lui. Les espions du cardinal, il en a partout, vous le savez, flairaient notre intelligence, et il lui était défendu de me revoir. Je ne serais pas si facile à écarter que mademoiselle du Vigean, on le sentait, il valait mieux s'y prendre de bonne heure et couper le mal dans sa racine. Le goût que je lui inspirais, prit, à cause de cette défense, un faux air de passion à s'y méprendre. Il s'y trompa, il n'est pas étonnant que je m'y sois trompée comme lui. Dès ce moment une correspondance s'organisa ; nous n'eûmes pas de plus grand désir que celui de nous revoir, de nous parler, de nous exprimer les sentiments dont nous nous *supposions* atteints, mais la garde était si sévère autour de nous, que cela nous fut impossible. En vain j'allais chaque soir chez madame d'Arquien, avec laquelle je me liai fort, en vain il rôda autour de mes murailles, des obstacles invincibles nous séparaient toujours, au moment où nous allions nous réunir; nous en séchions d'impatience.

» Madame d'Arquien allait souvent à l'hôtel de Condé, elle et son mari étaient fort serviteurs de MM. les princes, et dès qu'elle entrait, M. le duc d'Enghien ne la quittait plus. Il lui parlait de moi sans cesse, il fallait qu'il me revît ou qu'il mourût, enfin il la tourmenta si fort qu'elle lui promit une entrevue, pourvu qu'il jurât sur l'honneur de ne pas la compromettre et d'être prudent en toutes choses. Il jura tout ce qu'on voulut, et voilà ce qui fut décidé.

» De mon côté je montrais à madame d'Arquien un tel désir de voir le prince, qu'elle ne douta pas de mon consentement, fût-il pour les moyens les plus extravagants du monde. Elle avait un très-joli page, qui venait sans cesse de sa part au donjon. Cet enfant lui était attaché depuis son enfance et l'aimait à l'adoration, on disait qu'il l'aimait trop. Il fut convenu que l'on me ferait faire dans le plus grand secret, un habit pareil au sien, nous étions de même taille. Il me reconduisait presque chaque soir, restait un quart d'heure avec moi et s'en allait ordinairement avec quelques livres, ou bien des tapisseries, un échange perpétuel de ces sortes d'objets ayant lieu perpétuellement entre sa maîtresse et moi. Le jour désigné pour l'entrevue, M. le duc d'Enghien feindrait depuis la veille de garder sa chambre, en sortirait par les derrières, déguisé en laquais. De mon côté, j'endosserais les habits du page, je quitterais le château, comme il en avait l'habitude, je sortirais comme lui, chargé comme lui, il resterait dans mon appartement, et le lendemain, dès l'ouverture des portes, je reviendrais avant que le gouverneur fût éveillé, sous prétexte d'un message pressé de la marquise. Les sentinelles seules me verraient et n'étaient point capables de me reconnaître. Ce plan était excellent, il s'exécuta de point en point.

» Cet habit de page me séiait à merveille. Ma première femme était dans la confidence ; quant à madame d'Amalfi, alors comme aujourd'hui, elle ne voyait que ce qu'on lui montrait. Je partis le cœur palpitant, je traversai les cours, les montées, les ponts-levis, je trouvai la force de répondre joyeusement aux soldats qui m'attaquaient, selon l'habitude de Didier, et j'étais seule dans la campagne, toute tremblante, à dix heures du soir, lorsque j'entendis près de moi une voix qui m'appelait, lorsque je sentis une main serrer la mienne, et un bras qui m'entraînait vers la maison hospitalière.

» Nous y arrivâmes bientôt, nous y restâmes seuls jusqu'au jour, continua la princesse Marie avec embarras, et.... et.... neuf moi après, la marquise d'Arquien, *mon excellente amie*, si dévouée à MM. de Condé, accoucha d'une petite fille qu'on nomma Marie... d'après le nom de sa marraine, c'est celle que vous venez de voir. M. d'Arquien a eu bien de la peine à l'accepter et ne sembla pas l'aimer autant que *sa* fille. Quant à la marquise, elle a pris Marie en affection, comme si elle lui appartenait... tout-à-fait. Je n'oublierai jamais ce que je lui dois, et ma chère filleule ne l'oubliera pas non plus. »

— Et, monsieur le duc d'Enghien, il en resta là avec vous?

La princesse Marie rougit, baissa les yeux et hésita un instant.

— « Mon Dieu, ma sœur! M. le duc d'Enghien, vous le savez, est le plus honnête homme du monde. J'avais été longtemps éloignée de la cour; lorsque nous nous revîmes, tout y était changé. Sa belle maîtresse avait quitté les Carmélites, le mariage avec mademoiselle de Maillé-Brézé était plus que jamais certain. Quelle figure auraient faite mes réclamations entre un amour contrarié et une union imposée? Vous le savez, nous ne nous adorions pas d'une manière à en mourir; la leçon avait été bonne; je consultai plutôt la raison que le sentiment. Cependant, je voulus voir le prince en particulier, et je lui donnai un rendez-vous comme autrefois, chez madame d'Arquien; il y vint en tremblant, je crois, il craignait une scène de reproches et fut agréablement surpris, en trouvant, au lieu d'une lionne en furie, la chatte aux pattes de velours.

— Monsieur, lui dis-je, nous avons été de grands enfants; heureusement tout le monde l'ignore, et vous n'en serez pas moins l'amant de mademoiselle du Vigean, ou l'époux de mademoiselle de Brézé, il en restera je l'espère, une bonne et franche amitié que ne traverseront ni les jalousies ni les intrigues.

» Le prince me prit la main qu'il baisa.

— Vous êtes, mademoiselle, un miracle d'esprit et de bon sens. — Oh! que non! lui répondis-je, car il me fallait une petite vengeance; si je vous avais bien aimé, je ne vous céderais point ainsi : c'est que tout simplement nous avons rêvé et que le réveil arrive. — Je voudrais rêver encore, dit le prince avec galanterie. — Ce n'est pas la peine de rêver, monsieur, puisqu'on se réveille toujours. Parlons raison encore quelques instants, et puis nous oublierons tout cela. — Oublier... pour qui me prenez-vous, mademoiselle? — Je sais, monsieur que vous avez beaucoup de mémoire, mais à quoi cela sert-il lorsqu'il est défendu de l'exercer? Quoi qu'il en soit, écoutez-moi : *notre filleule* Marie-Louise d'Arquien, ne doit rien coûter à ses parents; la maison de Gonzague n'est pas riche, mais tout ruiné que nous sommes, il nous reste encore assez de biens pour doter une jeune fille. — Madame, cela me regarde. — C'est possible, et je ne vous priverai pas de ce plaisir; mais quand je serai reine, tous les devins me prédisent que je dois l'être un jour, j'emmènerai Marie dans mon royaume. D'ici là il vous sera loisible de l'aimer tout autant que cela vous conviendra.

» Soit que le souvenir de Marie en eût éveillé d'autres; soit que la fantaisie reparût, le prince essaya encore quelques galanteries auxquelles je n'eus pas de peine à résister. Bien qu'il m'en voulût sur le moment, il n'en fut pas sans doute fâché après, lorsqu'il retrouva la belle du Vigean plus tendre et plus aimante. Ce qu'il y a de sûr, c'est que depuis ce jour, il est resté mon ami fidèle et dévoué comme vous l'avez vu, sans que jamais un mot de sa part, une allusion quelque éloignée qu'elle fût, ait amené la rougeur sur mon front. Du temps de monsieur de Cinq-Mars, lorsque celui-ci faisait le jaloux, M. le duc d'Enghien mettait une complaisance et une patience inouïe à dissiper ses soupçons. Je m'y prêtais volontiers, bien que je n'eusse jamais sacrifié un pareil ami aux caprices d'un amant, s'il m'eût fallu choisir. Aujourd'hui, ce n'est plus cela, ce secret ignoré de tous, d'où dépendent mon avenir et le reste de ma vie, je veux encore le défendre à tout prix. Pour cela il me fallait un auxiliaire, c'est vous que j'ai choisie, ma sœur, vous qui, d'après notre pacte, devez sauvegarder mon bonheur et l'honneur de mon nom, à l'égal du vôtre. J'aime, comme je n'ai jamais aimé, je ne crains pas de vous le dire, je vous ai promis toute confiance; j'aime un homme que son rang, sa position auprès de moi, n'autorisent pas à frayer avec les princes. A peine lui sera-t-il permis de passer le seuil de cette porte, quand ses rivaux seront là près de moi, qu'il mourra de jalousie et de désespoir, en me sachant livrée à leurs séductions. Vous seule, ma sœur, pouvez condescendre à relever son courage. »

— N'y comptez pas, interrompit la princesse Anne c'est

déjà trop qu'une princesse de la maison de Mantoue descende jusqu'à un simple écuyer, sans qu'une autre semble l'approuver et y prêter les mains. J'écouterai vos confidences, je vous consolerai, je vous aiderai de mon mieux de vous à moi, mais jamais cet homme ne me croira instruite de sa hardiesse, ou bien il me faudrait le chasser de céans. — Vous êtes bien fière et bien impétueuse, ma chère Anne, reprit doucement Marie, et cependant peut-être à votre tour invoquerez-vous mon indulgence et mes bons offices; vous ignorez ce qui vous attend : des obstacles, des entraves vont se placer entre l'archevêque et vous; êtes-vous sûre de rester toujours irréprochable au milieu de tout cela? — Ma sœur, j'aime un prince de la maison de Guise, mon égal et mon parent, si on nous sépare, on ne nous désunira pas et nul ne me reprochera d'avoir fait un mauvais choix. — C'est bien, c'est bien, je vous attends dans quelques mois d'ici peut-être dans quelques semaines.

La princesse Anne ne répliqua rien, elle se leva pour sortir.

— Ma sœur, dit-elle avant de fermer la porte, je vous promets d'aimer votre petite Marie comme si elle était ma filleule à moi; elle est de bonne souche et ne déshonorera pas ses parents, j'espère.

XI — DÉMARCHES

Cependant M. de Guise, ainsi qu'il l'avait annoncé aux princesses, était parti pour Saint-Germain; madame et mademoiselle de Guise se trouvaient à la cour dans ce moment. Il espérait donc faire toutes les démarches à la fois et enlever la position. Il se présenta en habit de cavalier, ce qui lui arrivait fréquemment, ce que madame sa mère n'aimait guère. Ce jour-là, bien décidé à combattre, à remporter la victoire, il ne pouvait décemment pas aller demander une princesse en mariage avec une robe d'archevêque.

Madame de Guise, en le voyant entrer, devina sur sa mine un événement extraordinaire; il était à la fois radieux et craintif; sa sœur, accoutumée à une domination facile sur toute la maison, lui demanda d'un ton aigre doux d'où il arrivait ainsi et s'il comptait aller en masque.

— Ma sœur, répondit-il, j'apporte de grandes nouvelles. — Quelques folies, répliqua-t-elle en haussant les épaules. — C'est une folie que vous voudriez bien faire comme moi; j'ai trouvé la femme qui me convient et je me marie.

La mère et la fille jetèrent un cri à la fois.

— Je m'en doutais, continua celle-ci, et ne peut-on savoir quel est l'objet qui vous a paru digne de perpétuer la race de nos pères? — C'est ma cousine, la princesse Anne de Gonzague. — Comment! dit la duchesse, une mendiante! — Je ne crois pas, madame, qu'elle vous ait jamais rien demandé: c'est la personne la plus fière de la cour. — Et vous n'avez pas calculé sans doute, dans l'enivrement de votre amour, que votre mère, votre sœur, la maison de Lorraine toute entière, sans compter le roi et le cardinal, s'opposeraient à cette belle union; notre saint père le pape vous refusera certainement vos bulles et vous condamnera à la résidence dans votre évêché pour vous apprendre à rêver des amours impossibles. — Mon Dieu, madame! suis-je donc à vos yeux un petit garçon qu'on mène, à qui on impose toutes les volontés, excepté la sienne, qui doit être heureux, non pas comme il l'entend, mais comme l'entendent les autres? Je vous l'ai cependant dit bien des fois, il faut vous le répéter encore, ce me semble: le duc de Guise, l'aîné de son nom, doit transmettre ce nom et perpétuer sa race. Que diable! s'il vous faut absolument un pape dans votre maison, j'ai deux cadets, ce sera un bon parti pour eux; mais pour Henri de Lorraine, il est duc de Guise, et ce titre-là lui suffit. — Fort bien, monsieur, agissez donc en conséquence, vous verrez le roi et le cardinal, je suppose. — J'y vais de ce pas. — Et moi j'y cours avec vous, ils sauront quel est mon sentiment sur votre folie. Cette fille m'a toujours paru d'un caractère extravagant; à présent, je le vois, c'est une intrigante cent fois pire que sa sœur. Son père avait bien raison de la vouloir remettre au couvent, elle déshonorera sa famille. — Madame... — Je comprends que cela vous blesse, il faut pourtant vous y accoutumer, car vous entendrez partout le même langage. Nul ne saurait approuver votre choix, et s'il vous faut absolument une épouse, pourquoi prendre la seule qui ne vous convienne pas?

Le jeune homme ne voulut point manquer de respect à sa mère, on n'en avait point l'habitude en ce temps-là, d'ailleurs c'eût été gâter sa cause. Il la salua très-humblement, se tourna du côté de sa sœur avec un peu moins de cérémonie, mais très-gravement néanmoins, et sortit de la chambre.

— Mon frère, lui crie mademoiselle de Guise, vous avez beau faire, vous ne vous guérirez jamais des révérences de prêtre.

Ce sarcasme qu'il dévora blessa néanmoins le jeune prince au cœur. Personne ne tenait plus que lui à la bonne mine, à la tournure martiale et dégagée. L'idée d'être emmailloté dans une robe l'avait dès son enfance repoussé de l'état ecclésiastique.

— Ah! se dit-il, ma chère sœur, vous voudriez bien me voir en colère et vous avez pris le bon moyen; mais, par saint Remi, mon prédécesseur, je ne m'y mettrai point, cela vous ferait trop de plaisir.

Quand il se présenta chez le roi, il trouva toute la cour dans les antichambres. Chacun s'approcha de lui en le voyant si bien vêtu, si fort à son avantage; l'abbé de Retz, déjà coadjuteur de Paris, qui, pas plus que lui, n'était fait pour la soutane, le félicita en soupirant.

— Vous allez donc quitter les ordres! lui dit-il, on vous l'a permis. — Pas encore, mais on me le permettra. — Hélas! reprit l'abbé querelleur, monsieur mon frère aîné jouit d'une santé parfaite; et il n'est pas à croire que je devienne jamais chef de ma maison. A propos, nous avons fait hier une jolie partie, pour laquelle on vous a cherché partout. Je vous voulais pour mon second. L'archevêque de Reims ne pouvait pas moins faire pour le coadjuteur de Paris. Nous nous sommes battus, Vitry et moi, contre Guitault et Hocquincourt; nous avons ferraillé trois-quarts d'heure sans nous toucher; enfin Vitry a obtenu un joli coup d'épée dans le bras et j'ai désarmé Guitault. Comme il s'agissait de peu de chose, nous n'avons pas voulu aller plus loin et nous nous sommes séparés en gens d'honneur. — Et si le cardinal l'apprend? — Il en fera selon sa volonté; nul ne nous a vus et nous nierons jusqu'à la mort; c'est une affaire arrangée. Monseigneur le cardinal est-il là, va-t-il travailler avec le roi? on le dit fort malade, si malade qu'il se fait transporter à Paris pas plus tard que demain, et que, s'il faut en croire la Faculté, il n'a pas longtemps à vivre. — Alors il faut me dépêcher, j'ai bien envie de le voir avant le roi, d'autant plus que le véritable roi c'est lui. — Allez donc, et bonne chance!

M. de Guise se rendit chez Son Eminence, où on l'introduisit sans difficultés; le cardinal était couché sur un lit de repos, on eût dit que les yeux seuls vivaient dans son visage pâle et déjà couvert des ombres de la mort. Auprès de lui était madame de Guise, toute rouge encore des larmes qu'elle avait versées. Elle ne se dérangea point à l'aspect de son fils; elle sembla disposée, au contraire, à ne pas perdre un mot de ce qui allait se passer.

— Je n'ai rien à vous apprendre, monsieur, dit le jeune prince; la présence de ma mère prouve que vous êtes instruit et sans doute prévenu contre moi. — Madame votre mère m'a fait part, en effet, du dessein qui vous occupe : depuis longtemps du reste vous m'en avez entretenu, et vous m'avez trouvé disposé à vous être agréable.

Henri fit un mouvement de joie, qui n'échappa ni au cardinal à sa mère.

— Il est tout simple, continua Richelieu, que vous désiriez reprendre votre liberté et devenir réellement le chef de votre maison en France, je ne vous en blâme pas; vos idées de mariage me semblent naturelles à l'âge que vous avez, je les servirai de tout mon pouvoir, pourvu cependant que votre choix tombe sur une personne que nous puissions accepter, et malheureusement il n'en est pas ainsi. — Quoi! la princesse de Gonzague! quelle objection peut-on faire contre elle? — Elle est pauvre. — Je suis riche. — Elle est d'un caractère altier. — Je suis fort et je résiste. — Enfin, pour tout dire en un mot, ce mariage ne convient pas à la politique de sa majesté. — Fort bien, monsieur, voilà sans doute *l'ultima ratio*. — Vous devinez juste. — Je dois préjuger de tout ceci que le roi, votre éminence et ma famille s'opposent formellement à l'union que je veux conclure. — Vous dites la vérité : ajoutez-y que le roi, moi, la maison de Lorraine toute entière emploieront tous les moyens possibles pour mettre obstacle à votre dessein.

Le prince devint rouge jusqu'aux yeux et réprima avec peine un violent mouvement de colère.

— C'est bien, monsieur, reprit-il, d'un accent fier et hautain, je vous remercie de la déclaration et je saurai à quoi m'en tenir.

Il salua le cardinal, puis la duchesse avec une expression suprême de défi et d'orgueil; au moment où il allait sortir, sa mère, qui connaissait son caractère, et qui, plus d'une fois déjà, en avait éprouvé la fougue et la résolution inébranlable, courut vers lui et prit son bras:

— Mon fils, lui dit-elle, ne précipitez rien, songez que je vous aime, que nous vous aimons tous. Ne prenez point de résolution violente. — Moi, madame! vous me connaissez bien mal. Je sais toute votre tendresse et je ne la veux point blesser. Soyez tranquille, le plus que je puisse faire, ce serait de retourner guerroyer en Italie ou en Allemagne, n'y ai-je pas déjà été une fois et n'en suis-je pas revenu votre fils soumis et affectionné?

La princesse essaya de le rappeler encore, mais il résista, et saluant de nouveau, il fit place à un gros de courtisans, qui se présentaient. La première personne qu'il rencontra fut l'abbé de Retz rôdant partout selon son habitude de chercheur.

— Eh! bien? lui demanda-t-il. — Eh! bien, je reprendrai le rochet et la soutane, mais je ne veux pas permettre qu'on me donne, ou qu'on me laisse le plus petit bénéfice. Je quitterai l'archevêché, je rendrai mes abbayes, je me ferai moine ou aumônier dans un couvent, nous verrons ce qu'en dira l'ambition de ma mère.

— Ah! ah! en êtes-vous là, monsieur? je m'en doutais, je connais le renard. Mais, un peu de patience! il n'en a pas pour longtemps maintenant et nous aurons notre tour. — Patience! patience! je n'en ai plus.

XII — LES PROJETS

M. de Guise, tout étourneau qu'il fût, avait beaucoup d'esprit; il comprit sur-le-champ que cette tentative manquée resserrait ses liens, qu'on allait le suivre, l'espionner, et que peut-être la princesse Anne deviendrait victime de sa tendresse. Pendant la route de Saint-Germain à Paris, il forma et renversa mille projets, les uns très sages à son point de vue, les autres susceptibles de tout gâter par leur impatience et leur hardiesse.

— Je la consulterai, se dit-il enfin, elle est de meilleur jugement que moi. Ce qu'il y a de sûr, c'est qu'elle m'appartiendra, c'est qu'on ne nous séparera point et qu'ils apprendront à me connaître. Au diable les temporisations et les ménagements! je l'enlèverai et nous fuirons ensemble.

Ces bonnes dispositions ne changèrent point à l'aspect de la princesse, pâle, tremblante et pouvant à peine se soutenir.

— Ah! lui dit-elle, dès qu'elle l'aperçut, vous m'apportez la vie ou la mort. — Je vous apporte le combat, ma belle guerrière, ils m'ont tous refusé.

Anne devint plus pâle encore.

— Ne perdez pas courage, cependant, nous nous restons: nous sommes bien décidés, n'est-il pas vrai? nous triompherons. — Ah! quels adversaires à combattre! votre famille, M. le cardinal, le roi! — Les craignez-vous donc plus que vous ne m'aimez, madame? — Je ne crains personne, mais j'ai peur. — Il est un moyen pourtant... — Un moyen! dites vite, je vous en conjure. — Un moyen sûr et après lequel il faudra bien qu'ils s'humanisent: partons ensemble et allons nous marier à Bruxelles. — Si nous partions ensemble, mon cousin, nous nous marierions avant, je vous prie de le croire. — Soit! je n'y fais pas d'opposition. Un de mes chanoines ne me refusera pas ce service. Quand voulez-vous. — Un instant, monsieur, nous n'en sommes pas encore là, et nous pouvons essayer d'autre chose avant. — Il n'y a rien. — Peut-être! réfléchissons. — Ah! j'ai bien réfléchi. — Réfléchi à votre manière, Henri; votre impatience sabre votre raison et vous aveugle. Permettez-moi donc de penser un peu et de chercher au moins une issue. — Vous n'en trouverez pas. — Madame votre mère s'est prononcée, mademoiselle de Guise aussi, je m'en doutais; on va vous harceler, nous empêcher de nous voir, et si nous résistons, avant quelques semaines je serai derrière la grille d'un couvent. — Si je le croyais! — Vous pouvez le croire, cela sera. Il faut donc parer à cet événement probable, j'aime peu le couvent, vous le savez.

Elle se tut quelques instants.

— Henri, reprit-elle, voulez-vous vous laisser diriger par moi, je vous promets la victoire. — Avec cette espérance que ne ferais-je pas? — Vous partirez demain. — Vous quitter! c'est impossible. — Me quitter pour me revoir et ne plus nous séparer ensuite. Vous partirez, vous dis-je. — Où faut-il aller? — Où il vous plaira. A Reims peut-être, enfin n'importe où, en France toutefois, et loin de votre pauvre fiancée.

M. de Guise fit un gros soupir et montra le poing au souvenir de ses oppresseurs.

— Vous aurez l'air de céder, vous resterez absent quelques semaines, on prendra ce départ pour une soumission et les persécutions cesseront bien vite — Après? — Après, vous reviendrez cueillir le fruit de cette séparation, ce sera à mon tour de m'éloigner... — Encore! — Attendez! vous ferez valoir notre obéissance, vous supplierez, vous conjurerez, vous humilierez votre fierté devant eux, et lorsque vous aurez employé tous vos efforts, vous aurez certainement une réponse positive. Si elle est bonne, j'accours; si elle est mauvaise, vous viendrez me chercher à Avenay, où je serai, nous y recevrons la bénédiction nuptiale et ensuite je suivrai mon seigneur et mon maître, partout où il lui plaira de l'ordonner. — Vous me le jurez? — Je vous le jure. — J'obéirai donc. Combien durera cette épreuve? — Trois mois. — C'est bien long! cependant je me soumets, puisque vous le voulez ainsi. Trois mois sans vous, ma bien-aimée Anne, trois mois loin de vos regards, qui sont ma vie. Je ne sais si vous me reverrez jamais, j'en mourrai peut-être. — Non, non, on ne meurt point tant qu'on a l'espérance. Nous mettrons au moins ainsi pour nous tous les procédés, nul n'en peut demander davantage.

Les deux amants passèrent ensemble le reste de la soirée sans être dérangés par personne. La princesse Marie toute à son Léontio n'apprit même pas l'arrivée du prince à l'hôtel. Elle avait fermé sa porte à toutes les visites, pour se repaître tranquillement du bonheur qu'elle ne soupçonnait pas. Quand l'heure de la séparation fut arrivée, Henri et Anne se jurèrent de nouveau, et mille fois, un éternel amour. Ils prirent des moyens sûrs de correspondance, ils se promirent mutuellement un courage et une fermeté à toute épreuve, et, après bien des serrements de mains, après même un baiser *ébauché*, il fallut laisser partir le prince, les yeux remplis de larmes et le cœur gonflé de sanglots.

Anne resta seule. Elle s'enferma chez elle, elle avait besoin de penser. Ce n'était point de ces cœurs d'or, qui aiment pour aimer, qui se dévouent, qui se sacrifient, et qui ne voient rien dans l'amour que l'amour même. Ce n'était pas non plus, comme sa sœur, une de ces natures faibles et incomplètes, qui cèdent parce que le sentiment de la résistance leur manque, qui se passionnent par l'imagination ou les sens, et qui dirigées par ces mobiles, sont capables souvent d'abnégation et de véritable tendresse. Il y avait en elle deux pouvoirs bien distincts : l'esprit, qui réfléchissait, qui pesait tout, qui voyait et appréciait les choses avec une sagacité merveilleuse; l'esprit, droit, raisonnable, habile, délié, porté à l'intrigue, observateur, perspicace, rempli enfin de ces qualités diverses, qu'elle développa dans son âge mûr, alors qu'elle devint l'amie de la reine et qu'elle dirigea les partis sous la Fronde.

La seconde puissance de cet être multiple était une tête folle, légère, aventureuse, passionnée, s'exaltant pour l'inconnu, pour l'imprévu, pour l'impossible même. Cette partie d'elle-même s'engageait dans la lutte, tandis que l'autre cherchait à la retenir. C'était dans son âme (remarquez bien que son cœur m'occupe peu), c'était dans son âme une violente et pénible discussion entre les *deux partis*. Nul doute que si M. de Guise eût été Léontio d'Amalfi, le parti spirituel n'eût vaincu sans beaucoup de peine le parti sentimental. Mais le duc de Guise, descendant de Charlemagne! le plus grand seigneur de l'Europe, riche à millions, capable d'arriver à la puissance la plus élevée, à la couronne peut-être! Y avait-il rien d'impossible au nom de Guise et à leurs deux habiletés réunies? Anne ne dormit pas de la nuit, au milieu de toutes ces pensées, et lorsque le lendemain, sa sœur la fit demander, on la trouva toute prête et toute habillée.

La princesse Marie était dans son cabinet, entourée de livres et seule. Elle interrogea sa sœur sur la soirée de la veille, apprit avec chagrin et regret le départ du duc de Guise, et encouragea d'un air distrait la princesse Anne à ne pas céder.

— Résistez à tout et restez-lui fidèle, ma sœur. Sans l'amour qu'est-ce que la vie? — Ne craignez rien, ma résolution est bien prise et je saurai diriger ma barque. — Pourquoi donc empêcher les jeunes cœurs de suivre leurs instincts! Pourquoi ceux qui s'aiment devraient-ils céder aux exigences du monde et de l'ambition? Ah! le bonheur d'enrichir, d'élever ce qu'on aime est le plus grand de tous!

Elle feuilletait ses livres tout en parlant ainsi, et semblait se fixer avec complaisance sur certains passages.

— Que lisez-vous donc là? lui demanda Anne. — C'est l'histoire. — Voilà une lecture bien sérieuse, pour vous occuper autant. — Savez-vous ce que j'y trouve, dans l'histoire? j'y trouve le mariage de Catherine de France, veuve d'un roi d'Angleterre, avec Owen Tudor, chevalier du pays de Galles ; j'y trouve celui d'Isabelle de France, fille de Philippe-le-Long, avec un gentilhomme ; j'y trouve que la veuve de Louis XII a épousé un Anglais, simple gentilhomme aussi ; j'y trouve mille exemples de cette espèce, et je vois avec bonheur que l'ambition, l'amour des richesses, sont quelquefois vaincus dans leur lutte avec le dévouement. — D'où je conclus que vous comptez épouser Léontio d'Amalfi. — Et pourquoi pas? pourquoi n'irais-je pas vivre avec lui dans quelque coin ignoré de notre belle Italie? Pourquoi n'arrangerais-je pas mon existence selon mon goût? Je vous céderais volontiers mes droits, si j'osais, pour une aisance modeste et le bonheur. J'emmènerais ma chère Marie, j'aurais fait un heureux d'un homme reconnaissant, il mettrait tous ses soins à me plaire, cela ne vaudrait-il pas bien les honneurs et les richesses ? — Et vos royaumes, ma sœur? vos royaumes annoncés par les devins et sur lesquels vous avez tant compté jusqu'ici ? — Qui sait? Amalfi est brave, il est de bonne naissance, il est habile et généreux, ce sera lui peut-être qui en fera la conquête, ce sera lui qui me fera reine !

Anne ne put s'empêcher de sourire. Ces exaltations folles lui semblaient incompréhensibles, les sacrifices n'étaient pas dans ses moyens. Avec sa sagacité native elle devinait bien chez sa sœur le fond de sa pensée, elle la connaissait et l'analysait à merveille.

— Marie, reprit-elle, ne jouez jamais à ce jeu-là, vous y perdriez ; au bout de six mois vous auriez ce pauvre Amalfi dans une haine inextinguible. Amusez-vous dans cet hôtel, si telle est votre fantaisie, cachez-vous bien seulement, pour que cette nouvelle excursion dans le pays de Tendre ne vous nuise pas un jour, mais n'abandonnez pas votre position, vous ne la retrouveriez plus.

La princesse Marie trouva sa sœur souverainement absurde et souverainement injuste. Elle ne l'écouta point, et, loin de suivre ses avis, elle se plongea plus que jamais dans ses chimères. Les jours s'écoulèrent sans apporter de changement. Le duc de Guise, à son archevêché, inspirait une confiance entière à sa famille. Anne ne s'était pas trompée, on crut à une soumission, on ne s'en tourmenta plus. Il écrivait souvent, ses courriers arrivaient déguisés, ses lettres étaient tendres, passionnées d'abord, puis impatientes. Au bout d'un mois elles devinrent plus rares et plus froides. Anne s'en inquiéta, mais, comme elle était adroite, elle se garda de le montrer et continua à lui écrire du même style.

Quant à sa sœur, son amour pour Amalfi, devint une frénésie. Il est permis de croire qu'elle ne lui résista pas, et qu'il n'eut bientôt plus rien à lui demander. A mesure qu'elle s'abandonnait davantage et qu'il apprenait à la connaître, ses espérances de fortune diminuaient. Il vit chez elle cette disposition à céder sans lutte, à abandonner son rang à l'amour, et son rang était ce qu'il aimait le plus en elle. Ambitieux et rusé, il voulait devenir le mari de la princesse de Mantoue, pour partager ses droits, pour les faire valoir, pour arriver par elle peut-être à la puissance, sûrement à la richesse. Mais une princesse ruinée, découronnée, sans prestige, ne flattait plus que son amour-propre, pour quelques instant, et lui devenait une charge.

Il reçut, vers cette époque, de son pays des propositions brillantes, on lui demandait une prompte réponse. Se décider sans avoir bien sondé les dispositions de Marie était une maladresse dont Léontio ne voulait point charger sa conscience. Il se rendit donc chez elle, pour un entretien décisif, d'après lequel se règlerait sa conduite, et qui déciderait de leur sort à tous les deux.

La princesse le reçut à son ordinaire, elle l'attendait. Elle l'attendait toujours, une femme qui aime, passe sa vie à attendre celui qu'elle aime, quand elle ne le voit point. Retirée du monde, refusant les visites, n'allant point à la cour, où son absence se remarquait néanmoins, elle ne quittait plus le cabinet, mystérieux témoin de son bonheur et de ses joies secrètes.

—Ah! vous voilà enfin ! s'écria-t-elle.

Il l'avait quittée depuis deux heures au plus. Son air soucieux la frappa tout d'abord.

— Qu'avez-vous, mon Dieu ! Léontio?—J'ai reçu de tristes nouvelles, et mon cœur saigne à vous les apprendre. Parlons de vous, d'abord. Un hocqueton du cardinal est entré dans la cour, a-t-il apporté une réponse? — Oui, mais qu'importe tout cela? c'est de vous qu'il s'agit. — Nous avons le temps d'y songer. Son Eminence accueille-t-elle votre demande ? — Mon Dieu, non ! elle me répond qu'on ne peut s'engager dans une guerre ou dans une rupture avec ses alliés pour soutenir une prétention au trône de mon père. Qu'est-ce que cela me fait? Est-ce que je désire une couronne? Est-ce que j'ai besoin de tous ces hochets, à présent que mon cœur est satisfait? J'ai fait cette demande parce que vous l'avez désiré, j'en ai attendu la réponse sans impatience, la voilà, elle est mauvaise, cela devait être, et je ne m'en soucie point. Ce que vous avez à m'apprendre me touche bien davantage. Parlez donc, parlez donc. — Hélas! madame, il faut nous séparer. — Léontio ! s'écria-t-elle, en devenant pâle comme un spectre. — Oui, madame, il faut nous séparer. Votre intérêt le veut ainsi, et devant votre intérêt, toutes mes considérations personnelles disparaissent. — Oh ! vous ne m'aimez pas ! — Je ne vous aime pas, quand pour vous je sacrifie le bonheur de mon existence, quand pour vous je renonce à vous voir, quand je laisse ici, à vos pieds, ma vie, pour assurer la vôtre. Oh! madame ! combien vous êtes injuste ! — Si vous m'aimez, qui peut vous arracher à moi, qui en a la puissance?—Vous-même. Je sais, à n'en pouvoir douter, qu'il se prépare pour vous un brillant mariage, que ma présence en cet hôtel est un obstacle à sa concluison. Je le sais, dès-lors mon devoir est de vous fuir, de porter ailleurs mes regrets et mon désespoir. — C'est ma sœur qui vous a prévenu. — Qui que ce soit, j'obéirai. —Et moi, vous pensez que j'y vais consentir ? — Je suis libre, madame. —Non, vous ne l'êtes pas, car vous m'appartenez car je vous aime, car pour vous je sacrifierais mille fois mon nom, mon rang, ma fortune, car je vous suivrai, si vous parlez de partir.

Ce n'était pas là son compte.

— Je ne le souffrirai point, je ne souffrirai pas que Marie de Gonzague déshonore sa renommée et perde pour moi son avenir. Ah ! si vous le vouliez, un moyen nous resterait d'être ensemble, d'y rester avec gloire, de ne nous séparer jamais- — Lequel ? je l'accepte d'avance. — Vous parlez de me suivre, je l'accepterais, alors. Nous irions tous les deux, invincibles, guidés par l'amour, nous irions à la conquête de ce trône que vous avez perdu. Nous irions seuls, sans ces secours étrangers qu'on vous refuse, vous trouveriez en Italie assez de cœurs généreux pour soutenir votre cause, et bientôt triomphante, vous dicteriez des lois à ceux qui vous oppriment. — Folies ! rêves! murmura-t-elle.— Quant à moi, mille fois satisfait de vous avoir servie, j'attendrais à vos pieds ma récompense d'un de vos sourires, je passerais mes nuits et mes jours à vous défendre, à vous adorer, ma belle souveraine. L'Italie tout entière vous admirant, les arts, les sciences, florissant par vous, dans ce pays adoré, où le soleil, l'amour, les fleurs, la nature entière jettent à l'envi leurs trésors. Quel sort comparable à celui-là ? Ne le trouvez-vous pas merveilleux, et ne sentez-vous pas votre cœur battre à ces mots de gloire, de patrie, de couronne ? — Mon cœur ne bat que pour vous, Léontio. Tout ceci ne sont que des chimères, mais ce qui est vrai, ce qui peut l'être, c'est mon amour, c'est la résolution qu'il m'inspire. Si votre patrie vous réclame, je vous suivrai, renonçant, pour vous, à l'avenir qui m'attend, je serai votre femme, je la serai envers et contre tous. Je laisserai mon nom pour le vôtre, et sans qu'un regret déshonore mon sacrifice. L'acceptez-vous, le voulez-vous ? — Jamais — Léontio, mon Léontio ! — Jamais, vous dis-je. Je serais le dernier des hommes si je permettais à une femme aimée de se perdre ainsi pour moi. Non, madame, non. Je vous quitte le cœur brisé, je vous quitte certain de mon malheur, car il me faut vous perdre pour rester honnête homme, pour rester digne de vous. Vous m'aurez bientôt oublié, au milieu des brillantes destinées qui vous attendent. Cette chimère que vous présentez à mes regards et dont j'ai bien de la peine à me détourner, ce séjour en Italie, avec vous, sans entraves, sera toujours devant moi; il troublera le peu de joie qui me sera réservée, s'il peut en être loin de vous. Ah ! Marie, que je vous aimais et que vous eussiez fait de moi un grand homme, si vous l'eussiez voulu !

Ils passèrent ensemble plusieurs heures, et ce long entretien, s'il varia de paroles, ne varia ni de pensées, ni d'espérances. Chacun avait la sienne, ou plutôt Léontio tourna son espoir vers la position qu'on lui offrait, en abandonnant sans retour la princesse, tandis que celle-ci espérait encore le convertir à son opinion.

Anne resta étrangère à tout ceci ; elle s'en était fait la loi. Le temps fixé pour l'absence de M. de Guise était passé, il ne parlait point de revenir, et la fière jeune fille se gardait de le rappeler, c'était déjà trop d'attendre. Ses lettres arrivaient toujours plus courtes et plus froides ; enfin, elles cessèrent tout à fait; l'inquiétude de la princesse devint à son comble.

Une aventure romanesque se passa à cette époque dans leur famille même et occupa toute l'Europe. Elle est assez étrange et assez intéressante pour être racontée, d'autant plus qu'elle ne fut pas sans influence sur l'avenir de la princesse Marie, et qu'elle décida l'action la plus importante de sa vie.

XIII — EPISODE

Monsieur, Gaston d'Orléans, frère de Louis XIII, avait épousé en premières noces une princesse de la famille de Montpensier, la plus riche héritière de l'Europe, dont il eut une fille. Cette fille, connue dans l'histoire sous le nom de Mademoiselle, de la grande Mademoiselle (pour la distinguer de la fille de Philippe d'Orléans, frère de Louis XIV, qui portait le même titre), ou mademoiselle de Montpensier, du nom de sa mère, hérita de ses immenses biens, en fit depuis la fortune de la maison de Penthièvre, en les abandonnant aux bâtards de Louis XIV et de madame de Montespan, pour racheter la liberté de Lauzun, lequel la paya en ingratitude, ainsi que cela devait être.

Monsieur, Gaston perdit sa femme de très bonne heure, il resta veuf et seul, et pour se consoler de cet isolement, il se mit à conspirer en permanence.

Chaque fois qu'une pauvre petite conjuration de trois personnes s'organisait, Monsieur en était le chef. Il plaçait les autres en avant, restait dans l'ombre, et au moment du danger, les abandonnait toujours. Une fois néanmoins, il prit moins bien ses mesures et faillit être arrêté. Prévenu à temps, il se sauva d'abord à Sédan, où le comte de Soissons et le duc de Bouillon organisaient une opposition constante, puis en Lorraine, où le duc le reçut avec les honneurs dus à son rang, si ce n'est à son caractère.

Cette cour de Lorraine n'était pas riche, mais elle était gaie; on s'y amusait fort, on y vivait presque sans étiquette, et de jeunes et belles princesses brillaient au premier rang d'une noblesse ancienne et distinguée, dont le duc était le chef plutôt que le maître. Il avait plusieurs sœurs, parmi elles, la princesse Marguerite se faisait distinguer par sa beauté, par sa grâce, plutôt que par son esprit. On ne trouvait point de parti pour elle en Europe, beaucoup l'avaient demandée, ceux-là elle n'en voulait point, d'autres lui auraient convenu, mais ceux-là ne songeaient point à elle. Elle était donc menacée de mourir fille, ce qui ne plaît pas davantage à une princesse qu'à une autre.

Quand Monsieur arriva, Monsieur, exilé, malheureux, il appela sur lui tous les regards, ceux de Marguerite plus encore que les autres. Le duc de Lorraine, malgré ses habitudes bourrues, se montra fort aimable pour le duc d'Orléans. Il lui donna des fêtes, il appela autour de lui, à Lunéville et à Nancy, les plaisirs et les festins. Marguerite était partout, Gaston la trouva charmante, il le dit, il le montra, et, le lendemain, toute la cour le savait. La princesse ne fut pas la dernière à l'apprendre. Son plan fut bientôt formé. Le ciel lui envoyait là une bonne fortune inespérée. Bien qu'elle ne fût pas spirituelle, elle était adroite et rusée, ce qui se rencontre fort souvent. Devenir la femme de Monsieur fut bientôt le but de toute sa vie. La chose n'était pas facile ; le roi et le cardinal, assez mal avec la Lorraine, verraient ce mariage de mauvais œil, son frère n'oserait pas la soutenir, tout en le désirant peut-être, elle était donc seule à lutter contre toutes les difficultés ; elle ne désespéra pas de les vaincre, et bientôt en effet, les hostilités commencèrent.

Monsieur la rencontra partout, armée de charmes les plus irrésistibles ; elle trouva, pour lui plaire, des armes cachées jusque-là dans son carquois, elle sut l'entraîner, le séduire, le tourmenter, se rendre nécessaire, indispensable, et lorsqu'elle le vit bien pris, elle se retira. Un matin, qu'il la cherchait dans les jardins, où elle avait coutume de se rendre, il ne l'aperçut point au lieu ordinaire. Comme il demandait ce qu'elle était devenue :

— La princesse, lui répondit-on, est renfermée aux Ursulines avec mademoiselle de Remiremont, son amie, pour y faire une retraite.

Cette nouvelle fut un coup de foudre ! Une retraite ! pourquoi donc cette retraite, au moment où la cour était si gaie, où il avait eu tant de plaisir à la rencontrer ? Si elle eût fui à Remiremont, passe encore, le chapitre n'était pas inaccessible ; mais les Ursulines ! pas moyen d'escalader le parloir, les grilles étaient si serrées qu'on ne pouvait voir à travers ; le pauvre Gaston trouva la cour de Lorraine bien déserte et bien inhabitable.

— Ah ! répétait-il, que l'exil me semble une dure chose ! — Mais vous vous sentiez si bien ici, hier ? — Croyez-vous ? c'est peut-être vrai ; aujourd'hui, j'y meurs de chagrin.

La princesse et le duc apprenaient tout, ils ne montraient pas leur joie, elle n'en était pas moins vive.

Quelques jours se passèrent ainsi. Le désolé prince courait du matin au soir autour du couvent. Enfin il avisa que les fils de France avaient le droit d'entrer dans tous les cloîtres, que les grilles tombaient devant eux, que la clôture la plus sévère se rompait à leur demande, et tout-à-coup il eut l'envie la plus grande de visiter les filles de sainte Ursule.

Il se présenta. On l'attendait et tout était réglé d'avance. L'abbesse se présenta, lui fit une profonde révérence, son voile baissé, et, après mille remerciements de l'honneur qu'il daignait lui faire, lui déclara qu'il n'entrerait point.

— Comment je n'entrerai pas ! oubliez-vous qui je suis ? — M'en préserve le ciel, monseigneur ! je sais tout ce que je dois à Votre Altesse Royale ; mais il m'est défendu de l'introduire. — Cependant, les fils de France, les descendants de saint Louis ont des privilèges... — En France, Monsieur, en France ; mais en Lorraine ! Vous fait-on baiser la patène du côté du prêtre, comme à Paris ? Vous encense-t-on avec un encensoir vide, comme à l'église de Notre-Dame ? Tous les honneurs attachés à votre illustre nom nous sont étrangers ici ; il en est de même pour ce couvent, et sans un ordre de mes supérieurs immédiats, je ne puis... — Quel est votre supérieur immédiat, ma révérende mère ? — Le pape, monseigneur, répliqua-t-elle avec une sorte de malice et en s'inclinant. — Ecrire à Rome ! je serai mort d'ici là. Voyons, ma mère, expliquons-nous. Je me soucie fort peu de vos grilles, de vos clôtures et de vos cellules, vous devez le penser. Vous êtes une femme d'esprit et je vais tout vous dire. C'est la princesse Marguerite qui m'appelle, je ne veux voir qu'elle seule. Priez-la de venir ici, je lui parlerai devant vous, mais au moins je lui parlerai, cela me donnera patience. — La princesse est en retraite, monseigneur, et ne reçoit personne. — Veuillez la prévenir que c'est moi ; elle fera peut-être une exception. — Sans un ordre de monseigneur le duc de Lorraine, je ne dois admettre aucun homme près de son auguste sœur.

Gaston commençait à s'impatienter. Ces obstacles l'irritaient jusqu'au délire. Il eut bien de la peine à se contraindre et ne trouva pas de meilleur moyen que de tourner le dos à l'abbesse et de sortir du couvent.

Il rumina ses discours, il recommença ses promenades, fuyant la cour et le monde, et dépérissant à vue d'œil. Marguerite ne paraissait pas. Un matin dans le parc, il rencontra madame l'abbesse de Remiremont son amie, celle qui s'était enfermée avec elle, en compagnie de quelques chanoinesses, il fut assez maître de lui pour courir à elle.

— Madame, lui dit-il, prenant à peine le temps de la saluer, comment donc êtes-vous sortie du couvent ? — Parce que ma retraite est finie, monseigneur. — Et la princesse Marguerite ? — Elle y est restée. — D'où vient cet amour du cloître ? — Elle y restera peut-être tout-à-fait.

Il pâlit.

— La princesse Marguerite religieuse ! c'est impossible ! — Ah ! monsieur, poursuivit l'abbesse les yeux au ciel, il est des moments dans la vie où l'on n'a pas à choisir.

Ils étaient seuls. Les chanoinesses se tenaient en arrière par respect.

— Que voulez-vous dire, madame? — Je veux dire que mon auguste amie se trouve bien malheureuse dans le monde, et qu'elle pense à Dieu. — A son âge ! — Si Monsieur prend la peine d'y penser, il le comprendra sans peine. La princesse Marguerite ne peut épouser qu'un grand prince, et celui...— Achevez, achevez ! — Non, monseigneur, je ne sais pourquoi j'entretiens Votre Altesse de choses qui l'intéressent peu. Un instant de plus je trahissais le secret de mon amie, et c'est ce qu'une abbesse crossée et mitrée doit se permettre moins qu'une autre. — Une indiscrétion de vous à moi n'en est pas une. Je pourrais peut-être servir la princesse dans ce qu'elle désire, si je le savais, vous avez pour garant ma parole de gentilhomme et mon honneur de prince, parlez ! parlez !

L'abbesse se fit ainsi prier longtemps ; enfin elle permit à Gaston de lui arracher par lambeaux, avec bien de la peine, ce qu'elle appelait le secret de son amie. Elle convint que frappée de la bonne mine, du mérite de l'exilé, elle avait fui le danger auquel son bonheur devait succomber sans doute, qu'elle ne sortirait des Ursulines qu'après le départ de celui qu'elle craignait d'aimer, ne pouvant jamais lui appartenir.

Le prince ne se sentait pas de joie. Quoi ! la belle princesse Marguerite, la perle des princesses, le craignait, le fuyait ! Quoi ! il était assez heureux pour qu'elle eût peur de le voir trop souvent ! Cette précaution lui sembla adorable et de ce moment sa résolution fut prise.

— Madame l'abbesse, ajouta-t-il, dites à la princesse qu'elle sortira bientôt des Ursulines, s'il ne tient qu'à moi de lui en ouvrir les portes.

Et sur-le-champ il se rendit au palais, demanda à voir le duc François et le supplia de lui accorder la main de sa sœur.

— Je suis en disgrâce, monsieur, cela est vrai, mais je n'en suis pas mois pas moins le fils de Henri IV et le frère de Louis XIII, avec les gens de ma qualité ces choses-là finissent tôt ou tard, et je ne serai pas encore un trop mauvais parti.

François tressaillit d'aise, pourtant il se garda de le laisser voir.

— Vous m'honorez infiniment, monsieur, je ne sais comment témoigner ma reconnaissance, seulement permettez-moi de m'enquérir si vous avez la permission du roi votre frère. — Non-seulement je ne l'ai point, mais il ne me la donnera jamais. — Alors, monsieur, je ne puis commettre le crime de félonie, encourir la vengeance de mon seigneur suzerain en désobéissant à ses ordres. Trouvez bon que je ne me mêle pas de cette affaire. — Quoi ! vous me refusez ! — Je ne refuse pas, monsieur, cela serait de l'outrecuidance, j'ai l'honneur de vous dire que je ne puis rien savoir de tout ceci ! ma sœur est en âge d'être libre, Votre Altesse l'est également, nul n'a le droit de pénétrer leurs secrets. Je ne puis défendre ce que j'ignore, réglez-vous là-dessus et ne m'en parlez plus, je vous en conjure. Je ne saurais trop vous répéter néanmoins que je ne consentirai à cette union qu'après avoir reçu l'autorisation de Sa Majesté le roi Louis XIII. Ne l'oubliez pas.

Gaston comprit. On le laissait maître de disposer de lui, de Marguerite, mais on n'y voulait point paraître. Il ne lui en fallait pas davantage, ses dispositions furent bientôt prises. Madame de Remiremont fut chargée de demander une entrevue, qu'on lui fit désirer plus de huit jours. Son exaspération fut au comble; si cela eût duré quelques heures de plus, il eût mis le feu au couvent. Enfin il put voir la princesse, en présence de son amie, mais sans grille et sans voile. Elle parut devant lui embarrassée, timide, rougissant, véritablement émue.

— Mademoiselle, lui dit-il sans préambule, je vous aime à en perdre la tête; je suis fils de France, il est vrai, mais je suis malheureux et exilé pour longtemps sans doute. Le roi mon frère s'opposera à notre union et la traversera de tout son pouvoir, le duc de Lorraine ne nous aidera en rien; pour que vous daigniez m'accepter, il faut que vous m'aimiez aussi.

La princesse rougit encore, si c'est possible.

— Il faut vous résoudre aux persécutions, aux dangers, au malheur peut-être. Je ne vous tromperai point pour vous obtenir. Si vous me repoussez, j'en mourrai de chagrin, mais je serai doublement fier de votre consentement si vous me le donnez dans les circonstances où je me trouve.

Mademoiselle de Lorraine resta muette.

— Vous ne daignez pas me répondre, vous ne m'aimez pas, tant de misères vous effraient, je suis bien malheureux ! — Monsieur, si vous étiez à Saint-Germain, près du roi votre frère, dans les droits de votre naissance, je devrais vous taire ce qui se passe dans mon cœur, mais ici dans votre exil, lorsque vous n'avez ni amis, ni espérances, je serais au contraire coupable de dissimuler. Je vous aime, monsieur, je vous aime depuis longtemps et voici ma main, si vous voulez bien la prendre.

La princesse disait vrai, elle aimait Gaston, non pas tout à fait avec le désintéressement qu'elle affichait, mais elle l'aimait suffisamment pour être heureuse et pour le rendre heureux. Au comble de la joie, il couvrit sa main de baisers et ne reprit un peu de bon sens que pour arranger les préliminaires de son mariage.

— Je vais de ce pas écrire à la cour, pour ne pas recevoir de reproches; on me défendra de passer outre, je n'obéirai pas et plus tard on me pardonnera tout à la fois. Oh ! merci, merci, combien je vous aime !

Tout se passa juste comme il l'avait prévu. Richelieu entra en fureur et fit ordonner à Gaston par son frère de revenir. M. de Lorraine reçut par le même courrier la signification de *chasser* le prince de chez lui, et l'assurance formelle d'une vengeance terrible en cas de rébellion.

« Si la princesse de Lorraine devient la femme de Monsieur, » ajoutait la dépêche, le roi ne reconnaîtra jamais ce mariage; » si M. le duc de Lorraine avait la hardiesse d'y consentir, » la perte de ses Etats serait le moindre châtiment qu'il pût » attendre. »

Le duc François montra cette lettre à Monsieur.

— Je m'y attendais, répondit tranquillement celui-ci. Je suppose pourtant que vous ne me chasserez point. — Je sais trop ce que je vous dois, monsieur, et le roi reviendra sur cet ordre barbare, il ne m'obligera point d'y obéir. — Je ne vous en demande pas davantage, et je me charge du reste. Ne vous occupez point du roi, je ne vous donnerai pas beaucoup d'embarras, et avant peu vous n'aurez rien à redouter de moi.

Le même soir à huit heures, l'abbesse des Ursulines ouvrit son parloir ; deux cavaliers enveloppés dans leurs manteaux s'y présentèrent, l'un était Gaston, et l'autre son confident l'abbé de la Rivière, qui devait plus tard jouer un si grand rôle du temps de la Fronde. La princesse Marguerite arriva avec madame de Remiremont ; elle était émue et tremblante, s'appuya sur son amie et ne releva point son voile. Gaston eut peur.

— N'êtes-vous plus résolue, mademoiselle? lui demanda-t-il. — Résolue à tout, répondit-elle. — C'est cette nuit à deux heures, l'abbé de la Rivière nous mariera, c'est un service d'ami qu'il me rend, je ne l'oublierai jamais.

L'abbé s'inclina.

— Je viendrai ici accompagné de deux de mes officiers : madame l'abbesse et madame de Remiremont voudront bien vous assister ; ensuite je vous emmènerai en mon logis et ni roi, ni cardinal, ni diable, ne vous arracheront de mes bras.

Jamais Monsieur n'avait parlé si résolument, il est vrai que le roi ni le cardinal n'étaient sur ses talons, et quant au diable, comme il ne le voyait point, il pensait qu'il n'y était pas non plus.

Le lendemain à son lever, monsieur de Lorraine entendit annoncer, avec une grande surprise, Monsieur et Madame, il se leva pour les recevoir ainsi qu'il le devait et son premier mot fut :

—Que vais-je dire au roi ?—Vous lui direz, mon frère, que j'aimais la princesse Marguerite, et que j'ai épousé la princesse Marguerite, vous lui direz que ce mariage s'est fait à votre insu et qu'on ne doit pas vous en rendre responsable, vous lui direz enfin, que je compte partir bientôt avec Madame, afin de lui ôter tout prétexte de vous tourmenter ; quant à moi, je ne lui écrirai pas.

Monsieur de Lorraine se montra des plus contrits et des plus étonnés, cependant les mauvaises langues de la cour qui racontaient le mariage de Monsieur, célébré la veille aux Ursulines, prétendirent qu'un des deux témoins ne montra pas le bout de son nez tant que dura la cérémonie, que ce même témoin offrit la main à Madame pour la conduire chez son nouvel époux, et qu'en la quittant il lui dit tout bas : — Adieu, ma sœur, soyez heureuse.

La nouvelle de ce mariage mit le cardinal dans une telle colère qu'on ne le connaissait plus. Louis XIII attaché à la reine par des liens qu'il détestait, ne pardonnait point à son frère de se choisir une épouse selon son goût ; comme tous les êtres impuissants, Louis XIII était envieux.

—Puisque M. de Lorraine ne veut pas chasser son beau-frère, s'écria le ministre, nous les chasserons tous les deux : dans quinze jours vos troupes seront devant Nancy ; en attendant, ce mariage est nul, de toute nullité, puisqu'il a eu lieu sans le consentement du roi, et nous allons le casser tout-à-l'heure.

Les évêques de France consultés, furent tous, comme de raison, de l'avis de son Eminence ; le seul abbé de St-Cyran reconnut le mariage bon et valable, il fut conduit à Vincennes.

Monsieur, à la première nouvelle de ce siége et selon sa louable habitude, eut peur, non pas des boulets et des coups de sabre, Monsieur était brave comme un fils d'Henri IV, mais des reproches, des prisons et des colères du cardinal. Son amour pour Madame commençait déjà à se refroidir, chez cet homme, rien n'était durable que l'irrésolution ; il trouva des prétextes et parvint à se rendre en Flandre.

— Ma sœur, dit M. de Lorraine, vous l'avez voulu, maintenant vous vous défendrez toute seule ; votre mari a gagné pays, quant à moi j'ai bien assez de protéger le mien. — N'ayez souci, monsieur, maintenant que je suis la seconde dame de France, je n'ai pas peur des Français.

Cependant l'ennemi était devant la ville, les menaces arrivaient de toutes parts, l'ordre était de prendre la princesse morte ou vive ; elle finirait certainement ses jours à la Bastille ou aux îles Sainte-Marguerite. Elle n'hésita plus, et se décida à rejoindre son mari à Mons. L'exécution n'était pas facile, l'armée entourait Nancy de tous côtés : on ne laissait pas passer un chien sans s'informer d'où il venait. Madame eut une grande conférence avec son frère, à la suite de laquelle il envoya demander un passe-port pour sortir de Nancy avec trois de ses gentilshommes et aller à un autre lieu. Le passe-port lui fut accordé.

Le même soir, Madame était entourée de ses femmes ; elle essayait des habits d'homme, auxquels elle n'était point accoutumée. On lui donna une perruque blonde, elle ne *venait* pas bien, selon l'expression de Mademoiselle, elle en prit une autre de la couleur de ses cheveux, mais cela lui fit paraître le visage si blanc, que l'illusion devenait impossible. Elle se barbouilla de suie, mit l'épée au côté et prit autant que possible les allures cavalières. Elle se rendit dans cet équipage aux Ursulines, où les religieuses chantaient matines, se fit ouvrir les portes de l'église, ce qui effraya fort les religieuses de voir un homme à cinq heures du matin dans leur couvent. C'était pour dire adieu à madame de Remiremont son amie.

—Mes sœurs, leur dit-elle, priez pour moi, car je vais être en grand péril.

Elle sortit ensuite, son frère l'attendait à la porte, ils passèrent tout au travers de l'armée du roi qui ne leur dit rien, jusqu'au quartier de M. Châtelut-Barlat, maréchal-de-camp. On les fit tous descendre et on voulut voir le passe-port. Madame était transie de peur.

— Mon Dieu ! pensait-elle, ils vont me reconnaître et c'est fait de moi.

Elle se trouva bientôt rassurée, car au moment où son frère remontait en voiture, elle restait un peu en arrière.

— Que fait donc ce malandrin de page, s'écria l'officier de service : veux-tu marcher, polisson !

Et joignant le geste à la parole, il lui donna un coup de pied dans l'endroit le plus commode pour le faire avancer.

Madame comprit qu'elle n'était pas reconnue ; et jamais compliment, dit-elle, jamais harangue, ne lui firent autant de plaisir à recevoir que ce coup de pied.

Quand ils furent à trois lieues de Nancy, Madame monta à cheval sur une pie, qu'elle a conservée jusqu'à sa mort comme un souvenir de ses hauts faits. Elle se sépara de Monsieur son frère et s'en alla droit à Thienville, de là elle envoya un de ses gentilshommes au gouverneur et se coucha sur l'herbe à la porte de la ville. Elle était si lasse qu'elle ne pouvait plus se tenir à cheval. Pendant qu'elle attendait son gentilhomme, la sentinelle de la porte raillait et se moquait d'elle.

— Oh ! jeune cadet, tu n'es donc pas accoutumé à la fatigue ? Il faudra t'y faire cependant, dans quel sac de charbon es-tu tombé ? tu ressembles aux ramoneurs de Savoie.

Le fait est que madame ressemblait à tout, excepté à une princesse, à une belle-fille de Henri IV, à une tante de Louis XIV.

Le gouverneur apprenant que c'était elle, la vint quérir ; dès qu'elle fut dans la ville, sa femme lui prêta des habits, on la débarbouilla et il n'y parut plus.

Thienville était alors à l'Espagne. Madame alla de là rejoindre Monsieur à Bruxelles, où elle trouva aussi Marie de Médicis exilée par son fils.

Cette histoire tournait toutes les têtes, on la racontait partout : les princesses de Gonzague si proches de l'héroïne, ne furent pas les dernières à la savoir et à la commenter.

— Ma sœur, disait Marie, si je faisais comme la princesse Marguerite, si je me déguisais en homme, et que je partisse avec Amalfi pour aller reconquérir Mantoue.—Ah ! ma sœur, répondit Anne, vous ne sauriez pas courir à cheval et vous êtes trop poltronne ; c'est bien plutôt à moi de suivre ainsi M. de Guise.

XIV — BÉNÉDICTE

Cependant, l'archevêque de Reims resta en sa ville, quinze jours, ainsi qu'il l'avait promis ; au bout de ce temps, la patience lui échappa ; il prit ses chanoines en haine, sous prétexte qu'ils le tourmentaient pour qu'il officiât pontificalement, ce qu'il se serait bien gardé de faire dans la position où il se trouvait. Il ne reçut personne, pour éviter les harangues auxquelles il eût fallu répondre d'une manière ou d'une autre. Il arpenta son palais du matin au soir, le visita jusqu'au dernier recoin ; enfin, lassé de cette vie insupportable, un matin, par un beau soleil, il se fit donner ses habits de cavalier, fit conduire deux chevaux à la petite porte du jardin, et suivi d'un seul de ses gens en qui il avait toute confiance, se mit à galoper tout droit devant lui. Lorsqu'il eut fait une centaine de pas, il s'arrêta court, appela son laquais et lui demanda s'il saurait le conduire à l'abbaye d'Avenay.

— Parfaitement, Monseigneur, répondit cet homme, seulement Votre Grandeur n'y entrera pas sous ce déguisement. — Pourquoi cela? — L'abbesse actuelle est fort sévère, et ne reçoit personne qu'à bon escient. — Je me nommerai, répondit le prince. — Oh ! c'est différent, Monseigneur, alors les portes s'ouvriront.

Ils reprirent leur marche en silence, et jusqu'à leur arrivée à l'abbaye, le prince ne prononça pas un mot.

Il faisait une de ces belles journées de juin, par lesquelles tout renaît dans la nature. Le jeune abbesse se promenait seule dans son jardin ; elle pensait à sa sœur, dont le silence l'inquiétait; elle pensait aussi, involontairement, à bien d'autres choses, à ce monde qu'elle ne connaissait pas, à la cour qu'elle n'avait jamais vue, à ces cavaliers si galants, se dévouant au service des dames, et puis elle soupirait; elle regardait sa robe de bure et sa guimpe ensevelissant ses jeunes appas, et répétait d'un ton dolent :

— Ah ! si j'avais attendu ma sœur Anne!

Bénédicte était belle, je l'ai dit : d'une de ces beautés étranges et singulières que l'on regarde presque avec frayeur, tant on craint de les voir se flétrir sous vos yeux. La délicatesse de sa santé, ses souffrances contenues et cachées, avaient mis sur ses joues une pâleur de marbre et presque éteint le feu de ses yeux. Cette nature ardente, passionnée, tendre, rêvait, à l'abri du cloître, des jouissances et des sentiments inconnus. Comme la princesse Anne et par un mobile différent, elle exagéra les austérités et les devoirs de son état. Anne voulait savoir, Bénédicte voulait aimer.

Or, il arriva que ce soir-là, justement, émue par la lecture d'un de ces ouvrages mystiques qui suent l'amour par tous les pores, son esprit s'envola, plus que de coutume encore, au-delà de ces murailles qui la renfermaient. Elle osa même approcher, son voile levé, d'un petit guichet qui donnait sur la route.

Il n'y avait personne d'ordinaire, mais c'était l'espace, c'était la liberté; elle enviait le sort des petits oiseaux sautant au milieu des cailloux, pour y chercher les grains tombés des arbres voisins.

— Oh ! si j'avais des ailes, répétait-elle souvent.

Tout-à-coup des pas de chevaux se font entendre, ils approchaient des murs de l'abbaye. Une visite, sans doute! un messager de ses sœurs, peut-être ! Bénédicte ne résista point à la curiosité; elle demeura.

C'était un jeune homme et son laquais, un jeune homme plus beau que tous les anges des tableaux de la chapelle, habillé de satin et de velours, conduisant son cheval avec une grâce parfaite, et qui semblait d'une tristesse profonde.

En passant devant le guichet, il s'arrêta. Ce délicieux visage, aussi blanc que les mousselines qui l'entouraient, encadré dans les lianes et les guirlandes de lierre tombant sur la muraille, lui fit l'effet d'une apparition,

— Oh ! la belle créature, pensa-t-il. Je ne m'étonne plus si l'abbesse ferme si hermétiquement les grilles, ayant de tels trésors à garder ; mais voilà comment on trompe les ordonnances.

Les couvents d'alors ne ressemblaient point à ceux d'aujourd'hui ; les mœurs n'étaient pas les mêmes. Ce qui nous paraît inconvenant, preque sacrilége, était à cette époque une de ces choses dont on ne parlait point, tant elles se représentaient souvent. Toutes les religieuses, même les plus sévères, même les Carmélites, recevaient des hommes au parloir. Non pas des parents, non pas même des amis, mais des étrangers, des indifférents ; derrière les grilles se tenait un salon. Dans les abbayes royales les facilités étaient encore plus grandes. Les abbesses, surtout, presque toutes filles de grandes maisons, souvent princesses, avaient leurs habitudes comme dans le monde. Leurs domestiques étaient nombreux. Elles sortaient à volonté et ne semblaient point assujetties aux règles. Dans leur appartement particulier, elles recevaient les seigneurs et les courtisans à toutes les heures, et même dans la soirée. Elles mangeaient à part, servies par leurs officiers, et sans que rien dans leur ordinaire rappelât les pitances de la communauté. Elles allaient à la cour, aux eaux. Ne vit-on pas plus tard, bien des fois, à Versailles, madame de Mortemart, abbesse de Fontevrault, au moment où les amours de sa sœur, madame de Montespan, et de Louis XIV scandalisaient l'Europe? Elle se trouvait en tiers avec eux, et nul ne pensait à la critiquer.

Lorsque madame d'Avenay vit le beau cavalier s'arrêter, elle rougit et se retira, ferma le guichet, et courut, sans savoir pourquoi, vers son appartement, comme si elle eût été poursuivie. Elle ordonna de ne laisser monter personne. Au même moment, la cloche de la grille retentit à tour de bras.

— Qui sonne ainsi? demanda-t-elle a sa porte-croix, qui se trouvait dans sa chambre.

Celle-ci, jeune personne rusée, spirituelle et rieuse, risqua un œil.

— Madame, c'est un beau seigneur. — Oh! mon Dieu, c'est le mien, pensa-t-elle, que peut-il me vouloir?

Et son cœur se mit à battre.

— Entendez-vous ce qu'il dit? — Non, madame, il parlemente. La tourière exécute vos ordres et refuse de le laisser entrer; il insiste. La sœur Brigitte branle la tête comme dans les grandes occasions. Oh! la voilà qui appelle un des gens de madame, elle en a bien long à lui raconter; c'est égal, nous allons tout savoir.

L'abbesse s'était cachée derrière son rideau comme une petite fille en pénitence, la curiosité la dévorait cependant.

— Oh!... oh! le beau seigneur, est-il parti? — Je ne le vois plus madame, mais il me semble que j'entends piaffer son cheval.

Les jeunes filles ont l'oreille bien fine, à l'endroit des chevaux des jeunes seigneurs.

Le valet de chambre de l'abbesse entra en ce moment; annonça l'arrivée d'un envoyé de la princesse Anne de Gonzague.

— Un envoyé de ma sœur. Ah! qu'il entre, s'écria Bénédicte, heureuse peut-être de trouver un prétexte pour rétracter son ordre. Ma sœur Anastasie, laissez-nous.

La sœur poussa un gros soupir, croisa ses bras sur sa poitrine, baisa dévotement l'anneau abbatial et rentra dans la clôture. Au même instant on introduisit Henri de Guise.

Quelqu'accoutumé qu'il fût à des positions difficiles, il eut un moment d'embarras en présence de cette charmante jeune fille qui ne trouvait pas un mot à lui dire et qui n'osait pas lui demander son nom.

— C'est ma cousine aussi, pensa-t-il, bien que je ne la connaisse point. Mais c'est égal, ne nous nommons pas et voyons-la venir. — Monsieur, lui dit-elle enfin, vous m'êtes envoyé par ma sœur? — Oui, madame. — Vous m'apportez une lettre d'elle? — Non, madame. — C'est donc un message verbal? — Non, madame. — Eh bien alors! — Je viens vous parler d'elle.

L'abbesse rougit.

— Je ne vous comprends pas, monsieur.

Henri de Guise rencontra ce regard si pur et si calme, ce regard qu'aucune passion n'avait altéré, et tout à coup, selon la fougue de son caractère et l'inconstance de ses goûts, il se dit qu'une pareille beauté valait bien qu'on pensât à elle.

— Et moi qui venais lui parler d'une autre. C'est, par Dieu! d'elle seule que je veux m'occuper; Anne n'en saura rien, et d'ailleurs, pourquoi m'a-t-elle forcé de partir?

Il est certain que de pareils amants devraient se garder dans la poche.

— Madame, reprit-il, je suis un ami de la princesse Anne. Elle daigne m'obliger à en prendre le titre, malgré la distance qui nous sépare. Vous a-t-elle jamais nommé Léontio d'Amalfi, le fils de sa dame d'honneur? — Oh! oui, souvent, répliqua l'abbesse avec joie. — C'est moi. — Elle vous envoie vers moi? — Oui madame, pour vous entretenir de son mariage projeté et savoir votre avis. — Anne se marie? — Du moins elle l'espère, et le rang de monsieur le duc de Guise... — Jésus-Dieu! un archevêque, reprit la jeune abbesse en se signant. — Rassurez-vous, madame, il ne l'est plus; les bulles de dispenses sont en route. — Ah! mon pauvre cousin, s'écria-t-elle, je respire pour lui, il est donc libre enfin! — Jusqu'à ce qu'il s'enchaîne de nouveau. — Mais ce mariage, monsieur, est-il bien sage pour ma sœur? On dit notre cousin bien étourdi. — Ce sont des calomnies, madame. — On lui prête des choses!... — A qui n'en prête-t-on pas? — A ceux qui n'ont rien, à ce que prétend mon vieil aumônier; et monsieur de Guise est querelleur, monsieur de Guise est libertin, monsieur de Guise est effronté. — Miséricorde! quel portrait, madame. Ceci n'est point charitable au moins. — Monsieur, je m'en confesserai, si toutefois c'est une médisance. Il s'agit de ma sœur Anne, de son avenir, de son bonheur, je n'en saurais prendre trop de soin. Que me reste-t-il à moi si ce n'est le bonheur des autres?

Bénédicte soupira encore, elle soupirait souvent.

— Vous ne conseilleriez donc pas à mademoiselle la princesse Anne d'épouser M. de Guise? — C'est beaucoup dire, monsieur.

Et puis ma sœur l'aime peut-être, et si elle l'aime, c'est différent. — Je crois en effet, qu'elle l'aime, répliqua Henri, ne pouvant se défendre d'une légère émotion. — Alors je n'ai rien à répondre, rien à reprendre! On assure qu'un amour contrarié fait mourir, on assure également qu'un amour satisfait passe vite, ce n'est pas une pauvre ignorante recluse qui doit donner des conseils sur ces matières-là. — Elle est adorable! se dit le jeune homme, et j'ai grande envie de lui apprendre un peu cette science qu'elle ignore. Par le Balafré! j'essaierai. Mon Dieu! qu'elle a de belles mains! décidément elle est plus belle que ses sœurs. Le difficile est de rester ici. — Vous vous taisez, monsieur, vous êtes donc convaincu? — Je me tais, madame, parce que je ne sais comment aborder le second sujet de ma visite. — Suis-je donc si effrayante, ou ce que vous avez à m'apprendre est-il si dangereux? — Très-dangereux, en effet, car vous me refuserez peut-être, et alors je suis un homme perdu. Je me suis battu en duel. — Ah! monsieur! c'est bien mal! — Je le sais, mais l'honneur est impérieux parmi nous. J'ai blessé mon adversaire, on me cherche, et si vous ne daignez me donner un asile, c'en est fait de moi. — Vous venez de la part de ma sœur? — Non, madame, répondit-il hardiment, et dût cet aveu m'enlever votre estime, je ne vous tromperai pas plus longtemps. — Qui êtes-vous donc alors? demanda l'abbesse, en se levant avec beaucoup de dignité. — Léontio d'Amalfi, madame! Je me suis échappé après mon combat, sans revoir mes maîtresses, elles ignorent même où je me trouve. Le hasard m'a conduit dans ce pays, que je ne connais pas, j'ai entendu parler de vous, j'ai pensé que mon nom, celui de la princesse Anne, me serviraient d'introducteur, j'ai entendu dire combien vous êtes bonne et que vous n'auriez pas la cruauté de me livrer aux bourreaux. Voilà tout, suis-je donc si coupable, et ne me ferez-vous pas grâce en faveur de mon repentir et de ma franchise?

Bénédicte baissait les yeux et réfléchissait.

— J'écrirai à ma sœur, dit-elle enfin. — N'en faites rien, au nom du ciel! mon asile ne serait plus un secret, on m'en arracherait bientôt, et vous seriez peut-être compromise. — C'est vrai. Pourtant, monsieur, je ne puis ainsi sans vous connaître... sans être sûre... vous introduire. — Vous vous défiez de moi, madame. Eh bien! je pars, je vais de moi-même au-devant de ceux qui me cherchent et lorsque ma tête sera tombée sous la hache, vous serez forcée de me croire!

Tous les stratagèmes étaient bons, avec une personne aussi ignorante que Bénédicte, elle fit un mouvement d'horreur, et, étendant les bras vers le prince qui cherchait déjà la porte:

— Restez! restez! s'écria-t-elle, si vous avez de mauvais desseins sur les filles du Seigneur, puisse-t-il vous les pardonner et vous empêcher de les accomplir! Je donnerai des ordres pour qu'on vous installe dans le bâtiment des étrangers, il ne s'y tient personne en ce moment. Une de mes sœurs, muette comme les murailles, aura soin de vous, vous n'en sortirez point, pour ne pas être vu. Renvoyez votre laquais si vous en êtes sûr, sa présence pourrait donner des soupçons. Descendez par ce degré, et elle ouvrit une porte cachée. Il vous conduira hors de l'abbaye, chacun vous croira parti, en entendant les pas de vos chevaux. Vous remonterez ensuite et vous attendrez que je vous appelle. Allez vite et ne vous trompez pas.

Le duc de Guise bénit son étoile et se sentit tout joyeux de cette aventure, qui commençait si bien. Le mystère a un grand charme pour les imaginations vives, l'idée d'être ainsi caché par une charmante abbesse, jeune, innocente, dont le cœur n'avait jamais parlé, lui donna une palpitation. Il exécuta de point en point les instructions de la princesse, et quand il vit la belle main blanche, entr'ouvrir la porte, en lui faisant signe de rentrer doucement, il ne se souvint plus d'Anne de Gonzague, il lui sembla qu'il aimait Bénédicte, qu'il ne pouvait aimer qu'elle.

— Venez, venez, monsieur d'Amalfi, voici la sœur Anastasie, en qui j'ai toute confiance, qui va vous conduire *chez vous;* nul excepté elle et moi ne connaîtra votre présence ici, vous y resterez jusqu'à la fin des poursuites, et vous aurez soin de nous dicter ce que nous devons faire pour les activer. — Rien, madame, j'ai donné mes instructions à mon laquais, il m'apportera de temps en temps de nouvelles.

Un couloir conduisait au nouveau gîte du prince; au moment d'en franchir la porte, il se retourna.

— Pourrai-je avoir l'honneur de présenter quelquefois mes hommages à madame? — Certainement, quand je serai seule, nous parlerons de ma sœur.

Sentait-elle donc déjà qu'elle avait besoin d'un bouclier?

L'appartement, préparé à la hâte, était cependant très-propre, ils avaient traversé pour s'y rendre une manière de passage secret.

— C'est par ici, monsieur, dit la gentille sœur, c'est par ici seulement que vous pénétrerez chez madame, de la sorte on ne vous verra point. Prenez bien garde au moins! — A quelles heures madame est-elle seule d'ordinaire? — Le soir, monsieur, presque chaque soir. — Je vous remercie, ma sœur, je ne l'oublierai pas.

Les fenêtres donnaient sur le jardin particulier de l'abbesse et des étrangers, il n'y venait personne. La vue était peu gaie, mais, avant de le quitter, Anastasie montra au jeune homme une grande pile de volumes, qui n'étaient rien moins que le grand *Cyrus.*

— Cela vous amusera, dit-elle.

XV — LE LOUP DANS LA BERGERIE

Ainsi qu'on le suppose, M. de Guise dormit peu. La hardiesse de son entreprise lui prêtait un double charme, et le désir de réussir était devenu maintenant sa plus chère pensée. Bénédicte lui semblait adorable. Il n'avait pas osé retourner chez elle, bien qu'il en eût grande envie, et tout en feuilletant les pages sempiternelles de *Cyrus* et de *Mandane*, son imagination lui représentait la charmante proie qu'il allait saisir.

— Anne m'a renvoyé, se répétait-il pour apaiser ses légers remords. Et puis cela n'empêchera pas notre mariage, au contraire.

Cet *au contraire* était bien digne d'un homme dont le cœur gisait dans les sens, et qui ne se laissait en toutes choses guider que par eux. Il ne songeait point au mal qu'il pouvait faire, à cette existence si pure qu'il allait troubler, à ce cœur si tendre et si naïf qu'il allait briser.

— Bah! elle se consolera.

Ces paroles épouvantables, avec lesquelles on fait tant de victimes, lui semblèrent la meilleure excuse du monde en cas de réussite. Il se leva, s'habilla avec soin et attendit.

Vers dix heures, Anastasie entra timidement, après avoir frappé deux fois. Elle le salua d'un ave et d'un signe de croix, auquel il répondit par un sourire.

— Voulez-vous déjeûner, monsieur? — De grand cœur.— Voici ce que j'ai pu dérober de mieux à l'office de madame l'abbesse, j'espère que ce n'est pas un péché, puisque c'est elle qui me l'ordonne. — On doit obéissance à ses supérieurs. A-t-elle bien passé la nuit, madame l'abbesse? — Pas trop bien, elle a toujours eu peur qu'on ne vînt forcer l'abbaye pour vous prendre. — Oh! cela n'ira pas jusque-là, Dieu merci! quand la verrai-je? — Ce soir. Elle craint que vous ne vous ennuyiez beaucoup et vous en fait ses excuses, mais il n'y a pas moyen de faire autrement, la sûreté avant tout.

La bonne petite Anastasie tint compagnie fidèle à l'hôte de madame pendant son repas. Elle l'amusa fort de son bavardage de couvent, des grands événements du cloître et des révolutions successives arrivées dans son gouvernement.

— Nous avons changé d'aumônier. A propos d'aumônier, j'oubliais, monsieur. Madame m'a chargée de vous demander si la société du sien vous serait agréable; il est fort instruit, il a de l'esprit et joue à tous les jeux, particulièrement à l'hombre, et il vous distrairait beaucoup. Cependant madame n'a pas voulu le prévenir sans votre consentement. — Qu'elle s'en garde bien! Je préfère rester seul, comme un oiseau en cage, plutôt que d'accepter un confident de plus, fût-ce mon propre père, les agents du cardinal sont si adroits. — Ah! cela fait frémir!

Après avoir causé, tourné, préparé tout ce qui pouvait être nécessaire au captif, la sœur se retira. Il réfléchit une ou deux heures sans trop d'ennui, mais ensuite les bâillements le prirent et il commença à compter les solives du plafond.

— Que de dédommagements vous me devez, madame l'abbesse, et combien je vais m'ennuyer pour vous! Chaque minute est une goutte de plus ajoutée à l'ambroisie que me versera votre main.

A cette époque on pensait même mythologiquement.

La journée s'écoula pourtant, avec l'intermède du dîner, et le soir enfin, la porte fut ouverte.

— Madame vous attend, monsieur.

Ces paroles sacramentelles lui annonçaient le ciel en perspective. A son aspect, Bénédicte rougit beaucoup; elle ne se leva point et lui montra du doigt un pliant, assez loin d'elle. En sa double qualité de princesse et d'abbesse, c'était déjà beaucoup d'honneur qu'elle lui faisait. Henri sourit dans sa barbe.

La soirée se passa comme un éclair. L'abbesse était une de ces femmes chez lesquelles il reste toujours quelque chose à découvrir. Elle ne se montrait point tout d'un coup, elle se déroulait petit à petit, si l'on peut s'exprimer ainsi, non par calcul, elle en était incapable, mais par timidité. Elle se craignait elle-même, elle craignait les autres, l'autorité qu'elle exerçait n'avait même pu la rendre hardie. Henri en eut bientôt la tête tournée. Adroit, entreprenant, fascinateur, il dardait ses prunelles bleues jusqu'au fond de cette âme sans défense, il voyait clairement les progrès de la séduction, et comptait pour ainsi dire les battements d'un cœur qui ne savait ni combattre, ni feindre.

Un étonnement naïf se peignait dans les regards de Bénédicte, à l'aurore de ce sentiment imprévu qui s'annonçait si doucement, dont les impressions étaient si délicieuses. Elle l'écoutait avidement, elle l'interrogeait, elle devinait la réponse avant qu'il eût parlé. Quand il fallut se quitter, lorsque l'horloge eut sonné minuit :

— Déjà! dit-elle. — C'est l'heure à laquelle on arrive à l'hôtel de Nevers, continua le duc. — Ah! je ne verrai jamais l'hôtel de Nevers, poursuivit l'abbesse avec un triste sourire. — Pourquoi, madame? n'êtes-vous pas libre de vous y rendre quand il vous plaira? Un congé est-il si difficile à obtenir? — Il faudrait toujours revenir ici et alors ce serait bien plus triste encore. Non, je ne sortirai pas d'Avenay.

Le lendemain, les jours suivants se passèrent de la même manière, seulement les entrevues étaient plus fréquentes et plus longues, la jeune fille ne se reconnaissait plus, sa vie était changée, un vaste horizon s'ouvrait devant elle, elle se sentait plus forte, plus fière, elle se sentait heureuse sans savoir pourquoi. Les arbres, les fleurs, les étoiles, tout avait pour elle un langage, muet autrefois. Elle priait avec ferveur néanmoins, car pas une pensée mauvaise ne ridait la face de son âme, lac tranquille et pur dont les ondes claires ne troublaient jamais le fond. Si elle aimait, c'était à son insu, c'était sans but, sans espérances coupables, sans qu'une seule fois la pesanteur de sa chaîne lui eût semblé difficile à soulever. Nature tout exceptionnelle, Bénédicte n'avait de son siècle que les qualités; elle devait vivre à l'ombre du sanctuaire, car Dieu seul pouvait la satisfaire et la comprendre.

Pendant ce temps Henri vit quelquefois son laquais, caché dans les environs, et le chargea de ses messages pour la princesse Anne, afin qu'elle ne conçût pas de soupçons. Le laquais, bien endoctriné, rapportait également les lettres de Paris, auxquelles il fallait toujours des réponses. Aucune, on le suppose, ne portait la date d'Avenay. Les progrès qu'il faisait étaient rapides; il touchait bientôt, croyait-il, au terme de ses vœux, il s'enivrait lui-même du bonheur qui l'attendait et se répétait cent fois par jour :

— Qu'elle est belle! qu'elle est charmante! et combien je l'aime!

M. de Guise connaissait bien des choses, il avait pénétré tous les mystères du cœur des dames de la cour, mais il ignorait un cœur simple, tendre, plein de dévouement et de piété, il ignorait la force qu'une âme croyante trouve au pied de l'autel; il arracha brusquement le voile qui couvrait le précipice, et dès que Bénédicte en eut sondé la profondeur, elle ne pouvait plus y tomber.

Depuis plus de six semaines ils vivaient ainsi. Henri amoureux jusqu'au délire des sens, chassant ses pensées importunes et ne voyant plus que le nouvel objet de son caprice; la jeune fille préoccupée, rêveuse, songeant jour et nuit à cet homme, dont le souvenir l'obsédait, qu'elle appelait un ami, faute de trouver dans sa pensée un autre nom à lui donner, l'aimant de toutes les forces d'une passion concentrée, ignorante, et ne sachant même pas ce que c'était que l'amour.

Une nuit, la chaleur était excessive, le rossignol chantait ses gammes étincelantes au milieu du feuillage, les fleurs prodiguaient leurs parfums, la lune étendait sur la pelouse sa lumière mélancolique, et les étoiles scintillaient comme des diamants. Un ruisseau de cristal traversait le jardin de l'abbaye allant se perdre au fond des bois, et le bruit de son murmure accompagnait doucement les trilles de l'oiseau amoureux. La nature entière conviait à aimer, c'était une de ses plus splendides fêtes, une de celles où elle nous appelle chaque jour et que nous dédaignons, ingrats que nous sommes, qui nous trouvent indifférents et blasés.

Bénédicte, en simple et longue robe blanche, débarrassée de ses voiles, restait à la fenêtre et respirait la vie par tous les pores. L'envie lui vint de descendre au bord de ce ruisseau, si joli, et de se perdre dans ces allées argentées par la lune, en rêvant des joies indéfinies, en rappelant les paroles de Léontio, en tâchant de se cramponner à cette terre, qui lui semblait si belle et qu'elle avait tant peur de quitter.

Elle descendit doucement les degrés, craignant d'éveiller quelqu'un, ne se croyant pas observée, et bientôt son pied d'enfant foula le sable autour du gazon. Elle marcha longtemps les yeux baissés, dans un état de quiétude délicieuse, étonnée et ravie tout à la fois de ses impressions nouvelles. Au moment où elle entrait dans la partie sombre du petit bois, elle crut entendre un mouvement dans le feuillage. Elle ne s'effraya pas. Cette sorte de parc, réservée à elle seule, entourée de murailles d'une hauteur inaccessible, n'avait d'autre issue que l'abbatiale, nul n'y pouvait pénétrer. Elle ne fit donc qu'une légère attention et continua sa route jusqu'à un banc, au bord du ruisseau, où le rossignol avait établi son nid dans les grands arbres de la futaie. Les rayons de la lune tombaient à travers les feuilles sur les cascatelles, c'était un vrai sanctuaire pour une causerie d'amants. Bénédicte n'y resta pas longtemps seule.

Les fenêtres de M. de Guise ouvraient sur le parterre, on le sait, lui aussi il cherchait la fraîcheur, lui aussi il se rappelait les entretiens de la soirée. Il vit la longue robe blanche de l'abbesse se découper sur la pelouse, il la suivit des yeux dans sa promenade rêveuse et eut bien vite pris la résolution de la rejoindre, l'occasion s'offrait trop belle pour qu'il la dédaignât. En trois sauts il fut sur ses traces, prenant une autre allée, il arriva derrière elle, un peu après qu'elle fut assise, et il eut bien soin de lui dire à voix basse :

— N'ayez pas peur, madame, c'est moi.

De la sorte, il ne craignait plus la surprise.

— Vous, monsieur d'Amalfi ! ici, à cette heure ! — Oui, madame, et ce n'est pas la première fois que je passe une partie de mes nuits sous cet ombrage. — Vous eussiez dû vous éloigner en m'apercevant. — Je n'en ai pas eu la force. D'ailleurs, pourquoi ? Ne m'est-il pas permis de vous voir, de vous parler ? — A cette heure ! — Qu'importe l'heure, lorsqu'on se connaît si bien ! — Sous ce costume ! — Ah ! madame, que vous êtes belle ainsi ! quelles illusions enchanteresses vous faites naître dans mon âme. — Comment ! — Vous voilà débarrassée de vos chastes voiles, semblable à une jeune fiancée, attendant son bien-aimé. Hélas ! hélas ! quand je pense que si vous vouliez, il en pourrait être ainsi. — Moi ! Vous oubliez donc... — Je n'oublie pas que vos vœux vous furent arrachés par la volonté d'un père, que vous les avez prononcés à un âge où vous en ignoriez les conséquences. Je n'oublie pas que le saint Père peut les casser, qu'un mot de vous au légat, appuyé par votre cousin de Guise, peut vous rendre à la liberté. Ah ! si vous vouliez, si vous vouliez !

Le cœur de Bénédicte ne battait plus, un nuage passait sur ses yeux, sans l'appui d'un arbre placé derrière elle, elle serait tombée à la renverse. Pour la première fois l'idée de la liberté, du bonheur, du mariage *possibles* se présentait à elle. Elle contempla un instant cet éblouissant mirage, puis tout à coup, un froid mortel pénétra jusqu'à son cœur, elle sentit que c'était un rêve et, le repoussant de toutes ses forces, elle murmura :

— Non ! non ! — Pourquoi non, Bénédicte ? reprit le tentateur, en s'asseyant près d'elle, pourquoi non ! n'avez-vous donc plus le désir de voir le monde, le désir de me voir, moi, à qui vous avez donné votre amitié ! Bientôt sans doute il me faudra vous fuir, il le faudra, pour votre repos et pour le mien. Je ne puis rester éternellement caché dans les murailles de cette abbaye, ce serait compromettre votre réputation, car on finira par me découvrir, je partirai et nous ne nous reverrons plus. — Vous ne me connaissez pas, Léontio, répliqua-t-elle avec une ineffable mélancolie, vous ne savez pas quelle âme est la mienne, et combien il lui faut peu de choses pour vivre. Cachée depuis ma naissance à l'ombre des autels, j'ai d'abord aimé le souvenir de ma mère, que j'avais perdue, jusqu'au moment où j'ai été séparée de ma sœur ; depuis que je ne l'ai plus, son souvenir me suffit, et lorsque vous m'aurez quitté, le vôtre planera au-dessus de moi, je vous verrai quand vous n'y serez plus, je prierai pour vous, pour que Dieu vous donne ce que vous n'avez pas, cette foi ardente, cette charité si douce, qu'il nous envoie en attendant le ciel. Je vous aime, certes, je vous aime...

Elle chercha une expression qui rendît sa pensée, n'en trouvant pas, ou en trouvant trop, elle s'arrêta et rougit.

— Vous m'aimez, Bénédicte, comment m'aimez-vous ? — Je vous aime... comme un frère, non ça n'est pas cela, car je vous aime plus que ma sœur, je vous aime autrement que ma sœur ; je pense bien plus souvent à vous qu'à elle, à vous je pense sans cesse, elle, je l'oublie quelquefois. Je puis rester des heures entières à genoux, ou bien assise ici, là-bas, partout, votre image à côté de moi, sans m'apercevoir que le temps s'envole. Je ne m'occupe presque plus de mes filles, je n'ai plus besoin de les voir, hors Anastasie, qui me parle de vous. Quand vous marchez, de bien loin j'entends vos pas, quand vous parlez, mon cœur devine votre voix, même lorsqu'elle ne peut frapper mon oreille. Les fleurs que vous me donnez me semblent plus fraîches et plus odorantes, elles me sont précieuses comme des trésors. Je me répète jusqu'à vos moindres paroles, et souvent loin de vous, je crois que vos regards me brûlent à travers la distance qui nous sépare. Voilà comment je vous aime, Léontio, ce sentiment, vous le voyez bien, n'a pas besoin de votre présence, il vit en lui et par lui, il vivra autant que moi, peut-être me rendra-t-il quelques-uns des jours qui m'échappent. Depuis que vous êtes ici, il me semble que ma destruction est arrêtée, je trouve des forces que je n'avais plus, je souffre moins.

En entendant ainsi cette innocente créature dépeindre sous le nom de l'amitié, l'amour le plus brûlant et le plus tendre, M. de Guise éprouva un bonheur indicible. Cette sensation, nouvelle pour lui, se prolongea longtemps, et il la prolongea lui-même de toutes les forces de sa volonté.

— C'est ainsi que vous m'aimez, mais vous m'aimez ainsi parce que je suis là, Bénédicte ; en mon absence vos sentiments changeraient de nature, toutes vos joies deviendraient des douleurs.

L'imprudent portait le flambeau dans les ténèbres qui s'ignoraient, il voulait maintenant un aveu complet, il voulait qu'elle l'aimât, qu'elle le lui dît, en dépit de son devoir, en dépit de sa volonté.

— Vous vous trompez, Léontio, vous dis-je, je me connais. — Non, vous ne vous connaissez pas, non, vous êtes loin de vous douter de tout ce qu'il y a en vous de trésors et de béatitudes, vous ne savez même pas comment vous m'aimez !

L'enfant se prit à sourire.

— Je vous aime comme je vous l'ai dit, n'est-ce pas assez ? — Le trop n'est même pas assez ? Le sentiment qui nous lie ne peut être satisfait que par l'excès du bonheur. — Je ne croyais pas l'amitié si orageuse, ni si exigeante. — Etes-vous sûre que ce soit de l'amitié ? — Et que serait-ce donc ? — Faut-il vous l'apprendre ? — Certainement, mais je le sais mieux que vous. — C'est... c'est... de l'amour, — De l'amour ! moi !

Bénédicte pâlit tellement qu'aux rayons de la lune, elle semblait une jeune morte échappée de sa tombe.

— Oui, oui, de l'amour, de l'amour, ma bien-aimée, et c'est ainsi que je vous y consacre.

Il passa un bras autour de sa taille, l'attira vers lui, et posant ses lèvres brûlantes sur son front, il la tint embrassée quelques instants. Voyant qu'elle ne faisait aucun mouvement ni pour résister, ni pour s'abandonner à lui, il écarta ses cheveux et la regarda. Ses yeux étaient fermés, elle avait perdu connaissance.

Il s'empressa de la secourir, l'eau du ruisseau appliquée sur ses tempes la rappela à la vie, mais non pas d'abord à la raison. Appuyée sur ses genoux, couverte de ses baisers elle ne se rendit pas compte de la sensation étrange qui pénétrait tout son être.

— Où suis-je, mon Dieu ? murmura-t-elle. Ah ! que l'on est bien ici ! — Avec moi, près de moi, ma bien-aimée. — Près de vous ? avec vous ? Oui, je me souviens. Laissez-moi ! laissez-moi !

Et comme une jeune biche effarouchée, elle vola plutôt qu'elle ne courut vers la porte de son escalier, qu'elle ferma derrière elle au moment où le prince allait la rejoindre ; elle remonta les degrés quatre à quatre et vint tomber sur son prie-Dieu, où elle resta anéantie et sans voix.

Mais, on le sait, l'abbesse d'Avenay était une grande âme, pleine de courage, pleine de foi. Dès qu'elle eut découvert qu'elle était coupable, cette faute ne devait plus la dominer, ou du moins l'objet en devait disparaître. Elle reprit bientôt sa raison, et avec sa raison le repentir, la douleur, la résolution de mourir plutôt que de manquer à la promesse faite aux pieds du Seigneur.

— Je suis votre épouse, ô mon Dieu ! et je ne dois aimer que vous seul. Que votre main s'étende sur moi et me soutienne.

Dieu l'écouta, Dieu l'entendit. Il lui envoya un rayon de sa grâce, en même temps qu'il lui laissa l'épreuve. Il lui mit au cœur une douleur ineffaçable, un de ces désespoirs qui minent la vie ; elle eut le courage de sonder sa blessure et la trouva plus profonde qu'elle n'eût pu le prévoir. Elle aimait Henri d'un amour immortel comme son âme, mais en même temps sa résolution inébranlable était d'ensevelir cet amour, de l'offrir à Dieu, de le déposer aux pieds du Christ, ainsi qu'une couronne d'épines, et de ne plus vivre qu'en lui, sans que jamais un intérêt terrestre attiédisse cet holocauste.

Le lendemain, elle entendit la messe, elle porta au tribunal divin l'aveu de sa faute ; l'absolution lui fut refusée jusqu'à ce qu'elle eût renvoyé l'ennemi de son repos. En rentrant chez elle, elle appela la sœur Anastasie.

— Ma sœur, dit-elle, allez sur-le-champ près de M. d'Amalfi, dites-lui que les raisons les plus graves me forcent à le prier de sortir aujourd'hui même de l'abbaye. Par ordre de mes supérieurs, il m'est impossible de le garder davantage. Faites-lui mes excuses et mes adieux et témoignez-lui mes regrets.

Elle achevait à peine ces mots qu'un grand bruit de chevaux et de carrosses se fit entendre, la grande grille tourna sur ses gonds et on lui annonça la princesse Anne de Gonzague.

XVI — DÉCOUVERTE

Anne de Gonzague avait beaucoup souffert, un seul coup d'œil en convainquit l'abbesse, devenue savante en bien peu de temps sur les affaires du cœur.

— Qu'avez-vous, ma chère Anne? lui dit-elle en la prenant dans ses bras. — Je suis fatiguée, ma sœur, et je viens me reposer près de vous, dans votre retraite. — Soyez la bienvenue mille fois, bien que le motif qui vous amène soit pénible. Vous me resterez quelque temps? — Je ne sais... je ne sais rien. Et vous, Bénédicte, vous êtes très-pâle aussi? — Moi, comme à l'ordinaire. A la volonté de Dieu! Parlez-moi de Marie. — Marie souffre aussi, nous souffrons toutes, mais moi! oh! moi, plus que toutes trois!

La princesse Bénédicte avait bien de la peine à le croire.

— Votre mariage?... — Nous causerons tout-à-l'heure, répliqua la princesse, en lui montrant Anastasie, qui revenait de son ambassade. — Eh bien? demanda l'abbesse. — Madame sera obéie. — Vous n'avez pas parlé de l'arrivée de ma sœur? — Non, madame, ce n'était point nécessaire, je crois. — C'est bien, laissez-nous.

La jeune sœur sortit.

— A présent causons, ma chère Anne, dites-moi vos chagrins, ceux de Marie, que je sache tout, que je souffre avec vous, que je vous console, si je le puis. — Hélas! ma pauvre Bénédicte, Marie et moi nous souffrons de douleurs que vous ignorerez toujours, nous souffrons parce que nous aimons.

Bénédicte baissa les yeux.

— Nous avons fait des ingrats, en croyant faire des heureux. — Pauvres sœurs! Et votre mariage? — Mon mariage... il ne se fera pas. Je ne sais où est M. de Guise, il me trompe sans doute, il m'a abandonnée. Depuis trois semaines, pas un mot de lui, on ne peut même découvrir où il se tient caché. Oh! j'ai bien souffert! je souffre bien!

L'abbesse embrassa sa sœur.

— Vous l'aimez donc? — Oui, je l'aime. Je suis blessée de toutes les manières, par le cœur et par l'orgueil. Je ne pouvais plus rester à Paris, chacun m'y regarde, ni à la cour, où ma mésaventure est connue, je suis venue me jeter dans vos bras, nous parlerons de lui. — Ce n'est pas sans retour, ma sœur; des raisons que vous ignorez le retiennent, mais M. de Guise ne peut pas abandonner la princesse de Gonzague, sans lui donner même un mot d'explication, le tout s'expliquera, j'en ai la confiance. — Et moi je ne l'ai pas. Henri de Guise est si fantasque, si étrange! Il ressemble si peu aux autres hommes! Il est si loin de tout ce qu'on peut prévoir! Aussi inconstant que passionné, un nouvel amour peut m'avoir fait oublier. Il est capable de changer de maîtresses, sans résolution prise, autant de fois qu'il change de séjours. — Et vous aimez un pareil homme! — En suis-je la maîtresse? Ah! Bénédicte, on aime sans raison, sans motif, en dépit de tout, on aime parce que l'on aime, on aime presque toujours ce qu'on ne devrait pas aimer. La pauvre Marie est encore, si c'est possible, plus à plaindre que moi. — Que lui est-il arrivé? — La même chose, seulement elle doit être plus blessée, parce qu'elle a fait davantage et parce que l'objet est plus infime. Elle s'est niché en tête un sot amour pour un homme indigne d'elle, pour un simple gentilhomme, auquel elle a offert de lui sacrifier son nom, son rang. Il l'a refusée, sous prétexte de beau dévouement, et un matin, il est parti sans rien dire, sans un adieu, pour son pays où l'attendait, à ce qu'il paraît, une sorte de *rolet* à sa taille. Il n'avait rêvé rien moins que de devenir, en épousant Marie, duc de Mantoue et de Nevers, malgré la France et l'Italie. Voyant qu'elle reculait devant cette extravagance, et, en vérité, cela m'étonne, elle était si affolée de lui qu'elle aurait décroché la lune pour la lui offrir, comme elle reculait, dis-je, il est allé courir son autre lièvre. Puisse-t-il se casser le cou dans cette course! Si je le tenais, cet Amalfi, je lui ferais donner cent coups. — Amalfi! Amalfi! s'écria Bénédicte, vous avez dit Amalfi, ma sœur? — Sans doute, Léontio d'Amalfi, le fils de notre dame d'honneur. — Il est amoureux, il est aimé de Marie! cela est-il possible? — Cela vous étonne, n'est-il pas vrai? un pareil avorton, ah! si je le tenais! — Vous le verrez, ma sœur, vous le verrez et à l'instant même, c'est moi qui vous le dis.

Emportée par son ressentiment, par une colère que cette nature si douce n'avait pas soupçonnée jusque-là, elle ouvrit la porte du corridor, courut à la chambre du prisonnier, lui prit la main, sans prononcer une parole, l'entraîna après elle, et, le poussant dans son parloir, en face de la princesse :

— Le voilà! s'écria-t-elle, faites-en selon votre bon plaisir. — Henri! s'écria Anne de Gonzague. — Henri! quel Henri? — Henri de Guise! ne le connaissez-vous pas?

C'en était trop pour cette créature jusque-là si tranquille, elle se laissa tomber sur son fauteuil, incapable de se soutenir et de prononcer un mot; quant au prince, sa position était des plus délicates; malgré son adresse et son habileté, il resta embarrassé un instant, en présence de ces deux femmes, de ces deux sœurs, indignement trompées par lui. Anne, si maîtresse d'elle-même, ne put se dominer davantage, la jalousie, la rage l'emportèrent.

— Ah! ah! ma pauvre sœur, c'était donc vous qui me preniez mon amant?

Cette accusation injuste contre l'angélique enfant qu'il avait séduite, rendit M. de Guise à lui-même. En la voyant pâle, étendue presque sans vie, il en eut compassion et comprit qu'il devait au moins la défendre.

— Vous vous trompez, Madame, ce n'est point à madame d'Avenay que doivent s'adresser vos reproches, c'est à moi. Je vous jure sur l'honneur qu'elle vient d'apprendre par vous quel était son hôte, qu'elle ne m'a connu jusqu'à présent que sous le nom de Léontio d'Amalfi, et que jamais colombe plus pure ne sortit des mains du Seigneur.

Anne commença à respirer un peu, cependant il y avait dans tout cela un mystère dont il lui fallait l'explication.

— Et que faites-vous en cette abbaye, sous ce beau nom d'Amalfi, monsieur? — Vous m'avez chassé, madame. — Je ne vous ai point envoyé près de madame d'Avenay, monsieur. — J'y suis venu pour parler de vous, puisqu'il m'était interdit de vous voir. — Sous un nom d'emprunt? — Madame d'Avenay m'a tout d'abord témoigné tant d'aversion pour M. de Guise, que je n'ai pas osé revendiquer mon titre. Elle avait une si pauvre opinion de moi que j'ai entrepris... — De lui en donner une meilleure. — Oui, madame, avant de m'avouer votre serviteur. — Tout cela est-il vrai, Bénédicte?

L'abbesse avait eu le temps de se remettre. La fermeté de son caractère prenant le dessus, lui inspira une force empruntée, lui donna une sorte de fièvre, qui la rendit victorieuse en ce cruel moment.

— Parfaitement vrai, ma sœur.

Et avec l'accent de la vérité, cet accent qu'on n'imite pas et que ses observateurs reconnaissent bien vite, elle raconta ce qui s'était passé, la fable qu'on lui avait faite, tout, hors l'entretien de la veille et le congé qui en était la suite. Anne écoutait et regardait, elle comprit toute la parfaite innocence de sa sœur et l'intrigue coupable de M. de Guise, mais comme elle était superbe et adroite avant tout, elle n'en fit point semblant et eut l'air de croire.

— C'est à merveille, monsieur, voilà une comédie bien jouée, une jeune abbesse bien trompée et un amour bien oublié. — Au contraire, ma sœur, M. de Guise vous aime plus que jamais, et je comprends maintenant tout son plan. Il vous a attirée ici, où nul ne peut s'opposer à vos vœux et aux siens, vous êtes libre, car vous êtes bien libre, n'est-il pas vrai, M. le Duc? insista-t-elle en le regardant du haut d'un mépris emprunté. — Oui, madame... oui... je suis libre... balbutia-t-il. — Ma chapelle est à vos ordres, mon chapelain également. Je prends tout sur moi; si M. le Cardinal s'emporte, si mes supérieurs m'en blâment, que peut-il m'arriver? On m'ôtera ma crosse et ma mître? Que m'importe! Dieu ne me restera-t-il pas?

Ses regards chargés de fièvre étincelaient. Henri admirait cette jeune martyre, dont les tortures le faisaient frémir.

— Elle n'ira jamais jusqu'au bout, pensait-il. — Ma bonne sœur! reprenait Anne, et moi qui vous accusais. — Il faut vous décider. Vous vous aimez, vous êtes résolus à vous unir, toutes les convenances sont dans cette union, que Dieu la consacre et la bénisse! Après, vous serez deux pour vous défendre. — Mais, Bénédicte, il ne m'aime plus, minauda la princesse Anne. — Il vous aime toujours, ma sœur. M. de Guise peut-il cesser de vous aimer? — D'où vient qu'il ne parle pas alors? d'où vient que vous seule plaidez sa cause? — Madame la plaide si bien! — Et puis vous êtes honteux. J'ai peur de deviner pourquoi, cependant je ne vous ferai pas de reproches, c'est une leçon dont vous profiterez, je l'espère. — Consentez-vous? — Et vous? — Moi j'attends. — Sans trop d'impatience, il me semble, vous mériteriez que je vous fisse attendre toujours.

Anne était près de se rendre. M. de Guise, dont le goût

pour elle revenait en la voyant, se jeta à ses genoux. La tranquillité de Bénédicte le blessa, il se crut bien vite oublié; il la vit si naturelle et si calme qu'il cessa de croire à une feinte, à des tortures. Il cherchait une vengeance, car l'amour-propre féroce des hommes ne souffre pas qu'on les délaisse, même lorsqu'ils ne veulent plus de nous.

— Allons! murmura la princesse, en abandonnant sa main, il faut pardonner, il faut consentir, puisque tout le monde le veut; mais je me souviendrai!

Henri vit qu'il était deviné; il sentit à quelle intelligence il avait à faire, et se promit de se tenir sur ses gardes dans l'avenir.

XVII — LE MARIAGE

M. de Guise rentra dans son appartement, après une longue entrevue avec la princesse, pour chercher parmi ses habits de campagne celui qui représenterait le mieux à la cérémonie du soir. Anne trouva dans ses cartons une toilette improvisée, dont la richesse et le bon goût prouvaient qu'on ne la prenait pas au dépourvu. Quant à Bénédicte, elle semblait douée d'une force surnaturelle; elle se multipliait: elle ordonnait des préparatifs somptueux, sans révéler, cependant, le secret d'une telle union. Elle désigna les dignitaires de l'abbaye pour assister à la bénédiction nuptiale, afin que la validité n'en pût être contestée, puis elle remonta à son appartement, où elle aussi songea à sa toilette.

Sa robe traînante, de la laine la plus fine, son voile, son bandeau, sa croix abbatiale, enrichie de pierreries, son anneau pastoral, sa crosse d'or, elle mit tout au jour; elle se para; elle voulut être belle; elle le fut d'une manière splendide, majestueuse, royale; elle monta sans pâlir et sans trembler sur son trône, abritée par son dais souverain, et jeta son regard superbe sur ces deux êtres, qui allaient se jurer une fidélité de toute la vie.

M. de Guise lui-même fut trompé à ces dehors.

— Allons! elle ne m'aimait pas, se dit-il; elle est trop orgueilleuse pour me conserver même un regret. C'est, cependant, une admirable, une noble femme!

Le chapelain, assisté de deux aumôniers, prononça la bénédiction nuptiale sur la tête des heureux amants: Bénédicte ne sourcillia pas. Dans une posture dévoticuse, mais non fervente, elle ne baissa pas une seule fois le regard.

— Il croirait que j'essuie mes larmes! pensa-t-elle.

Quand tout fut terminé, il était près d'une heure du matin, une collation magnifique se trouva servie dans le cabinet de l'abbesse. Un autre appartement, meublé comme par enchantement, avec un luxe princier, fut préparé pour la duchesse de Guise dans le bâtiment des étrangers; rien ne manquait à la fête. Bénédicte conduisit elle-même sa sœur, présida à son coucher, lui donna la chemise, remplit à elle seule le cérémonial destiné à plusieurs personnes, si le mariage avait eu lieu à l'hôtel de Nevers, tira les rideaux de son lit, l'embrassa tendrement, ce qui n'était pas dans l'étiquette, et la quitta en lui disant:

— Soyez heureuse, ma chère Anne!

Dans l'antichambre, elle rencontra M. de Guise, que conduisaient les officiers de la princesse; elle lui fit la révérence avec autant de calme que si elle l'eût vu pour la première fois; il en fut troublé.

— Excusez-moi, monsieur, si votre mariage ne s'est pas passé avec toute la solennité requise, je n'ai pu mieux faire en si peu de temps.

Puis elle passa. Les dignitaires de l'abbaye la suivaient; elle marcha du même pas majestueux jusqu'à sa chambre, où elle les congédia, ne gardant pas même ses femmes pour l'aider à sa toilette de nuit. Dès qu'elles furent sorties, elle poussa vivement le verrou, et levant les bras au ciel dans un accès de désespoir, elle s'écria:

— Seule enfin, mon Dieu! seule devant vous qui lisez dans mon cœur; j'ai rempli mon devoir, je suis restée une digne fille de la maison de Gonzague, une digne épouse du Christ, ma tâche est accomplie, quand me prendrez-vous?

Puis un immense sanglot sortit de sa poitrine; elle ouvrit sa fenêtre comme la veille; elle s'assit à la même place, regarda ce jardin où la lune brillait encore, où le rossignol chantait la même chanson d'amour, où le ruisseau bruissait en heurtant les cailloux de ses rives; un regret déchirant l'envahit toute entière et amena des larmes dans ses yeux.

— Léontio! Léontio! murmurait-elle, où êtes-vous? Je vous ai donc perdu sans retour! Je ne puis sans crime penser à vous, Henri, qui m'avez trompée et qui êtes maintenant mon frère!

Ses paupières se levèrent lentement sur une lumière voilée, à peine visible à travers les vitraux de couleurs, à la fenêtre de la duchesse; elle resta là toute la nuit, priant et pleurant jusqu'à ce que le splendide spectacle de la nature à son réveil, arrachât de son cœur un dernier sanglot. On est si malheureux lorsqu'on souffre seul et que tout semble rire autour de nous!

La cloche de l'abbaye sonna les premières vêpres.

— Maintenant, au chœur! me voilà redevenue l'abbesse d'Avenay, je ne puis ni souffrir, ni pleurer.

Elle essuya ses yeux, s'approcha de son timbre et appela ses femmes pour l'habiller.

— Madame ne s'est pas couchée, dit l'une d'elles lorsqu'elle fut descendue. — Dame! répondit l'autre, c'est bien beau d'être abbesse d'Avenay, mais c'est encore plus beau d'être duchesse de Guise.

Rien dans le visage de l'Abbesse ne trahit la moindre émotion: même après le lever de sa sœur, lorsque Henri entra chez elle pour déjeûner: elle assista à leur repas, fut témoin de leurs transports à peine contenus; Anne était radieuse; quant au duc, avec la fougue de son caractère il était encore moins maître de lui. La patience de Bénédicte fut vingt fois au moment de lui échapper; elle essaya de leur parler de choses positives, pour se dérober à ce supplice.

— Maintenant, qu'allez-vous faire? leur demanda-t-elle. — Je vais prendre madame la duchesse par la main et la conduire à l'hôtel de Guise, il faudra bien que ma mère la reçoive; de là, nous irons ensemble à Saint-Germain, et je prétends la présenter moi-même à Leurs Majestés. — Et si madame votre mère refuse de la recevoir, si le roi, si la reine, si le Cardinal, surtout, ne reconnaissent point votre mariage? —Je sais le chemin de l'exil, je le reprendrai; j'irai me battre en Italie, comme je l'ai déjà fait une première fois; nous courrons les aventures et nous verrons ce que nous y gagnerons. — Oui, c'est cela, dit Anne en frappant ses petites mains, courons les aventures, ce sera charmant.

Madame d'Avenay secoua la tête:—Vous êtes des fous, leur dit-elle, est-ce que le duc et la duchesse de Guise peuvent être des aventuriers? Est-ce qu'il faudrait tuer votre bonheur pour la sotte vanité de le faire connaître? C'est moi qui l'ai fait, ce bonheur, j'y tiens, j'ai des droits sur lui, je ne veux pas vous le laisser gaspiller. Vous voilà l'un à l'autre, on ne vous séparera plus, votre union est bien en règle, on ne saurait la dissoudre sans votre volonté; vous êtes libres, vous pouvez vous voir sans cesse; retournez donc à Paris, reprenez vos habitudes d'autrefois; ne laissez pas percer votre secret, enfoui dans ce couvent écarté d'où il ne sortira point; attendez de meilleurs jours, le Cardinal n'est pas immortel; après lui, la reine, qui vous aime, obtiendra du roi tout ce que vous voudrez.

Le conseil était bon, Anne cependant hésitait à le suivre; au moins aussi ambitieuse que tendre, on l'a vu, le front lui démangeait de ceindre sa couronne de duchesse; cependant elle se rendit, son intérêt bien entendu l'exigeait.

Ils eurent une lune de miel de huit jours, pendant lesquels Bénédicte fut au supplice. Enfin ils partirent ensemble, d'abord, et se séparèrent ensuite, pour arriver à Paris chacun de son côté. M. de Guise retourna à Reims, afin d'y chercher ses gens et ne regarda seulement pas ses chanoines, quand ils le supplièrent de rester au milieu d'eux.

En arrivant à Paris, Anne trouva la princesse Marie, dolente et désolée, madame d'Amalfi l'avait abandonnée presque en même temps que son fils; elle se mourait d'ennui et ne quittait pas la cour pour passer son temps: aussi accueillit-elle sa sœur avec des transports de joie. elle apprit d'elle son mariage dont elle la félicita en ajoutant:

— Prenez-y garde néanmoins, M. le Cardinal n'aime pas qu'on se marie sans sa permission; voyez plutôt Monsieur et Madame, les voilà à Bruxelles à perpétuité.

A dater de ce jour Anne heureuse, enchantée, appela près d'elle tous les plaisirs. L'hôtel de Nevers devint plus brillant que jamais, les deux sœurs allaient à Saint-Germain, où la reine les accueillait à merveille, où le roi les mettait de toutes ses parties; elles allaient à Rueil, le Cardinal les y invitait souvent, il y donna une fête charmante à la reine. Les princesses de Gonzague furent des premières sur la liste. Le duc de Guise goûta fort cette façon de ménage-là, il ne voyait sa femme qu'à ses heures et continuait du reste sa vie d'auparavant.

L'hôtel de Rambouillet florissait alors dans toute sa splendeur, je ne veux pas décrire ici ce Parnasse célèbre, que j'ai déjà décrit ailleurs, mais je trouve dans les mémoires de la princesse Anne, une scène qui peint si parfaitement les personnages et le goût de l'époque, que je ne puis m'empêcher de la reproduire ici.

XVIII — L'ARÉOPAGE

Lés princesses venaient de passer huit jours à Saint-Germain, il n'y avait pas grande presse pour faire sa cour à une reine sans crédit et dont la faveur ne pouvait être que dangereuse. Le Cardinal était un Dieu pour la puissance, il en avait encore cet attribut de tout pénétrer, rien ne lui restait caché, les plus indifférentes conversations des personnes les plus élevées lui étaient rapportées fidèlement. La cour donc devint une espèce de couvent, la princesse Anne en fit la réflexion. Le roi était jaloux, il croyait beaucoup de coquetterie à la reine et peut-être ne se trompait-il pas; l'ennui gagna donc bien vite mesdemoiselles de Gonzague, elles retournèrent à Paris.

On les recevait avec distinction à l'hôtel de Rambouillet, l'aînée y cherchait des conquêtes et la cadette le succès de conversation de préférence à tout.

Un jour tous les beaux esprits s'étaient rassemblés ainsi que la cabale qui plus tard s'appela les *Importants* et qu'on nommait alors les *Petits-Maîtres*. M. le duc d'Enghien en était le chef et M. le duc de Guise n'avait garde d'y manquer.

Mademoiselle de Scudéri arriva le cœur tout ému, les yeux remplis de larmes, en faisant des gestes aussi exagérés que son style.

— Qu'avez-vous, mademoiselle? lui demanda Julie d'Angennes. — Ah! répondit la docte Sapho, j'ai le cœur tout navré de ce que je viens d'entendre. Je quitte à l'instant un homme épris du plus violent amour, obligé de fuir pour quelque temps sa maîtresse. Cet amant, passionné à l'excès, m'a parlé de ses peines avec des expressions si touchantes, que je n'ai pu retenir mes pleurs, il m'a peint le bonheur d'être aimé de manière à faire venir l'eau à la bouche. — J'en suis fâché pour votre amant, interrompit le duc d'Enghien, mais il n'aimait pas bien vivement, quoi que vous en disiez; il n'était que personnel, un véritable amant doit être plus occupé de son amour que des sentiments qu'il inspire.

Cette proposition frappa toute l'assemblée.

— Oh! dit Chapelain, voilà qui me semble un peu sophistiqué, monseigneur. — Quant à moi, s'écria Voiture, je trouve la chose trop délicate pour mon grossier entendement qu'on s'occupe d'abord de ses sentiments, quand on aime, sans songer si la bien-aimée vous rend la même tendresse! — Non-seulement on s'en occupe, mais on en vit, répliqua M. de Montausier. — Et en quoi a-t-on besoin de savoir s'ils sont partagés? n'est-ce pas déjà un bonheur immense que de se sentir le cœur plein d'amour, que de compter les battements de ce cœur lorsqu'une pensée délicieuse le fait battre? — En vérité, mademoiselle, si j'étais M. de Montausier, reprit l'abbé de Boisrobert, je ne me contenterais pas de viandes si creuses en vous regardant. — Taisez-vous, l'abbé, continua la princesse Anne, vous n'y entendez rien du tout, avez-vous jamais aimé quelque chose? — Et vous, ma belle princesse?

Elle rougit comme une pensionnaire, M. de Guise était là, on lui demanda son avis.

— Je n'oserais en avoir un autre que celui de M. Chapelain et de M. Voiture, répliqua-t-il. — Je l'aurais parié, poursuivit Boisrobert, M. de Guise ne saurait s'arrêter aux bagatelles de la carte du Tendre. — Bagatelles! interrompit mademoiselle de Scudéri, offensée de ce qu'on traitât ainsi sa plus belle œuvre. — M. le duc d'Enghien n'a pas coutume non plus de distiller le parfait amour avec tant d'obstination, ajouta madame de Rambouillet, et si quelque chose m'étonne, c'est de l'entendre soutenir une semblable thèse. — Cela prouve que le prince est bien épris en ce moment, fit la princesse Marie. — Ou qu'il a affaire à quelque cruelle, continua Boisrobert. Mesdames, cela vous regarde. — Ordinairement on ne le donne pas pour aussi sensible, ni pour distinguer si habilement ce qui touche à l'amour-propre, reprit en riant Voiture. — Ah! c'est que chez M. le duc d'Enghien, jeta vivement la princesse Anne, l'esprit fait l'office du cœur, il lui tient lieu de tout et lui fait deviner ce qu'on doit sentir.

Cette réponse fut bien approuvée, et en huit jours elle avait itfa le tour de Paris.

— Savez-vous, recommença Chapelain, que voilà une discussion à occuper toutes les ruelles; quant à moi, je ne manquerai pas de la répéter et de prendre les avis des beaux esprits de ma connaissance. — Je crois qu'ils seront beaucoup du vôtre, dit M. de Guise. — Les dames soutiendront M. le duc d'Enghien, riposta l'abbé, une de leurs fantaisies est de se faire adorer de loin à la manière des étoiles. — Elles sont brillantes et froides comme elles très souvent, recommença le futur vainqueur de Lens. — Croyez-vous qu'il s'agit d'une cruelle, dit madame de Rambouillet en riant. Vous en trouvez donc, monsieur? cela m'étonne. — Eh! Madame, si j'aime ainsi, si je me plais dans mon martyre! — Vous laisse-t-on au moins choisir l'instrument du supplice? — L'abbé! l'abbé! répliqua le prince, en le menaçant du doigt, je préviendrai M. le Cardinal. L'épigramme me semble à son adresse. — Comment, monseigneur, s'écria Boisrobert d'un air innocent, chacun ne connaît-il pas votre passion pour la belle Mademoiselle... — L'abbé!... — De Brézé, Monseigneur? ne l'épousez-vous pas, au grand dépit de toutes ses rivales, et qui aurait le droit de vous en empêcher?

Le pauvre prince soupira fortement, il savait trop que ce droit, invoqué par Boisrobert en plaisantant, il ne l'avait point, il ne voulait pas répondre cependant, le terrain brûlait et le terrible Cardinal paraissait derrière ses paroles.

La thèse se soutint ainsi toute la soirée, avec cet esprit précieux et affecté, formant le caractère propre de cette époque et de cette maison; esprit charmant, malgré la recherche, qui n'était certes pas d'un goût bien châtié, mais qui conduisait au règne de Louis XIV, le plus parfait de toute notre histoire. Cet esprit, que nous ne retrouvons plus aujourd'hui, parce que les éléments nous manquent, et qui ne se retrouvera peut-être jamais, par cette même raison. Quand on songe que l'hôtel de Rambouillet a élevé pour ainsi dire madame de Sévigné, l'esprit le plus simple, le plus naturel, le moins cherché qui existe, on ne peut trop blâmer cette école, dont on a beaucoup exagéré les défauts.

Le lendemain il n'était salon de bonne roche où la proposition de M. le duc d'Enghien ne se discutât. Le Cardinal ne fut pas le dernier à l'apprendre. Les beaux esprits venaient chaque jour *au rapport* chez lui. Il savait les nouvelles du Parnasse, en même temps que celles de la politique.

— Je veux, dit-il, faire juger cette cause en dernier ressort. Ordonnez qu'on envoie des invitations à tous ceux qui l'ont soutenue chez madame de Rambouillet, soit pour, soit contre. Je les réunirai dans un dîner chez moi, à Rueil, mardi prochain, on y couchera, pour avoir le temps d'ouïr tranquillement les opinions. — Et peut-on savoir quelle est celle de Monseigneur? — On le saura devant le tribunal, pas avant, *Le Bois* (il appelait ainsi souvent Boisrobert); quant à vous, vous vous contentez, je le gage, d'escarmoucher sur les deux partis, c'est votre habitude. Vous avez une sorte de neutralité armée, qui consiste à taper sur tout le monde.

Le dîner fut arrangé et accepté bien vite. En attendant, les adversaires se passionnaient, et la discussion dégénérait souvent en véritable dispute, chacun y mettait de l'obstination, de la rage, et il y eut nombre d'amoureux brouillés pour cette question, nombre de belles inhumaines s'en firent un bouclier invincible, d'autres y cherchèrent un prétexte pour retarder leur défaite. Ce fut une révolution étrange dans Cythère, il est impossible de répéter les galimatias triples qui en résultèrent. Nos lecteurs n'auraient pas le courage de les parcourir, et lorsque le fameux jour de la décision arriva, il avait coulé plus d'encre, il s'était perdu plus de mots que pour la succession disputée d'un trône; le siècle était fait ainsi.

Après le dîner, où il avait été défendu de dire un mot de la cause, on passa dans le salon, les fauteuils de l'aréopage y étaient placés en ordre.

On nomma la princesse Marie présidente, le Cardinal se mit à sa droite. Le duc d'Enghien devait soutenir son opinion et mademoiselle de Bourbon, depuis duchesse de Longueville, sa sœur, fut chargée de lui répondre. Mademoiselle de Scudéri plaiderait ensuite comme avocat-général.

Malheureusement, ou heureusement, la princesse Anne, qui raconte cette scène dans ses Mémoires, ne nous a conservé que l'esprit des discours, sans transmettre la lettre Elle vante l'adresse, le bon goût, la sensibilité avec laquelle celui qui devait être plus tard le grand Condé, traita cette question de cœur. Il fit le portrait le plus admirable d'un véritable amant, de celui pour lequel le bonheur d'aimer est le premier de tous.

— Pour une âme délicate, dit-il, il ne s'agit pas de posséder ce qu'on aime. La possession a en soi quelque chose de grossier et de personnel qui exclut et dégrade les beaux sentiments. Certes, un homme amoureux, selon qu'il le doit être, préférera de beaucoup l'adoration muette d'une personne qu'il aime, à la possession de la plus belle personne de l'univers, s'il ne l'aime pas. Que sont les faveurs d'une dame en comparaison des joies qu'elles nous enlèvent? ne leur devons-nous pas plus de reconnaissance de nous souffrir à leurs genoux, de nous permettre une contemplation, qui nourrit l'âme, que si elles nous donnaient un bonheur qu'elles partagent et qui par conséquent n'est plus un sacrifice!

L'assemblée toute entière applaudit à cette proposition hasardée, mademoiselle de Bourbon ne manqua pas de la relever.

— Je ne sais si mon esprit est trop grossier, ou si mon cœur manque de la délicatesse nécessaire pour apprécier à sa juste valeur les sentiments qu'on vous exprime. Il me semble néanmoins qu'il n'est point de plus grand malheur que de souffrir d'une passion sans espérance; aimer qui ne vous aime pas, se complaire dans cet amour, le nourrir, bien plus, l'adorer, n'est-ce pas bénir le poignard qui vous tue? J'avoue mon insuffisance, et je la crois partagée par le commun de l'humanité; la contemplation est en soi-même une chose fatigante, de laquelle on se lasse vite, et qui fait envier un état plus parfait. Je ne sais ce que sont les autres femmes, mais pour moi je ne pourrais vivre longtemps ainsi. Non-seulement mon amour-propre, mais mon cœur encore en souffriraient trop. N'est-ce point exiger plus que la nature humaine peut faire que de nous laisser toujours ainsi les yeux et les bras tendus vers un bien qu'il ne nous sera jamais donné de saisir?

Les champions dirent encore une foule de belles choses, tout aussi éclairées et tout aussi persuasives que celle-ci. La discussion dura plusieurs heures, enfin l'avocat-général prit la parole, et résuma les deux discours, dans le style fleuri et naturel de la *Clélie*. Elle complimenta d'abord la docte assemblée, flatta adroitement le Cardinal, donna les louanges les plus méritées au talent et à la faconde du prince et de la princesse qu'on avait entendus, puis elle plaça clairement en face l'une de l'autre les deux opinions, sans en favoriser aucune, avec une impartialité merveilleuse, dont on doit lui savoir le plus grand gré.

Ce discours fut couvert d'applaudissements, on le trouva magnifique. M. le Cardinal, qui dès l'abord avait penché pour la contemplation et la passion concentrée, se chargea de recueillir les voix, après avoir laissé le temps nécessaire pour méditer. Il y mit la même gravité qu'au conseil du roi. Cependant les suffrages se partageaient, la princesse Anne était la dernière et son sentiment devait emporter la balance.

— Comment peut-on hésiter, s'écria-t-elle, et quelle comparaison établir entre le bonheur d'aimer et celui de l'être? Que me fait un sentiment que je ne partage pas? ou si je le partage, quelle délicatesse y a-t-il de ma part à imposer à mon amant les peines que j'éprouve; la jalousie, les douleurs de la séparation et tous les tourments que l'on adore, puisqu'ils viennent d'une cause si chère? non, aimer est tout, se dévouer, se sacrifier à l'objet de son culte, se complaire dans des souffrances qu'on lui évite, être joyeux même de ses douleurs pour qu'il ne les éprouve point, voilà l'amour, le voilà réel et véritable, le voilà tel qu'il est conçu par une âme généreuse. Tout donner, ne rien demander, ne rien recevoir, pour ne pas appauvrir celui qui donnerait en échange. Les autres sentiments sont matériels et grossiers, indignes d'un cœur haut et fier, d'un cœur tendre, d'un cœur dévoué.

A ces dernières paroles, deux ou trois de ceux qui s'étaient prononcés contre la proposition, s'écrièrent à la fois:

— Je me rétracte!

M. le Cardinal sourit et, se tournant vers Anne:

— Vous voyez, madame, votre victoire. Grâce à vous votre parti triomphe et madame la présidente voudra bien proclamer que l'assemblée se prononce pour M. le duc d'Enghien, malgré le talent de ses adversaires.

Le prince salua la princesse Marie, lorsqu'elle eut répété les paroles de son Eminence, il devint rouge de plaisir, et on lui a souvent entendu dire, qu'il était plus fier de cette victoire toute pacifique et tout intime que de ses plus grandes batailles.

« On s'étonnera peut-être des formes imposantes et de » l'appareil que donnait le Cardinal à cette assemblée, dit la » princesse Anne dans ses mémoires; mais c'était l'esprit du » temps et le sien, particulièrement en amour. Le génie » sublime, qui balançait les destinées des empires, qui portait » un regard d'aigle sur les plus grands intérêts, qui se déci- » dait avec tant d'audace, qui suivait avec tant de constance » ses projets, n'était plus le même lorsqu'il dissertait. Il se » montrait pédant et formaliste. Retiré à Avignon, il avait » traité de l'amour divin en métaphysicien subtil, il raisonnait » de même sur l'amour profane. Un autre aurait paru sou- » verainement ridicule, mais tant de gloire environnait sa » vie, tant d'éclat et de grandeur étaient répandus sur ses » moindres actions, qu'on regardait comme le délassement » d'un esprit occupé des choses sublimes, ces pédantesques » et collégiales dissertations sur l'objet qui en comporte le » moins. »

Tels sont les termes dans lesquels la princesse palatine cherche à excuser le grand génie de ce siècle, du reproche de puérilité qu'on lui faisait même alors.

XIX — LA CONSPIRATION

Au moment où Richelieu tenait *cour d'amour* à Rueil, des jeunes gens imprudents, que le sort de leurs devanciers n'intimidait pas, se préparaient encore à le chasser de la place, d'où il dominait l'Europe entière. M. de Guise, on l'a vu, était resté jusque-là étranger à toutes ces menées; mais furieux de colère contre le cardinal, qui refusait chaque jour de le servir, en inventant de nouveaux prétextes, il commençait à trouver le joug trop lourd et à désirer vivement d'écarter cet obstacle.

Parmi les princes du sang, un seul, le comte de Soissons, ne s'était ni soumis, ni découragé; infatigable dans sa haine, il suscitait partout des ennemis à celui qu'il appelait l'ennemi du roi et de la France. Il conspirait presque tout haut, ne se cachant de rien et ne souffrant pas qu'on dissimulât autour de lui. Depuis longtemps il entourait le duc de Guise de soins, de flatteries et même d'amitié. Une pareille conquête lui semblait précieuse pour des partisans. Encouragé par la princesse Anne, dont l'esprit judicieux choisissait le bon parti, en l'engageant à temporiser, il avait résisté jusque-là.

Un soir qu'il rentrait de l'hôtel de Nevers un peu plus tard que de coutume, on lui dit que M. le comte de Soissons l'attendait depuis plus de trois heures dans son appartement. Il se hâta de s'y rendre et trouva le prince se promenant en long et en large avec une impatience visible.

— Enfin! dit il en l'apercevant. — Mille pardons, monsieur. J'ai grondé mes gens de ce qu'ils n'étaient point venus me quérir à l'hôtel de Nevers, j'ignorais l'honneur que vous me faisiez... — Renvoyez tout le monde et écoutez-moi, monsieur, la chose presse.

Le duc de Guise fit un signe, ses domestiques sortirent.

— Mon cousin, vous aimez mademoiselle la princesse Anne de Gonzague? — Oui, monsieur. — Vous voulez l'épouser, on dit même que vous l'avez épousée, et vous souhaitez vous débarrasser de l'archevêché de Reims? — C'est la vérité. — Le Cardinal vous a promis hier qu'il se déciderait enfin à appuyer votre demande près du Saint-Père et à vous rétablir dans tous les droits de votre naissance? — Je viens de porter ce soir même cette bonne nouvelle à la princesse. — Eh bien! vous n'avez jamais été plus loin de réussir, on vous trompe et vous êtes perdu si vous vous confiez à cet homme. — Comment on me trompe! cela ne se peut. — On vous trompe, vous dis-je, et je vous en apporte la preuve. Si M. de Richelieu a ses espions, j'ai les miens, aussi adroits, aussi rusés et plus dévoués surtout, lisez. — Quoi! une dépêche de Son Éminence à l'ambassadeur du roi à Rome, M. de Fontenay-Mareuil! — Une dépêche partie ce matin et qui était ce soir entre mes mains, oui, lisez-la et jugez ensuite.

Après avoir parlé de différentes affaires à l'ambassadeur, le cardinal ajoutait:

« — Quant à M. de Guise, je vous prie de ne point vous en » occuper, ou si vous êtes forcé de le faire, que ce soit pour » traverser ses projets. Ce nom de Guise a toujours été nui- » sible aux rois de France. Celui-ci n'a pas la grande étoffe » de ses ancêtres, mais il est brouillon, il est dangereux, il » est hardi et entreprenant. M. de Guise, avec tous les droits » de ses aïeux, me serait un embarras puissant, tandis qu'a- » vec ses ailes liées, il me sera plus facile de les couper le » jour où il voudrait trop les étendre. Réglez-vous là-des- » sus. »

Le Cardinal avait dans le marquis de Fontenay-Mareuil une confiance bien justifiée. Il ne lui cachait guère ses projets, chacun le savait, M. de Guise ne douta donc pas.

— Que puis-je faire pour vous, monsieur? demanda-t-il, en rendant au prince le papier qu'il venait de lire, comptez sur moi à l'avenir, je suis à vous. — C'est bien, monsieur, et je crois que nous allons jouer des bras. M. le duc de Bouillon et tous les nôtres sont à leur poste, on négocie le traité avec les Espagnols et... — Avec les Espagnols, reprit M. de Guise tristement, n'y a-t-il pas moyen de se passer d'eux? — Comment? Il est le maître du royaume, les troupes lui obéissent, les seigneurs sont à ses genoux, le roi est son esclave, la reine est insultée par lui, de quelles forces disposerions-nous sans son ordre? — Ah! si ce n'était pas un prêtre! quelle joie de lui administrer un bon coup d'épée pour lui apprendre à se jouer des gens! — Oui, mais c'est un prêtre! et dans son astuce, il fait le malade; il fera le mort si on le tourmente. Je le connais à présent, et, de par Dieu! il recevra cette fois une bonne leçon. Du moment où vous êtes des nôtres, la victoire est sûre. Réglons un peu tout cela. D'abord nous nous passerons de Monsieur, si vous m'en croyez. — Il nous trahirait. — Il a bien su quelque chose de mes projets, puisque je ne les cache point, pourtant il n'en a pas entendu parler depuis longtemps, il doit les croire oubliés. — Si Monsieur a appris quelque chose, ne comptez plus sur le secret; Monsieur veut rentrer en grâce, il veut établir Madame à la cour, il dira tout.

Le comte de Soissons réfléchit.

— Oh! si Monsieur vendait son parent, comme il a vendu ses serviteurs, je vous le dis, je vous le jure, il ne mourrait que de ma main. — Si on vous en laisse le temps. Le Cardinal est expéditif.

Les deux princes passèrent toute la nuit à causer, à prendre des mesures de sûreté et de hardiesse. Ils se jurèrent leur foi et une fidélité à toute épreuve, ils se promirent de se voir souvent.

— Je ne vous recevrai plus, monsieur, à l'hôtel de Guise, si vous le voulez bien, mais à l'hôtel de Nevers. Ma mère et ma sœur sont fort curieuses, elles épient mes actions, elles craignent mortellement une révolte de ma part, et je ne suis point libre, en ayant l'air de l'être. — Je verrai donc votre belle cousine. — Oui, monsieur, et vous trouverez en elle les sentiments que vous souhaitez, c'est une âme noble et fière, digne de sa naissance. — Alors nous nous comprendrons.

Le duc de Guise ne se coucha pas, dès qu'il fut une heure présentable, il se fit habiller et courut chez la princesse, à laquelle il raconta ce qui s'était passé. Elle l'écouta sans l'interrompre, et lorsqu'il eut fini :

— Que comptez-vous faire? lui demanda-t-elle. — J'ai accepté les propositions du comte de Soissons, ma parole est donnée. — Vous avez eu tort. — Et comment ai-je eu tort, s'il vous plaît, madame? — M. de Soissons est plein de loyauté et de bravoure, mais c'est un écervelé, il court à sa perte et il vous entraînera. Je ne sais pourquoi, mais j'ai de tout ceci un mauvais pressentiment. — C'est le seul moyen de nous unir à jamais. — Ou de nous séparer peut-être. — Quelle folie! — C'est peut-être une folie, je ne le nie pas, Henri, mais tenez, je vous dirai tout et alors, vous aurez pitié de ma faiblesse. — Qu'y a-t-il encore? — Un des devins de ma sœur... — Oui, ceux qui lui annoncent qu'elle sera deux fois reine, interrompit le prince en souriant, franchement je ne les crois pas très sorciers. — Quoi qu'il en soit, un de ces devins m'a annoncé à moi que je serais deux fois mariée. — Cela prouve que vous ne mourrez pas de chagrin à ma mort. — Vous ne mourrez pas. — Ah! cela devient plus intéressant. — Non, vous m'abandonnerez et... — Et vous vous en consolerez en en épousant un autre. — Mais, moi, je ne veux pas de cela, je ne veux pas que vous m'abandonniez, je veux que vous restiez à moi, entendez-vous? — N'y suis-je pas? — Et pour cela il ne faut point vous embarquer dans des entreprises périlleuses, il faut garder notre bonheur avec soin. Le Cardinal va mourir, un peu de patience seulement. — Comédie que tout cela! il se porte très bien. — On vous a déjà persuadé cela. Mon Dieu! que vous êtes faible et qu'il est dangereux de vous aimer!

Le duc lui baisa la main.

— Ingrate! lui dit-il. — Ah! c'est que je vous aime, c'est qu'en vous est ma vie, c'est que je n'ai que vous au monde; ma sœur Marie, qu'est-elle? une franche égoïste, ne songeant qu'à elle, à ses chimères, à ses couronnes imaginaires. — C'est vrai. — Ma pauvre Bénédicte, hélas! elle dépérit de jour en jour; elle ne se plaint point, cependant je sais qu'elle se meurt. J'ai envoyé un de mes gens chez elle, il est revenu ce matin, il m'a apporté de tristes nouvelles. C'est la seule personne de ce monde qui m'aime et je la perdrai bientôt. — Je vous reste, moi, ma bien chère Anne, mais votre sœur, il la faut soigner, qu'a-t-elle donc? — Que sais-je! elle n'en dit rien, un chagrin secret peut-être, le désespoir du cloître. Elle n'a jamais aimé le couvent. — Voulez-vous que nous allions la voir. — Moi peut-être, non pas vous. — Pourquoi. — Pas un homme, quel qu'il soit, fût-ce mon père, s'il vivait, ne franchirait la grille de l'abbaye. Elle l'a juré, elle veut introduire une réforme sévère et elle mourra à la peine.

Le duc resta pensif.

— Si je m'étais trompé, pensa-t-il, si Bénédicte m'aimait, si elle avait caché cet amour, si c'était une de ces créatures sublimes, qui acceptent la mort plutôt que la honte. Oh! si cela était! c'est elle que j'aurais aimée.

Le duc de Guise, selon les habitudes des gens de ce caractère, cherchait, il le croyait, un idéal qu'il ne rencontrait jamais. Il se donnait un prétexte à son inconstance, une sorte d'excuse qu'il se préparait vis-à-vis de lui-même et des autres. Incapable d'une affection sérieuse et durable, à moins que Dieu ne lui envoyât pour le soumettre un de ces fléaux exterminateurs, auxquels les gens dominants ne résistent point, il accusait les autres et leur prêtait ses torts.

Les instances *de la Duchesse* furent inutiles, Henri, outré contre le ministre, se jeta à plein collier dans cette conspiration dangereuse et se plaça à la tête à côté du comte de Soissons, dont la fougue égalait à peine la sienne. Il prit des allures mystérieuses, vint moins souvent à l'hôtel de Nevers, ne se montra presque plus à la cour, passant son temps au contraire, avec toute la jeunesse hostile au Cardinal. Les insensés le croyaient leur dupe, lorsque pas un de leurs mouvements, pas une de leurs paroles ne lui échappaient. L'hameçon était jeté, ils ne le sentaient pas et traînaient après eux le fil vengeur avec lequel on les amènerait quand le pêcheur trouverait la proie assez lourde.

La princesse Anne fut avertie que de faux frères étaient parmi eux, elle en prévint le duc; il se mit à rire.

— Nous sommes sûrs de tous les nôtres, ils sont éprouvés, d'ailleurs ils sont engagés de façon à ne pouvoir retourner en arrière. — N'importe, méfiez-vous.

M. de Soissons et lui imaginèrent un moyen sûr de parer à la trahison, un de ces moyens qui frappent les imaginations vives et jeunes, mais que les conspirateurs sérieux regardent comme un enfantillage inutile. Ils commandèrent à un armurier de Milan, en grand secret, croyaient-ils, des poignards tous absolument pareils, portant la même marque et qui devaient servir à se reconnaître au moment de l'exécution. L'histoire a consacré ce fait; mais elle en a consacré un autre, tout aussi étrange, et qui arriva à la suite du premier.

Les conspirateurs devaient recevoir un poignard de la main de leurs chefs; afin de donner plus de solennité à la cérémonie, ils convinrent d'y mettre tout le mystère et la terreur possibles. Il fallait s'engager par un serment terrible, il fallait livrer à la vengeance ce qu'on avait de plus cher et de plus précieux au monde, comme gage de sa bonne foi. Le rendez-vous fut pris dans une des cavernes les plus sombres de la forêt de Fontainebleau. Ils y devaient arriver masqués et conserver leurs masques tant qu'ils seraient réunis, une des conditions expresses de leur pacte étant qu'ils ne se connaîtraient pas entre eux, que seulement les chefs les connaîtraient tous. Au jour et à l'heure dits, tous furent de parole, ils se réunirent dans la forêt, où ils arrivèrent mystérieusement, un à un, sans se parler.

Rien de plus effrayant que cette caverne, éclairée seulement de quelques torches qui n'en pouvaient percer la profondeur. Au milieu se trouvait une sorte d'autel, couvert d'un voile noir, avec un crucifix posé dessus. Le comte de Soissons se tenait à côté, le duc de Guise à la porte, très-étroite, par laquelle une seule personne pouvait entrer. A mesure qu'ils se présentaient, il en admettait un, dans cette sorte de passage, ils ôtaient leurs masques, le prince prenait le mot d'ordre, il examinait leur visage, que seul il pouvait voir, puis, celui qu'il avait ainsi reconnu, entrait dans la grotte, où il se confondait avec les autres. Cette grotte n'avait pas d'autre issue, il devenait donc impossible à un faux frère de s'introduire. M. de Guise armé, monta le guet lui-même pour prévenir les surprises pendant tout le temps de la cérémonie. Les deux princes n'étaient point masqués.

Le comte de Soissons parla avec éloquence, il prononça ensuite une formule terrible de serment, que chacun devait répéter et par laquelle ils se vouaient à l'exécration et à la vengeance s'ils trahissaient les promesses faites à leurs chefs. Il était permis de les tuer, ils donnaient leur famille pour otage, enfin toutes les extravagances du tribunal secret, qui commençaient à pénétrer en France, par les guerres et les voyageurs.

Les conjurés s'approchèrent un à un, prononcèrent d'une voix ferme le serment exigé, prirent l'arme qui devait les aider à se reconnaître quand il en serait besoin; tout se passa bien jusqu'au dernier, il s'approcha de l'autel, et vint à son tour chercher le poignard et jurer fidélité inébranlable, il ne se trouvait plus de poignard. Tous étaient distribués, et cependant ils étaient en nombre égal à celui des hommes attendus. Nul n'avait pu pénétrer dans la caverne, sans être visité par M. de Guise, qui en gardait toujours la porte, nul n'en était sorti par conséquent, on se compta, le nombre était complet, cependant il manquait un poignard. M. de Soissons les avait fait numéroter sur le manche afin d'éviter toute erreur, le numéro neuf manquait.

On fouilla l'un après l'autre les initiés avec la plus grande exactitude, on remua la caverne jusqu'au tuf, on chercha vainement, le poignard ne se retrouva point et pourtant il avait été donné. Les initiés étaient appelés par numéros pour les recevoir, tous se souvenaient d'avoir vu le numéro neuf marcher à son tour; par une circonstance incompréhensible il avait disparu. Où, comment? c'est ce qu'on ne pouvait dire, mais le fait était incontestable.

— C'est le diable, disaient quelques-uns. — Ce n'est pas le diable, mais c'est M. le Cardinal, ce qui est bien pis, répliquait un autre.

Cet incident jeta un grand trouble dans les cœurs. On se sépara en silence, le zèle fort refroidi, s'attendant à une trahison d'autant plus terrible qu'on ne pouvait la combattre, elle était impalpable. M. de Guise cacha cet incident à la princesse, il l'eût fort inquiétée; au moment où il revint près d'elle, elle lui annonça qu'on danserait à la cour un ballet, où elle et sa sœur figuraient en diablesses, avec quatre autres dames et six cavaliers en diables.

— Nous serons douze et nous allons étudier les figures à l'hôtel de Condé. M. le Cardinal donne ce divertissement à Leurs Majestés en son palais, sur son théâtre. Ce sera fort joli et le costume tout à fait galant.

M. de Guise préoccupé de ce qu'il avait vu la veille, ne fit guère attention à cette annonce, il était bien loin de se douter qu'elle renfermât un autre mystère, tout aussi étrange que le premier.

XX — LE BALLET

Au jour dit, la fête annoncée avec pompe eut lieu au Palais-Cardinal. Les costumes furent brillants; ils représentaient la grandeur de la monarchie française; les plus belles personnes de la cour et les seigneurs les plus merveilleux tirent leur partie dans ce ballet. Celui des princesses de Gonzague, dans lequel figuraient aussi le duc de Guise et le comte de Soissons, devait avoir lieu vers le milieu de la soirée. Les douze masques en forme de démons dansèrent une danse antique. Leur divertissement n'était pas encore bien avancé; ils s'y trouvèrent un de plus, et ce nouvel arrivant complétant le nombre treize rompit tout-à-fait la mesure : leurs pas étaient étudiés à l'avance jusqu'à ce qu'ils aient su parfaitement leur rôle. Il en résulta un désordre complet dans les figures, ce treizième arrivait toujours quand il ne fallait pas; il leur fit faire des fautes de toutes espèces, si bien qu'ils s'arrêtèrent court, se regardant les uns les autres.

— C'est notre homme, dit très-bas le duc de Guise au comte de Soissons; mais pour cette fois-ci, je le guette et il ne m'échappera pas. — Comment faire? demandait la princesse Anne à sa sœur. Ce malheureux intrus nous a brouillés.

Personne n'osait se démasquer ou dire un seul mot de peur de déranger le spectacle; le cardinal, qui avait assisté aux répétitions, qui avait choyé ce ballet presque autant que sa chère *Mirame*, s'impatientait d'autant plus que le roi tenant à la main le plan du ballet, lui demandait à chaque instant l'explication de ce qu'il ne comprenait plus. Dès le commencement ce treizième lui avait sauté à la vue, il crut d'abord que c'était une méprise; mais apercevant ensuite la confusion des danseurs qui ne purent continuer, il voulut en savoir plus particulièrement la cause, et envoya un de ses familiers s'en informer.

— Dites à M. le Cardinal, répondit la princesse Marie, que nous n'y comprenons rien. Cet intrus ne parle à personne et dérange tout, ce qui n'est pas notre faute. — Vous ne le connaissez donc pas? — Nous ne pouvons même pas soupçonner qui il est. Nos habits sont pareils, nous sommes masqués; mais en rentrant dans la coulisse, il faudra bien qu'il se dévoile. Ce qu'il y a de sûr, c'est que nous n'avons fait faire que douze habits et que nous voici treize. — Ne serait-ce point celui qui danse si bien en ce moment et qui fait des pas si merveilleux? — Je l'ignore, et comment le savoir : il faudrait faire démasquer tout le monde; il est sûr que voilà un diable qui danse mieux que tous les seigneurs de la cour.

Ce diable fut fort applaudi et raccommoda bien les choses. Lorsqu'il eut fini son pas, il se retira un peu en arrière et chercha à rallier les autres qui ne savaient plus où ils en étaient. Ils ne pensaient qu'à retourner derrière le rideau pour avoir l'explication du mystère. Le duc de Guise et le comte de Soissons n'avaient pas envie de danser, ils s'y précipitèrent des premiers. Lorsqu'ils eurent quitté le théâtre, arraché leur masque et qu'ils se comptèrent avec empressement, ils ne se trouvèrent plus que douze, le treizième s'était évanoui comme sous la baguette d'une fée; la terreur les prit alors; par où ce treizième s'était-il évaporé? qu'était-il devenu? On le demanda partout, aux gens de service, aux danseurs qui attendaient leur tour ou qui avaient fini de paraître. On le chercha jusqu'aux derniers recoins du palais, dont on ferma les portes, avec ordre de ne laisser passer qui que ce fût sans un mot d'ordre donné à chaque personne en particulier; nul ne l'avait vu ni entrer ni sortir, et l'étonnement du duc de Guise ne diminua pas lorsqu'en quittant son habit de caractère, pour reprendre son habit de cour, il trouva dans sa poche le billet suivant, sans qu'il fût possible de savoir qui est-ce qui le lui avait apporté.

« — Il est inutile de me chercher, on ne me découvrira pas;
» tu m'as déjà vu une fois, Henri de Guise, et tu me retrou-
» veras dans les circonstances importantes de ta vie. Qui je
» suis? peu t'importe; qu'il te suffise de savoir que je ne te
» veux pas de bien, et que chacune de mes apparitions t'an-
» noncera une catastrophe. Je sais que tu es brave et que le
» danger ne te fait pas peur, aussi me montrerais-je à visage
» découvert si tu ne devais me reconnaître. Adieu, le plus
» fou des princes, je saurai bien te retrouver quand il sera
» temps, et je tiens à ta disposition le poignard que tu m'as
» remis toi-même. »

Le prince lut cette lettre et la porta sur-le-champ au comte de Soissons; une colère impuissante le dévorait.

— Vous le voyez, monsieur, c'est à moi qu'on en veut. Mais il a raison de le dire, le danger ne me fait pas peur, et à nous deux maintenant, il faudra bien que je finisse par le rencontrer!

XXI — LA SÉPARATION

La princesse Anne apprit dès le même soir cette étrange aventure; elle la commenta sur toutes ses faces.

— Henri, dit-elle, si vous en croyez mon affection, vous conserverez soigneusement ce billet, et vous ne le montrerez à personne; déjà les dévots crient au scandale; ils prétendent que le diable s'est joint à votre divertissement; si l'on sait qu'il vous a écrit, vous serez bientôt le bouc émissaire de la chose; on répandra partout qu'il se mêle de vos affaires, afin de punir en vous votre race, car, pour bien des gens, le glas de la Saint-Barthélemy sonne encore. — Vous pouvez avoir raison, je tâcherai de me taire, et si ce diable-là me tombe jamais sous la patte, nous verrons qui de nous deux a les griffes les plus longues.

Le lendemain, il y eut réunion des principaux chefs; toutes ces circonstances décidèrent à hâter l'aventure.

— Dépêchons-nous, dit le comte de Soissons, autrement nous serons perdus. M. le Cardinal saura tout, et le sort du brave Montmorency nous attend. D'ici à huit jours il faut que la France soit libre, que Richelieu soit chassé, ou que nous quittions notre patrie pour ne pas y laisser notre cou. En avant donc! du silence, du courage, et vive la noblesse française! à qui ce malotru ne laissera pas une tête, si nous ne nous hâtons d'y mettre ordre.

Après cette conférence, M. de Guise se rendit tout de suite à l'hôtel de Nevers; il fallait, à tout prix, éloigner la princesse; sa présence à Paris, dans un semblable moment, était dangereuse pour elle et pour les projets de son mari : le Cardinal pouvait s'en emparer, s'en faire un otage; il pouvait essayer de lui arracher des secrets qu'elle ignorait, et abuser de ses réponses; le prince la connaissait assez pour savoir qu'elle ne le quitterait pas dans le danger; il lui cacha donc la détermination prise, et lui annonça, au contraire, qu'après bien des irrésolutions ses projets étaient ajournés.

— Profitez donc de ce moment de trêve, ajouta-t-il, et rendez-vous à Nevers avec la princesse Marie, selon le projet formé depuis longtemps, votre présence est indispensable, tous vos intérêts y périclitent; partez, je trouverai un prétexte pour vous rejoindre bientôt.

La princesse hésita beaucoup ; un instinct secret l'avertissait de ne pas s'éloigner, et, cependant, rien n'était plus nécessaire et plus simple que ce voyage. Elle se surprenait quelquefois les yeux remplis de larmes lorsqu'elle les fixait sur son mari.

— Qu'avez-vous, amie? lui demandait-il alors.—Je ne sais, mais il me semble que si je vous quitte, nous ne nous reverrons jamais. — N'est-ce point le diable qui vous effraie? reprenait-il en souriant. — Non, mais c'est mon cœur qui parle; rien n'en peut vaincre la tristesse : auriez-vous donc la cruauté de m'abandonner? — Ce sont ces maudits devins qui vous tourmentent. Oh ! je les ferai tous brûler vifs quand je serai le maître, pour leur apprendre à calomnier un gentilhomme.

Ces scènes se renouvelaient souvent; les jours passaient, à peine en restait-il quelques-uns avant l'explosion du complot; la princesse trouvait des prétextes, et retardait son départ. Heureusement pour M. de Guise, la princesse Marie s'impatienta et brusqua les choses. Un matin, elle fit fermer devant elle les malles, arracha la désolée Anne des bras de son mari, presque aussi désolé qu'elle, et l'emballa comme un paquet dans le carrosse. Au moment où le dernier regard de la princesse rencontra celui d'Henri, au moment où le carrosse s'ébranlait pour se mettre en route, il lui sembla entendre comme un éclat de rire derrière elle, et une voix ironique qui disait : — C'est un dernier adieu.

Était-ce son cœur qui parlait, était-ce le mystérieux ennemi, ou bien s'était-elle trompée? c'est ce qu'il ne lui fut point donné de savoir.

Anne ne fit que pleurer depuis son départ; les princesses avaient pris des chevaux de relais pour aller plus vite et coucher le soir à Fontainebleau, où elles furent reçues à la capitainerie. La première personne qu'elles aperçurent en ouvrant les mantelets du carrosse, ce fut Henri de Guise, arrivé à franc étrier pour passer encore quelques heures avec sa femme. Ces heures furent les plus belles de sa vie; elle ne l'attendait pas; elle le pleurait; elle le retrouva plus tendre, plus passionné, plus amoureux que jamais.

— O mon Dieu! disait-elle à chaque instant dans cette nuit mémorable; faites-moi mourir à présent, car il est impossible que je retrouve jamais un pareil bonheur.

Le matin la séparation fut déchirante, la princesse évanouie fut transportée dans son carrosse, où elle reçut insensible le dernier baiser de son époux. Depuis Fontainebleau jusqu'à Nevers, elle ne put parler que de lui; elle l'aimait plus que jamais, elle lui eût donné sa vie avec bonheur. Marie, qui n'aimait plus et qui s'ennuyait, l'écoutait en bâillant. La petite d'Arquien était du voyage, et demandait sans cesse à sa marraine pourquoi sa bonne amie ne riait point. Ce grand château ducal de Nevers leur parut triste, comme la tombe. Anne choisit un appartement, éloigné de la foule, elle voulait être seule pour penser; cet esprit inquiet s'agitait déjà dans la retraite; elle comptait les jours et les heures. Une lettre arriva enfin, une lettre pleine d'amour et de désirs.

— « Il ne vivait pas loin d'elle, il allait venir la rejoindre dès qu'il le pourrait sans inconvénients; il l'appelait son Anne bien-aimée, et la suppliait de lui écrire chaque jour. »

La princesse n'y manqua pas, elle fut cependant distraite par la nécessité de sa position; il lui fallut donner un coup d'œil sur les affaires du duché, dont la princesse Marie ne s'occupait pas. Messieurs de Nevers étaient en arrière avec leurs maîtresses. Les impôts ne rentraient guère, ils s'évaporaient aux mains des agents. La princesse Anne montra la fermeté et l'étendue de son génie en remettant l'ordre dans les finances. La journée se passait ainsi dans ce travail, le soir, elle errait au bord de la Loire avec ses femmes, ou bien elle suivait de l'œil la route de Paris aussi loin qu'elle pouvait s'étendre, et rien ne venait. Cependant un soir qu'elle fixait ses regards sur ce long ruban de poussière, se déroulant tortueux jusqu'à l'horizon, elle vit un cheval lancé galopant à toute bride, l'homme qui le montait, l'excitait encore ou semblait trouver sa marche trop lente, bien qu'elle ne touchât pas la terre.

— Oh! s'écria-t-elle, c'est lui, c'est lui! je n'en saurais douter!

Elle courut joyeuse pour le recevoir à l'entrée du vestibule. Le courrier approchait en effet, faisant ralentir le pas de son cheval sur le pavé qui lançait des éclairs; lorsqu'il fut près, elle le regarda, ce n'était point Henri de Guise, c'était un courrier à sa livrée.

— Ah! dit-elle, une lettre, seulement une lettre! mais quelle nouvelle apporte-t-il donc qu'il est venu si vite? Est-elle bonne ou mauvaise? Donnez, donnez!

Le courrier lui tendit en effet, avant même de descendre de cheval, un petit paquet sans sceau, fait évidemment à la hâte, elle l'ouvrit en pâlissant, voici ce qu'elle lut :

« Je suis condamné d'avance, ma bien-aimée; tout est découvert. Le comte de Soissons est déjà en fuite, et moi je pars sans attendre les juges, comme vous le comprenez. Restez à Nevers, on ne vous inquiétera pas. Dès que j'aurai un asile je vous le ferai connaître et vous pourrez alors venir le partager. D'ici là, pas d'imprudence, ne m'écrivez pas, ne vous montrez pas, faites-vous oublier. Vous comprenez mon désespoir; ma disgrâce n'est rien, mais vous perdre est tout pour moi. Je ne vivrai pas jusqu'au jour qui nous réunira, et fiez-vous à moi pour le rapprocher le plus tôt possible.

» HENRI DE GUISE. »

La princesse avait lu ces lignes sur l'escalier même, elle les relut deux fois encore, puis elle appela le courrier et lui fit signe de la suivre à son appartement pour qu'elle pût l'interroger.

— Quand M. de Guise est-il parti? — Une heure avant que je partisse moi-même, et je ne me suis arrêté en route que juste le temps indispensable pour *avaler* mes repas et changer de chevaux.— Où est-il allé?— On l'ignore. Nous croyons seulement qu'il a pris la route du nord. — Qui est avec lui? — Personne que son écuyer et deux laquais. — Et M. le comte de Soissons? — Parti un peu avant monseigneur.—Qu'ont dit madame et mademoiselle de Guise? — Elles sont au désespoir, elles ont couru chez Son Éminence. On parlait d'arrêter aussi M. le chevalier. — Vous n'en savez pas davantage? — Non, madame la princesse.— C'est bien; allez vous reposer alors. — Ah! s'il m'avait cru! s'écria-t-elle dès que le messager fut parti. Je suis bien malheureuse et bien délaissée maintenant. Sans conseils, sans puissance, presque inconnue dans mes domaines, il est terrible, affreux, pour la duchesse de Guise, de ne pouvoir rien en faveur de son mari et de laisser à sa mère le rôle qui convient à elle seule. Rester ici! mourir à petit feu! sans nouvelles! c'est impossible! d'un autre côté me rendre à Paris, c'est lui désobéir, c'est m'exposer. S'ils me retiennent et que je ne puisse plus le rejoindre après! Oh! que faire! que faire?

La princesse Marie vint en ce moment s'enquérir près d'elle des nouvelles qu'elle avait reçues, elle les lui communiqua.

— Je m'en doutais, depuis le pauvre Cinq-Mars cet homme est devenu plus que jamais invulnérable : tous ceux qui s'attaquent à lui y succombent. Et qu'allez-vous faire maintenant?— Que sais-je? Je suis désespérée. — Mon Dieu ! ma sœur, vous deviez vous y attendre. M. de Guise n'est point perdu pour un voyage à l'étranger, il reviendra, vous le rejoindrez. Cependant je vous prie d'une chose et j'insiste fort là-dessus, vous n'entreprendrez rien qui puisse exciter contre nous la vengeance de M. le Cardinal. Je ne veux point me brouiller avec lui, j'attends de lui seul la grandeur de notre maison. Si vous êtes pourvue, je ne le suis pas. La veille de notre départ, il m'a assuré qu'il songeait à moi, qu'il avait certain prince en vue et que d'ici à fort peu de temps, je serais probablement sur le trône. N'allez point me gâter cela avec vos folies romanesques. — Ah! ma sœur, vous êtes devenue bien raisonnable depuis le départ d'Amalfi, et le temps où vous avez refusé sa vaillante épée, pour conquérir le duché de Mantoue. — C'est possible, reprit sèchement Marie, si j'ai pris de l'expérience et si j'en profite, vous devriez en faire autant.

Anne comprit qu'elle était plus seule que jamais. Sa sœur lui ayant fait un mystère des promesses du Cardinal, s'était par cela même séparée d'elle. Elle devina autre chose sous cette réserve. Il y avait peut-être quelque condition, quelque bonne petite perfidie de cœur, dont Marie était fort capable, son intérêt étant en jeu. Il fallait donc jouer serré, mûrir seule ses projets, ne point compter sur son assistance, et tâcher d'en trouver ailleurs; c'était difficile dans une pareille solitude.

Elle recommença ses promenades, les fit plus longues et plus éloignées, au cas où elle devrait partir et se cacher, ce qui était plus que vraisemblable. Elle évita toute conversation sur l'objet qui l'occupait uniquement, elle tâcha de paraître tranquille et de dissimuler ses larmes et ses inquiétudes. Sa vie devint un supplice. Elle écrivit chaque jour à son mari, tenant ses lettres prêtes, si une occasion se présentait afin de la saisir au vol. Elle regardait plus que jamais cette route, son unique espoir, rien ne paraissait, et les jours et les semaines s'écoulèrent sans aucunes nouvelles, sans aucun souvenir. Ne pouvant plus résister à cette incertitude, elle se décida à envoyer un messager sûr à Paris, pour voir, pour s'informer et revenir ensuite. Elle se déciderait d'après ce qu'il allait lui répondre, et, quoi qu'il en fût, il lui était désormais impossible de vivre ainsi, il fallait qu'elle sortît de cette position terrible, où ses forces s'épuisaient, où son courage s'abattait.

XXII — LA VISITE

Son envoyé était parti depuis une semaine lorsqu'un matin, en quittant son appartement, elle rencontra le majordome, fort empressé, le bâton haut, donnant des ordres et mettant en mouvement tous les domestiques. Elle lui demanda d'où provenait cette agitation, dans une maison ordinairement si tranquille.

— Madame la princesse Marie a appris ce matin l'arrivée d'un haut personnage, madame, et j'ai reçu ses ordres pour sa réception. — Ah! vraiment! dit Anne un peu blessée. Je vais donc chez ma sœur, pour tâcher d'être aussi instruite que vous.

Elle trouva Marie entourée de ses femmes, toute sa toilette dehors, se faisant coiffer et choisissant parmi ses robes, ses bijoux et ses parures, celles qui lui seyaient le mieux. A peine vit-elle entrer sa sœur, dont le négligé contrastait avec ces brillants préparatifs.

— Eh! mon Dieu! demanda Anne, d'où viennent ces magnificences? Pourquoi vous faire si belle, Marie? Comptez-vous présider les états du duché, ou faire une visite à quelque tête couronnée? — Non, ma sœur. J'attends simplement un messager de la cour. — Ah! ah! — Un étranger que M. le Cardinal m'envoie. — Vraiment? — Oui, il restera quelques jours ici. — Quel est son nom? — Je ne le sais point, il me l'apprendra lui-même, m'a-t-on dit. — Il arrive? — Aujourd'hui, dans quelques instants. — Depuis quand savez-vous cette nouvelle? — Depuis ce matin. — Et vous n'avez pas daigné m'en prévenir! Je devais garder mon appartement, sans doute, puisque vous ne me faisiez point annoncer cette visite inattendue. Je n'aurais pu paraître en cet équipage, à côté de votre magnificence, sans passer pour une de vos filles d'honneur, votre camériste tout au plus.

A mesure que la princesse parlait, son ton devenait plus aigre et plus pincé, elle connaissait assez sa sœur pour savoir qu'elle n'avait point songé à elle et qu'au milieu de ses espérances folles, elle était complètement abandonnée. Celle-ci ne répondit rien à ses sarcasmes, à peine les entendit-elle, tant elle était préoccupée de sa toilette.

— J'irai donc m'habiller aussi, pour ne pas faire honte à *votre majesté*, continua Anne avec une profonde révérence, il ne faut pas que les ambassadeurs de votre nouvelle cour vous prennent pour une mendiante et pour une voleuse, en voyant près de vous une sœur aussi mal faite. Je me tiendrai à vos ordres quand il en sera temps.

Elle fit une seconde révérence et sortit à reculons, laissant Marie toute rouge de colère.

Anne avait infiniment plus d'esprit que sa sœur, on a pu s'en apercevoir. Dans cette circonstance, elle en donna une nouvelle preuve, en choisissant un costume qui, tout en faisant valoir ses avantages, laissait à la princesse Marie le prix de la magnificence et de la richesse.

— Qu'elle soit superbe, pensa-t-elle, moi je serai jolie.

La coquetterie ne perd jamais ses droits.

Elle mit une robe noire garnie en jayet, comme si c'eût été du deuil, toute sa parure était noire, sauf un nœud de rubans roses qu'elle posa dans ses chevenx, et une belle rose mille feuilles qu'elle attacha à son corsage. Du reste pas une perle, pas un bijou. Elle était ravissante ainsi : rien n'égalait l'éclat de ses yeux, de son teint, de ses lèvres, sa beauté était merveilleuse et charmante. La teinte de mélancolie qu'elle ne pouvait bannir l'embellissait encore et lui prêtait un nouveau charme. Elle attendit dans son appartement et ne voulut point descendre qu'on ne la fît appeler.

— Si ma sœur a ses mystères, pensa-t-elle, respectons-les, pour qu'elle respecte les miens.

Anne attendit longtemps, bien que ses gens l'eussent prévenue de l'arrivée des étrangers, ou plutôt de l'étranger et de sa suite. C'était, lui dit-on, un beau jeune homme, magnifiquement vêtu, d'une mise singulière. Il avait avec lui plusieurs serviteurs et un vieillard à barbe blanche qui semblait les commander, personne n'entendait leur langage.

A l'heure du dîner le majordome parut, il invita la princesse Anne à descendre, de la part de sa maîtresse, qui l'attendait dans la grande salle, ainsi que Son Altesse le prince Edouard, comte palatin du Rhin, fils de Sa Majesté Frédéric, électeur palatin et roi de Bohême.

— Ah! ah! pensa la princesse, voilà la couronne en bon chemin; pourtant je préfère ma couronne de duchesse à ce diadème, fût-il orné de tous les diamants d'Ophir. Régner sur ces barbares ne m'irait pas du tout. Voyons, en attendant, cet ambassadeur et ces merveilles.

Le palatin était un jeune homme blond et mince, d'une figure douce, timide et distinguée. Il avait la physionomie la plus allemande qui se puisse voir, quelque chose de triste et de rêveur dans les yeux. Il salua la princesse Anne, lorsqu'elle lui eut été nommée, et lui présenta à son tour son gouverneur le comte Uladislas Potenski, lequel l'accompagnait dans ses voyages par l'ordre souverain de son père.

Il s'exprimait bien en français, en termes choisis et sans un accent trop prononcé. Dès que madame de Guise fut entrée, il ne s'occupa plus que d'elle, il ne donna au contraire à Marie que les soins de la plus stricte politesse; mais son admiration pour Anne fut si visible qu'elle eût frappé les yeux les plus indifférents, à plus forte raison une personne aussi susceptible et aussi hautaine que Marie de Gonzague.

Sa sœur jouit doublement de son triomphe : pour elle d'abord, contre l'*ennemie* ensuite. Elles en étaient venues là à force d'intimités rivales. Elle ne voulut point le laisser incomplet et déploya les trésors de son esprit, sorte de lutte bien plus sûre encore pour elle. Elle en montra l'éclat, la finesse, la souplesse charmante, le palatin en resta ébloui. En sortant de table, il demanda à la princesse Marie la permission d'offrir sa main à l'enchanteresse qui lui aidait si bien à faire les honneurs du logis. Marie crut étouffer de colère.

Je prie le lecteur de me pardonner si je lui ôte une de ses illusions sur cette belle Marie de Gonzague, la maîtresse de Cinq-Mars, celle qui a inspiré tant de poètes et dont la gracieuse figure laisse derrière elle une trace lumineuse semblable à un feu follet; cette lumière disparaît lorsqu'on en approche; lorsque le flambeau de la vérité éclaire cette existence et la laisse voir telle qu'elle est, on découvre un petit esprit, une petite âme, un petit cœur, tout est de mesquine proportion chez elle, hors sa beauté incontestable, qui, avec son nom, fit tout son mérite. La supériorité de sa sœur est tellement évidente que nul ne songe à la nier. Anne était une femme remarquable par son intelligence, la hardiesse de ses vues, la finesse et surtout le tact de son esprit. Plus tard elle dirigea toutes les intrigues de la Fronde, elle joua tous les partis l'un par l'autre, et de leurs débris se fit une position inattaquable. En ce moment elle en était encore au roman de sa vie, elle ne savait de l'existence que ce que son cœur lui en dictait, malgré les insinuations de son esprit sagace.

Elle trouva le palatin une assez agréable machine.

— Mais, pensa-t-elle, s'il épouse ma sœur, comment vient-il donc faire la cour en personne? c'est contraire aux usages reçus, à moins que ces peuples barbares ne tiennent à connaître d'avance celle qu'ils honorent de leur faveur conjugale. Je le saurai. Ah! c'est peut-être pour son père. Le roi de Bohême est-il veuf? lui demanda-t-elle tout haut. — Est-ce que vous voulez l'épouser? reprit Marie assez aigrement. — Non, pas moi, mais d'autres sans doute. — J'ai le bonheur d'avoir encore ma mère, répondit le jeune prince. — Allons! c'est pour lui, évidemment. Vous avez raison de dire le bonheur, monsieur, car un mère est le meilleur et le plus cher trésor que Dieu puisse nous envoyer.

Quelques personnes de la ville, qui venaient habituellement à cette heure faire leur cour aux princesses, entraient alors. Anne en profita pour se diriger vers le jardin, en emmenant insensiblement Edouard. La conversation continuait, sans arriver pourtant au point où elle la voulait mettre. On parlait de tout, le prince devenait galant, presque attentif, lorsqu'elle l'arrêta par une parole.

— Réservez tout cela à ma sœur. — Et pourquoi plus à elle qu'à vous? — N'êtes-vous pas venu pour elle? N'est-ce pas à elle que l'on vous adresse? — Sans doute. — Eh! bien? — Eh! bien, vos soins, vos compliments doivent être pour la princesse Marie, si elle vous plaît, ou bien alors vous devez à la maison de Gonzague de ne pas rester plus longtemps à Nevers. — Je ne vous comprends pas, madame. — Je parle clair cependant. Ne venez-vous point pour épouser ma sœur! — — Non, en vérité. — Ah! je le croyais, je devais le croire. — Comment, vous n'êtes pas instruite? — De rien. — Je vous instruirai donc mais vous ne me vendrez pas. — En pouvez-vous douter? Venez vous de la part du roi de la Chine, ou de l'empereur du Mogol? — Non, mais de la part du roi de Pologne. — Quoi! le roi de Pologne, un royaume électif, où l'on n'a plus rien à prétendre si le roi vient à mourir! — Et il n'est pas jeune le roi actuel. — Ce n'est qu'une quasi couronne, et les devins n'ont dit vrai qu'à moitié. C'est pourquoi ils en annoncent deux.

Anne rit de bon cœur en prononçant ces mots; le jeune prince ne riait point.

— Je ne plaisante pas des devins, reprit-il, nous y croyons dans mon pays. — Les avez-vous donc consultés? — Bien des fois. — Que vous ont-ils annoncé? — Un mariage loin de ma patrie, avec une étrangère dont je serai idolâtre. Et vous, madame? — Moi, je ne les consulte jamais.

L'entretien en resta là, mais les jours suivants ils se renouvelèrent. Anne loin de les fuir, les recherchait, pour dérober son temps. Le messager n'arrivait point; le prince Édouard interrogé sans cesse et adroitement ne savait rien.

— M. le comte de Soissons et le duc de Guise étaient en fuite, voilà tout. Du reste, personne à la cour ne s'occupait d'eux, on n'en parlait point. La princesse Marie ne pardonnait pas à sa sœur ce qu'elle appelait son indécente conduite.

— Vous voulez m'empêcher d'être reine, lui disait-elle, en séduisant l'ambassadeur pour prendre ma place, mais je le serai malgré vous. — Je ne m'y oppose point, et votre ambassadeur à bon marché ne me donne pas envie d'en connaître davantage. — Que voulez-vous dire? demanda la future reine avec hauteur. — Certainement votre roi de Pologne n'a pas voulu faire les frais d'une ambassade; ce pauvre prince Edouard son parent, ou son ami, je ne sais lequel, voyageait *à ses frais* en venant en France, le roi sarmate avait entendu parler de vous, il l'a prié de vous voir en passant et de lui dire son avis sur votre personne, cela ne coûte rien; ainsi, ce n'est pas une mission qu'il remplit près de vous, ce palatin, c'est une commission. — Je lui dirai ces paroles déplacées, et nous verrons s'il s'occupera de vous après. — Je les lui dirai bien moi-même, et comme il a beaucoup de bon sens, je gage qu'il les trouvera justes et véritables.

Marie s'en alla en haussant les épaules. Anne la rappela.

— A propos, ma sœur, et Marie d'Arquien, avez-vous annoncé votre projet de l'emmener en Pologne?

La princesse se mordit les lèvres.

— A quoi bon parler de Marie d'Arquien? il sera temps plus tard, j'espère que vous ne l'avez pas fait? — Non, j'ai seulement prévenu le palatin que vous l'éleviez à la brochette pour vous succéder.

Chaque jour amenait une semblable escarmouche au moins. La princesse Marie eût voulu sa sœur aux calendes grecques. Les événements qui suivirent et se passèrent la forcèrent à s'occuper d'elle-même au grand délassement de sa sœur, qui en remercia le ciel du fond de l'âme.

XIII — LE REFUS

Le palatin était depuis quinze jours à Nevers. Anne, dont l'inquiétude croissait de plus en plus, commençait à trouver cette distraction insuffisante. Elle ne dormait point, elle ne mangeait point, elle était irrévocablement décidée à partir elle-même, si dans une semaine elle n'en avait pas appris davantage.

Un dimanche, au moment où elle entrait à la messe, elle aperçut dans sa chapelle un moine inconnu, priant, dévotement agenouillé auprès du bénitier à la porte. Elle prit de l'eau bénite, et le bon père, se relevant alors, lui fit un salut profond, en murmurant:

— Que saint Henri de Sedan vous soit en aide, madame.

En prononçant ces mots, il la regardait fixement. Elle tressaillit. Un pressentiment lui dit que ce moine était venu pour elle.

— C'est donc un bien grand saint, mon père? Est-ce votre patron? — C'est mon patron, en effet, mon patron vénéré et chéri, j'en puis conter bien des choses à ceux qui veulent m'entendre? — C'est bien, après la messe, mon révérend père, venez à mon appartement, j'écouterai toute votre légende, et votre couvent, je l'espère, ne s'en trouvera pas mal.

Tant que dura la messe, la princesse ne quitta pas le moine des yeux, ni de la pensée. Toujours agenouillé à sa place, il la regardait aussi, à la dérobée, en affectant néanmoins de grands dehors de ferveur. Les assistants l'auraient volontiers canonisé, et tous lui demandèrent sa bénédiction au moment où il sortit.

— Que Dieu vous bénisse tous, mes frères! La pieuse princesse Anne de Gonzague m'attend dans son oratoire, laissez-moi donc passer, je vous prie, afin de ne pas entraver la grâce que je lui apporte et qu'elle me rendra en bonnes œuvres, elle me l'a dit.

Chacun s'empressa de lui montrer le chemin, la femme de chambre favorite de la princesse eut bien de la peine à le tirer de cette foule. Anne séchait d'impatience. Dès qu'elle le vit, elle s'avança au-devant de lui.

— Dieu vous protége, mon père! Qui êtes-vous? que me voulez-vous?

Le moine, lorsqu'ils furent seuls, se redressa subitement et montra une taille haute et droite, un visage hardi et intelligent.

— Vous avez bien deviné, madame, je viens de *sa* part, et voici une lettre.

Anne s'en empara avec une avidité qui révélait ses souffrances; elle l'ouvrit, la dévora, la lut, la relut encore, cette lettre était pleine d'amour, de regrets, de larmes, si l'on peut s'exprimer ainsi.

Il était à Sedan, chez le duc de Bouillon, en sûreté, mais malheureux. Malheureux de l'avoir quittée et d'avoir peut-être reculé bien loin par sa folie, le jour de leur réunion et de leur bonheur.

« — Je suis seul, ajoutait-il, loin de tous les miens, loin » de vous surtout, et je meurs de cet isolement. Mes journées » et mes nuits se passent à soupirer. Tout ce qui m'entoure » me déplaît; je suis las de ces conspirations avortées et basses qui ne tiennent jamais ce qu'elles promettent. J'ai par » moment envie de faire ma soumission, mais je sais, à n'en » pas douter, qu'on ne l'acceptera pas sans que je me déshonore. On veut me déposséder de mes droits, les transmettre à mon frère, me confiner pour ma vie à Reims, » avec mes chanoines, et l'on exige que j'y consente. C'est » de la honte et de la folie, je ne le ferai point. Je prendrai » un autre parti: la corde trop tendue doit céder.

» A propos, j'ai revu le masque dans une autre partie chez » M. de Bouillon; il ne m'a rien dit; il a seulement levé un » doigt avec un œil flamboyant. Un prêtre que j'ai consulté » prétend que c'est un esprit dans le genre de celui du feu » roi Henri IV, que tout le monde a connu près de lui sous » le nom du *Maheutre*, et qui disparut la veille de sa mort, » sans qu'aucuns efforts aient pu le faire retrouver. Je ne » sais trop si cela est vrai, pourtant la tradition en prête un » à nos ancêtres, qui fut mis en fuite par un saint évêque de » Nancy, et qui ne doit revenir qu'auprès du dernier de notre maison. Ce serait donc moi! je n'ai pas l'air de la perpétuer, et je ne durerai guère au métier que je fais... »

La lettre bien lue et commentée, la princesse remarqua que la date en était ancienne; elle en demanda la raison.

— J'ai quitté monseigneur depuis plus de trois semaines, lui fut-il répondu, et je n'ai pu arriver plus tôt. Il a fallu me cacher, retourner sur mes pas, prendre dix déguisements; j'ai cru que je ne parviendrais pas jusqu'ici.

Alors commença un interrogatoire minutieux, auquel le faux moine, un des gentilshommes du duc, répondit d'une manière satisfaisante. Pendant ce temps, Anne réfléchissait.

— Le duc est malheureux, lui dit-elle enfin, il est seul, ma place est auprès de lui. Voulez-vous m'y conduire? — De tout mon cœur. — Il faut mettre un mystère impénétrable à mes démarches, car si ma sœur les connaissait, elle y apporterait obstacle. Je vais décider ce soir, cette nuit, ce que je dois faire; revenez demain matin, et je vous donnerai mes ordres en conséquence. Je suis hardie, résolue à tout; je veux surtout fortement apporter au prince les seules consolations qu'il puisse recevoir; ne craignez donc point en vous chargeant de ma garde. Je ne vous causerai pas plus d'embarras que si j'étais un jeune seigneur, et je saurais au besoin faire le coup de pistolet pour nous défendre en cas d'attaque. Allez! soyez muet et fidèle, vous êtes sûr de parvenir.

Le moine, ou plutôt le gentilhomme, qui s'appelait M. d'Ardoise, du pays de Caux, sortit en faisant les protestations du dévouement le plus aveugle. Anne, restée seule, relut encore la lettre pour encourager sa résolution, et ses larmes coulèrent de nouveau. La journée entière se passa ainsi; elle ne parut qu'au souper; alors sa résolution était prise, et quand elle rejoignit sa sœur, celle-ci lui trouva un air de contentement qui ne lui était pas ordinaire. Elle lui en demanda la raison.

— Je ne sais, répondit-elle, je suis contente. — Vous êtes contente, madame, reprit le jeune comte; c'est pour moi la meilleure des nouvelles, car si vous êtes contente, vous permettrez bien que je le sois aussi. — Ah! monsieur, de tout mon cœur. — Retenez cette parole, madame, je vous la rappellerai ce soir.

Anne le regarda étonnée.

— Ce soir, monsieur? — Oui, ce soir, tout-à-l'heure, après souper. Madame la princesse Marie a daigné me promettre que vous m'écouteriez toutes deux, il est bientôt temps que je quitte ce château, où je ne suis que trop bien; les ordres de mon père m'obligent de continuer ma route; nous devons avoir auparavant un entretien bien précieux pour moi: vous n'aurez pas la cruauté de me le refuser. — Puisque ma sœur vous l'a accordé en mon nom, je dois faire honneur à sa promesse.

Ils parlèrent peu pendant le souper, la présence des gens de service les gênait. Anne était si préoccupée, qu'elle oubliait déjà la requête d'Edouard; lui ne l'oublia pas, et dès qu'ils furent rentrés dans la grande salle, il pria les princesses de le vouloir bien entendre.

— Non pas ici, dit Marie, mais au jardin, dans le pavillon là-bas; nous n'y serons ni écoutés, ni interrompus.

Anne trouva cette solennité étrange; mais ses pensées étaient ailleurs. Elle suivit machinalement les autres, s'assit, se disposa à entendre, et eut bien de la peine à rappeler son attention.

— Madame, commença le prince en s'adressant à Marie, vous connaissez le but de ma mission, et vous m'avez encouragé à le révéler ce soir devant la princesse Anne, n'est-il pas vrai? — Ma sœur en est déjà instruite, monsieur. C'est le résultat qu'il faut apprendre. — Le résultat est ce qu'il devait être, madame, vous n'en pouvez douter; le roi de Pologne apprendra de moi, il le sait déjà, que j'ai vu la plus belle princesse de l'univers.

Marie sourit et montra ses dents, qu'elle avait éblouissantes.

— Ce n'est pas tout, néanmoins, il me reste encore quelque chose à vous apprendre. En m'occupant du bonheur d'un autre, je n'ai pas pu m'empêcher de songer au mien. A côté de la reine de Pologne, j'ai trouvé une grâce, une divinité, dont mon cœur s'est épris jusqu'à la folie, jusqu'au délire; le roi mon père m'a accordé la permission de me choisir une épouse dans mes voyages; pourvu qu'elle soit de maison souveraine et d'un âge assorti au mien, il a promis de ne point me contrarier. Je viens donc mettre à vos pieds, madame, la couronne qui m'attend un jour, mon cœur, ma vie, tout ce que je possède. Trop heureux si vous daignez me permettre un peu d'espérance, trop fier si vous descendez jusqu'à moi.

Jamais surprise ne fut pareille à celle de la princesse Anne. Elle ne s'attendait point à cette déclaration, bien que la préférence dont elle était l'objet ne lui eût point échappé. Mais de là à l'idée d'un mariage, d'un mariage avec un Bohême, il y avait loin. Sa réponse ne pouvait être douteuse; cependant des sentiments si vrais et si bien exprimés demandaient des ménagements. Elle chercha des termes de refus adoucis, elle donna à son visage l'expression du regret et de la reconnaissance.

— Monsieur, dit-elle, je ne saurais trop vous remercier de l'honneur que vous voulez bien me faire. Vous m'offrez un trône et vous mériteriez d'être aimé pour vous-même, ce sont toutes les séductions à la fois. Aussi rien ne peut vous rendre... — Avant de vous prononcer, ma sœur, interrompit Marie, ne conviendrait-il pas de réfléchir! Songez qu'il s'agit de la couronne de Bohême, une des plus belles, un des postes les plus glorieux de l'Europe. Songez que pour vous si fière, si courageuse, cette couronne est une place de conquête. Les braves Bohêmes défendent la chrétienté contre le Turc; ils sont le boulevard de la religion; ils sont les soldats de l'Eglise. Ne seriez-vous pas heureuse de les commander?

Marie, on le voit, prévoyait le refus.

— Ce n'est pas tout, ajouta-t-elle, vous en Bohême, moi en Pologne, nous serions rapprochées l'une de l'autre. Il nous serait facile de nous voir; la maison de Gonzague plaçant ainsi deux de ses filles sur les trônes de ces contrées éloignées, forcerait l'Europe à compter avec elle. Pesez tout cela et ne vous décidez pas à la légère. Ce sont des réalités et le reste!... — Je vous remercie, ma sœur; tout ce que vous me représentez-là, je le sais comme vous; je sais aussi que le prince Édouard mérite de ma part des sentiments plus décisifs encore, selon moi, que tous les avantages qu'il m'offre; aussi lui donnerais-je une meilleure preuve de mon estime en lui parlant avec franchise Si j'étais libre de mon cœur et de ma main, c'est à lui que je les donnerais; mais j'ai déjà des engagements sacrés, des engagements qui ne se rompront qu'avec ma vie; je ne puis donc, malgré tous mes regrets, lui appartenir, vous ne l'ignorez pas. — Mais, ma sœur, c'est folie!... — Mais, ma sœur, c'est justice, c'est honneur, c'est loyauté, c'est tout ce qu'une fille de mon nom se doit à elle-même et aux autres. Que le prince me pardonne, je ne puis, je ne dois en entendre davantage, et je me retire.

— Un instant! s'écria le jeune homme, daignez me répondre, madame. On m'a assuré que vous aimiez M. le duc de Guise, cela est-il vrai? Si ma question est indiscrète, excusez-la, c'est mon cœur qui la dicte, et je souffre bien. — Cela est vrai, monsieur, M. de Guise a reçu ma foi: jusqu'à ce qu'il me la rende, elle ne peut être donnée à personne. — Je vous remercie, madame. Votre secret est enseveli dans mon souvenir, je n'ai rien à répondre, il faut me soumettre. Seulement, rappelez-vous que si jamais vous êtes libre, si jamais vous refusiez cette foi jurée, ou que vos liens se brisent, rappelez-vous que je vous aime, que je ne puis aimer que vous, et que nulle autre femme n'occupera la place que vous avez dédaignée.

Il était impossible de ne pas être touchée d'un tel dévouement. La princesse Anne resta quelques instants sans répondre. Elle se sentit émue.

— Ah! ma sœur, laissez-vous attendrir! s'écria Marie. — Non, madame, je ne prétends rien à présent, je me retire devant les affections de la princesse. Je la conjure seulement de ne pas oublier qu'elle a en moi un esclave, un serviteur dévoué, un ami, si j'ose employer ce mot. En quelque moment, en quelque circonstance qu'elle me demande, je suis à son service moi et les miens, à la vie et à la mort. — Eh bien! eh bien! aurez-vous le cœur de refuser toujours? — Plus le prince m'inspire d'estime, plus il se montre digne de tous mes sentiments, moins je dois tromper sa confiance. Je ne puis être à lui. — Ah! quel mari vous perdez-là? — Je le crois, je n'en doute pas, et si je l'avais connu plus tôt, notre destinée eût été heureuse. Quand partez-vous, prince? — Je vous comprends, madame, et je vous obéirai. — Pauvre jeune homme, murmura la princesse en se retirant. Henri m'aime-t-il comme cela?

XXIV — LE VOYAGE

Le lendemain, après avoir entendu la messe où le moine ne manqua pas de se trouver, la princesse Anne remonta chez elle et il vint l'y rejoindre.

— J'ai tout arrangé, lui dit-elle vivement. — J'attends les ordres de madame. — Demain nous nous mettrons en route ensemble. — Comment? — A cheval. J'aurai des habits d'homme, une perruque brune, tout ce qui pourra me déguiser. — Qui nous accompagnera? — Personne. Une de mes femmes est dans le secret, mais elle ne pourrait faire ce que je ferai, elle retarderait notre marche et nous ferait reconnaître. Les ordres sont donnés sur la route, nous trouverons des relais toute la nuit, et lorsque, le matin, on s'apercevra de ma fuite, nous serons trop loin pour rien craindre. — Où nous rendrons-nous? — Directement à Sedan, en évitant Paris. J'y ai envoyé un homme à moi, qui n'est pas revenu. Ou il a été gagné, ou il a été pris, de toutes manières le séjour ne m'en vaut rien, d'ailleurs cela nous allonge. — Si madame le veut nous irons sur Besançon, c'est une grande ville, on nous y perdra et nous serons à portée de tout. — Je veux aller à Sedan, vous dis-je, je veux rejoindre le prince; cependant je n'ai point de répugnance contre Besançon comme lieu de passage. — Demain, à quelle heure, en quel lieu dois-je me rendre? — Deux chevaux nous attendront en dehors de la ville, près de la rivière. Vous recevrez le matin des habits de cavalier, trouvez-vous tout prêt à huit heures, et attendez-moi. J'aurai de l'argent.

La tête de la princesse était des plus romanesques. Dans cette époque de roman, elle passait encore les autres, aussi cette expédition aventureuse avait-elle bien plus de charme à ses yeux que si elle eût été conduite à son époux en carrosse, accompagnée de ses gardes. Elle oublia tout à fait le prince palatin, et ne songeait plus qu'il fût au monde, lorsqu'il demanda la permission de lui faire ses adieux. L'ingrate!

Elle ne crut pas devoir la refuser, il entra chez elle seul et y resta une demi-heure sans qu'un mot fût prononcé sur la conversation de la veille. Il ne parla que de sa sœur, du bonheur qu'il aurait à la voir reine de Pologne et à se rendre souvent à sa cour.

— Nous dirons bien des choses du passé, madame, si vous voulez bien le permettre, et le château de Nevers sera souvent un tiers entre nous.

Ce fut tout.

— Adieu, prince, répliqua-t-elle, adieu, soyez heureux, je le désire vivement. Que Dieu vous comble de ses dons et fasse pour vous tout ce que vous méritez. — Ah! Madame, ce n'est pas Dieu... C'est... — Adieu encore ! interrompit-elle, et elle le laissa à la porte où ils étaient arrivés...

La résolution qu'elle avait prise, qu'elle devait exécuter le lendemain, ne laissait pas de place dans sa pensée pour ce jeune homme, si digne d'être aimé. Elle arrangea et prépara ses affaires avec une lucidité et un calme étranges dans une pareille occasion. La camérière (selon la mode espagnole donnée par la reine) reçut ses ordres et ses instructions qu'elle promit d'accomplir.

— Voici une lettre pour ma sœur, vous la lui remettrez lorsqu'il n'y aura plus moyen de cacher ma fuite, que vous aurez l'air d'ignorer vous-même, bien entendu.

—Madame sera obéie.—Celle-ci sera pour la cour. On enverra sans doute un messager à Son Éminence, madame de Nevers craint trop de perdre sa couronne. En voici une autre pour madame d'Avenay.

La pauvre femme pleurait, en voyant partir sa maîtresse, non seulement de regret, mais encore de crainte. Que lui arriverait-il si on l'accusait ? Comment se défendrait-elle ? Qui la protégerait ? Résolue pourtant à rester fidèle, elle eut envie de s'enfuir aussi de son côté, ce qui n'était pas sans obstacle. Anne, avec l'égoïsme ordinaire aux amoureux, ne s'occupait que d'elle-même, que d'Henri, qu'elle allait revoir. Elle brûla tous ses papiers le soir dans sa cheminée, afin de ne rien laisser derrière elle, sauf la lettre de monsieur de Guise qu'elle cacha dans ses poches.

Elle essaya l'habit de page que lui avait préparé la femme de chambre, il lui allait à merveille. La perruque s'arrangea aussi parfaitement, tout marchait à souhait. Elle passa cette dernière journée avec sa sœur, sous prétexte de fatigue, prétexte qui lui servit encore pour se retirer de bonne heure le soir. Marie ne l'entretint que de ses espérances et de ses joies. L'ambition s'était éveillée chez elle ardente, insatiable, à défaut de l'amour, dont elle était désabusée. Elle gouvernerait le royaume, son mari était vieux, elle prendrait sur lui tout empire ; elle voulait qu'on l'adorât en Pologne. C'était là la belle maîtresse de Cinq-Mars !

Quand l'heure fut venue de se retirer, la princesse Anne hésita un instant, puis elle embrassa sa sœur, ce qu'elle ne faisait jamais, ce n'était pas l'usage alors, si ce n'est comme étiquette. La princesse Marie lui demanda en riant d'où venait cette cérémonie.

— C'est une idée, ma sœur, une fantaisie si vous voulez. — On voit bien que vous êtes malade, vous avez des caprices ; portez-vous mieux demain, nous avons cependant bien causé ce soir.

Anne remonta à sa chambre, commença à s'habiller, ce vêtement lui seyait à merveille, elle posa son chapeau sur l'oreille comme un raffiné, prit des airs de matamore et s'étudia à marcher en cavalier galant, regardant les femmes sous le nez et lâchant le *palsembleu !* à chaque minute.

Quand elle fut complètement habillée, elle se couvrit d'un manteau couleur de muraille, comme un page en bonne fortune ; elle bourra ses poches de bijoux et d'or ; prenant hardiment son parti, elle descendit l'escalier, sauf à être rencontrée ; elle traversa les vestibules, les cours, sans regarder derrière elle, rencontra même des gens de la maison, qui ne la reconnurent point et marcha jusqu'à la herse du même pas sûr et cadencé, nul ne la regarda ; personne n'eut de soupçon, cependant son cœur battait bien vite. Les grandes dames de la Fronde, on le voit, se promenaient aussi bien en pourpoint et en haut-de-chausses qu'en cotillons, elles ne s'effrayaient guère, ainsi Madame, ainsi la princesse Marie, maintenant la princesse Anne, des trois la plus résolue certainement. Nous ne parlons pas ici de la duchesse de Chevreuse et de cent autres qui n'y regardaient pas de si près. Les chevaux et monsieur D'Ardoise se trouvèrent au rendez-vous, quand la princesse arriva, il ne la reconnut pas, il ne s'attendait point à la voir seule.

C'est moi, monsieur, lui dit-elle, en touchant le bord de son chapeau, avec autant d'impertinence que l'aurait fait le duc de Guise lui-même.

Monsieur d'Ardoise ôta son feutre dont les plumes balayèrent la terre.

— C'est bon ! répliqua-t elle vivement, est-ce qu'un gentilhomme salue son page de cette manière ? vous me ferez reconnaître.

Il voulut l'aider à monter à cheval, elle y sauta presque sans s'appuyer.

— Je vous ai dit de ne point vous embarrasser de moi, monsieur, et maintenant, au galop ! d'ici douze heures il ne nous est pas permis de nous reposer.

Ils coururent toute la nuit, les relais étaient disposés, ils n'eurent point à attendre ; à huit heures du matin ils étaient bien loin. Monsieur d'Ardoise, épuisé, suppliait la princesse de prendre quelque repos ; quant à elle, la pâleur de son teint indiquait seule sa fatigue, elle semblait construite avec du fer.

— Non, lui répondit-elle, j'irai deux heures encore, il faut être à l'abri des poursuites.

Le gentilhomme se remit en route, un peu étonné de cette singulière allure ; elle courut jusqu'à midi, puis arrivée dans un petit village, elle se trouva hors d'état d'aller plus loin, demanda un lit d'abord, un bouillon ensuite. Elle dormit quelques heures, après lesquelles elle se réveilla, non pas plus reposée, mais plus fatiguée, au contraire, et pour ainsi dire hors d'état de se remettre en route ; la désolation la prit, comment faire ? que devenir ? dans une auberge, dans un cabaret plutôt, où elle manquait de tout, et, d'ailleurs, ce n'était pas pour rester en route qu'elle était partie.

— Si nous pouvions seulement arriver à Besançon, répétait le gentilhomme désespéré, au moins madame aurait des secours ! — Ce n'est pas de secours qu'il s'agit, monsieur, c'est d'arriver. Attendons un peu, ce soir, peut-être, nous pourrons partir.

Mais ils ne pouvaient plus marcher ainsi, ils ne trouvaient plus de relais, la poste n'était encore organisée que sur les grandes routes. Il fallut donc acheter des chevaux, monsieur d'Ardoise se chargea de ce soin.

— Si vous m'en croyez, madame, nous changerons nos habits pour de plus communs ; ayons l'air de bons campagnards, consentez à passer pour mon frère et personne ne nous remarquera.

La princesse Anne répondit que pour qu'on ne les regardât point, elle s'habillerait en charbonnier, si c'était nécessaire.

— Que j'arrive ! que j'arrive ! répétait-elle à chaque instant.

Le soir, par un effort suprême, elle parvint à monter à cheval.

— Vous ne le pouvez pas, madame, reprenait le gentilhomme effrayé de tant de courage. — Je le veux, répondit-elle.

Chez Anne de Gonzague, cette parole répondait à tout.

Il était six heures quand ils se mirent en chemin, marchant au pas, affectant des allures calmes et tranquilles tant qu'ils purent être rencontrés.

— Nous nous en vengerons cette nuit, disait Anne avec impatience. — Mais, madame, il ne faut ni nous tuer ni tuer nos chevaux. — Et qu'importe la vie ! — Madame, si vous mourez vous ne verrez plus monseigneur.

Ce raisonnement fort simple la calma un peu, ils marchèrent en silence jusqu'à la nuit et ils arrivèrent à l'entrée d'une forêt considérable, dans laquelle ils tournèrent au moins une heure. Monsieur d'Ardoise fut forcé d'avouer qu'il perdait son chemin.

— Vous en étiez si sûr ! s'écria Anne en colère. Qu'allons-nous devenir maintenant ? et si des voleurs nous attaquent, s'ils me prennent mes bijoux, mon argent, qu'arrivera-t-il ? — Madame, je me ferai tuer pour vous défendre. — Je n'en doute pas, mais ensuite, quand vous serez mort ? quand ils m'auront désarmée ? quand ils s'apercevront que je suis une femme ? Ah ! monsieur, vous nous avez perdus.

Les craintes de la princesse n'étaient que trop bien fondées, il n'était pas une forêt à cette époque qui n'eût sa bande de voleurs ; quelques-unes même en renfermaient trois ou quatre selon leur étendue, sans compter les partisans, les soldats sans solde, débandés et cherchant leur vie aux dépens des voyageurs ; sans compter même, ce qui était pis encore, les troupes du roi peu disciplinées, qui détroussaient les passants en manière de récréation.

Ils avancèrent néanmoins dans la direction la plus droite, tout doucement, évitant de parler, faisant le moins de bruit possible ; l'obscurité augmentait à chaque instant sous ces grands arbres, il était difficile d'y rien voir. De temps en temps ils s'arrêtaient pour écouter, tout leur paraissait suspect : une biche effrayée qui s'enfuyait, un oiseau de nuit courant sous le feuillage. Anne marchait la première, elle l'avait voulu ainsi.

— Je crains moins un ennemi en face, disait-elle, au moins j'ai le temps de le voir ; mais celui qui vient par derrière sera maître de moi avant que je le combatte. — Et ceux qui viennent à côté, dit une voix, en même temps qu'on lui mettait la main sur l'épaule, qu'en pensez-vous, mon jeune cadet ?

XV — LE DANGER

Avant que la princesse eût pu répondre, elle et son compagnon étaient entourés, désarmés, mis à bas de leurs chevaux, malgré la résistance de M. d'Ardoise. Anne ne s'était jamais trouvée à pareille fête, ils étaient au milieu d'une douzaine d'hommes, dont ils ne pouvaient distinguer le visage et dont les voix se perdaient dans l'immensité de la forêt, car ils ne se gênaient point pour parler bas ; on voyait qu'ils se sentaient en force. Cependant la princesse ne perdit pas la tête, la seule chance qui lui restât étant de demeurer maîtresse d'elle-même ; elle n'essaya point de se défendre et chercha à écouter, pour savoir à quelles gens elle avait à faire.

— Qui diable êtes-vous? lui dit une grosse voix, la même qui avait déjà parlé, et comment vous aventurez-vous à pareille heure dans nos domaines ? — Nous sommes égarés, répondit Anne, se hâtant de prendre la parole, afin de rester maîtresse de la situation. — Vraiment, vous êtes égarés ! et d'où venez-vous ainsi? — De bien loin ; mon frère et moi, nous arrivons de Lyon. — Et vous allez ? — A Besançon, où nous avons des parents. — Vous prenez là une drôle de route, vous lui tournez le dos. — Je vous ai dit que nous étions égarés. — Qu'alliez-vous faire à Besançon ? — Voir notre oncle. — Êtes-vous riches ? — Nous le serons un jour. — Mais à présent que portez-vous sur vous ? — L'argent de la route, pas davantage. — C'est bien, nous verrons cela. Et ton frère est-il donc muet, mon jeune coq ? — Monsieur, dans les grandes occasions, c'est toujours moi qui parle. — Tu ne sais donc pas qu'on se bat de ce côté? — On se bat ! s'écria la princesse effrayée, non plus pour elle, mais pour M. de Guise, et qui donc se bat, s'il vous plaît? dites-le-moi, je vous en conjure. — Que sais-je, moi ! les grands seigneurs, le comte de Soissons, le duc de Bouillon, le duc de Guise, tout cela contre le roi. — Oh ! laissez moi passer, je vous en conjure. — Et qui t'appelle ? veux-tu t'aller battre aussi? — Oui sans doute, certainement, je viens pour cela, prenez tout ce que je possède, laissez-moi mon cheval et quelques pistoles et permettez-moi de partir. — Non pas, sans que nous ayons vu ton visage et que nous sachions à qui nous parlons. — Parbleu ! ce jeune homme m'intéresse, reprit un autre, il n'a pas l'air poltron comme ce grand imbécile qui se tait ; s'il y a moyen de faire quelque chose pour lui, j'y consens volontiers.

En disant cela il battait le briquet et cherchait à se procurer de la lumière.

Le danger que la princesse avait couru jusque-là, n'était rien en comparaison de celui qui la menaçait, si les brigands reconnaissaient son sexe ; ils étaient peu scrupuleux dans leurs actions, et les crimes de ce genre ne les effrayaient pas. Elle eut un moment d'anxiété terrible lorsque le chef de ces brigands, saisissant la torche qu'on venait d'allumer, la porta à son visage et l'examina en détail.

— Une jolie figure, dit-il, et bien jeune, le pauvre enfant ! ce serait dommage. Il me rappelle mon fils. Je ne veux point qu'on lui fasse de mal. Qu'il paye sa bienvenue et qu'il passe. Nous le mettrons nous-mêmes sur sa route, afin qu'il ne s'égare plus.

Anne tira la bourse, fort bien garnie, qu'elle portait dans la poche de son justaucorps ; ses bijoux étaient heureusement serrés sur sa poitrine.

— Prenez vous-même, dit-elle en la tendant au chef, mais laissez-moi au moins de quoi arriver. — Parbleu ! dit un de ces hommes en l'interceptant au passage.

Le capitaine lui donna un coup sur le bras, qui fit tomber la bourse : l'argent s'éparpilla.

— Que nul n'y touche ! s'écria le capitaine, c'est à moi de faire les parts.

Il ramassa lui-même les pièces, les compta aussi tranquillement qu'un marchand dans sa boutique, et puis il dit :

— Le tiers m'appartient, n'est-ce pas? Le tiers au trésor commun : vous laisserez bien au jeune voyageur l'autre tiers, afin de faire une bonne action une fois en votre vie.

Il y eut quelques murmures ; le regard du capitaine les fit cesser.

— Cela vous portera bonheur, vous dis-je ; d'ailleurs, je ne vous enlève pas son compagnon, et de celui-là toute la dépouille vous appartient.

Cette justice les satisfit, ils parurent moins irrités ; mais la princesse frémit à l'idée de se retrouver seule au milieu du chemin, et le sort de M. d'Ardoise la faisait trembler ; elle risque quelques mots en sa faveur.

— Tais-toi, enfant, et remercie Dieu de ce que tu nous échappes ; quant à ton frère, nous ne le rendrons pas sans rançon ; tu vas vers ta famille ; elle doit être riche, si j'en juge par la bourse que tu portais ; qu'elle fasse un effort et qu'elle le rachète ; d'ici là, il ne lui sera fait aucun mal. — Et combien vous faut-il pour ce rachat? — Il me semble que six mille livres ne sont pas un trop gros poids pour de bons bourgeois comme vous. Apportez-les le jour de la Saint Jean, à l'adresse qui te sera donnée, tu reverras ton frère sur-le-champ. Si tu ne l'apportes pas, et que mes hommes soient de mauvaise humeur, je ne te réponds plus de lui. Maintenant, faites-vous vos adieux et pars.

La position de la princesse était terrible. Il y avait presque autant de danger d'un côté que de l'autre ; elle allait se trouver seule, dans un pays inconnu, marchant du côté des armées, ainsi qu'on venait de le lui dire. Cette rencontre n'était sans doute pas la dernière qui l'attendait ; elle était maintenant sans compagnon, sans guide, sans défenseur, n'ayant pas d'autres armes que son petit poignard, caché dans sa ceinture, et, cependant, il fallait avancer, et peut-être elle arriverait trop tard. Elle hésitait donc, lorsqu'une seconde invitation du chef lui rappela qu'il fallait se décider.

— Allons, encore une fois, en route ! je te conduirai moi-même jusqu'à la sortie de la forêt ; le jour ne tardera pas à venir, il faut que cela finisse. Dis adieu à ton frère, et partons.

Anne se décida, dans l'impossibilité de faire autrement.

— Adieu, mon frère, cria-t-elle ; soyez tranquille, je ne vous oublierai pas : vous serez racheté. — Dites à notre patron que je réparerai ma faute ; mon cœur saigne en vous voyant partir seul, et Dieu est témoin que j'aimerais mieux mourir ; mais j'ai les mains liées, et il faut me soumettre.

Le capitaine prit la bride de son cheval, lui donna un coup de houssine et le fit marcher.

— Partons, dit il, nous n'avons pas de temps à perdre.

Anne était de ces personnes dont la résolution ne faiblit jamais ; un de ces caractères auxquels les dangers n'inspirent ni regrets ni craintes. En se trouvant ainsi seule, la nuit, seule au milieu d'une forêt, avec un homme souillé de tous les crimes, sans doute, elle ne songea pas à se repentir d'avoir abandonné le foyer de sa sœur, la protection de sa famille et de la société, pour se réunir à l'homme de son choix.

— Pourvu que j'arrive, pourvu que je le voie, se répétait-elle, que m'importe le reste !

Le capitaine continua à lui faire des questions auxquelles elle répondit avec la même prudence. Il marchait à pied à côté d'elle, cherchant à voir son visage ; peut-être concevait-il des soupçons qu'il n'avait point encore manifestés, ou peut-être cette voix douce et charmante, maintenant qu'il l'entendait mieux, frappait-elle son oreille pour la première fois.

La princesse respirait à peine ; cet homme était hideux et féroce ; il lui racontait ce qu'il appelait ses hauts faits, examinant l'effet qu'ils produisaient sur elle. Elle eut assez de courage pour faire bonne contenance ; elle rit même de ses plaisanteries, jusqu'à ce que les premiers rayons du jour trahissent la pâleur de ses traits.

— Te voilà pâle comme un linge, mon enfant, dit cet homme. — Je n'ai point dormi, répondit-elle, et je n'y suis point accoutumée, et puis, j'avoue que j'ai eu peur, sans vous je passais un vilain moment.

Ils furent bientôt sur la lisière du bois, le jour les éclairait en plein.

— Adieu, dit cet homme, je te quitte ; il ne serait pas prudent pour moi d'aller plus loin. Prends garde à une mauvaise rencontre, et n'oublie pas ta rançon.

Là-dessus il tourna le dos, et rentra dans le bois ; elle en fut donc quitte pour la peur.

Elle marchait sur la route, déjà plusieurs passants se montraient. En la voyant sortir en si triste équipage, d'une forêt de mauvais renom, ils s'informèrent s'il ne lui était rien arrivé. Anne était prudente, elle répondit qu'elle n'avait vu personne, mais qu'elle s'était égarée, puis elle demanda le chemin du premier village, et tous les renseignements possibles pour continuer sa route jusqu'à Besançon. Son joli visage, sa jeunesse inspiraient à tous de l'intérêt ; elle parvint ainsi à un hameau, aux premières maisons duquel elle s'arrêta, implorant un déjeuner, quelques heures de repos et un guide.

— Je paierai bien tout cela, ajouta-t-elle.

A ces mots, toutes les portes s'ouvrirent ; ce fut àqui la recevrait, à qui lui offrirait ses services ; elle se trouva bientôt installée dans un assez bon gîte relativement au dénûment des autres. Quelques heures de sommeil lui rendirent sa liberté d'esprit.

Pendant qu'elle dormait, un grand événement se passait près d'elle; une troupe de cavaliers, commandée par un officier du roi, s'était arrêtée dans le hameau. L'officier s'établit juste dans la même maison qu'elle, il commanda son repas, et, comme on lui dit qu'il ne se trouvait rien au logis, il fut très courroucé en voyant à la cheminée une volaille, que tournait très proprement un petit garçon.

— Comment, belître, vous n'avez rien! et pour qui donc ce chapon gras, s'il vous plaît, que vous le refusez à un capitaine de Sa Majesté? — Pour un jeune voyageur qui l'a bien payé, monsieur le capitaine. — Raison de plus, s'il l'a payé, je le prends, consentant toutefois à lui en laisser sa part, et c'est très généreux, convenez-en. Où est-il? — Dans sa chambre. — Appelez-le donc, le rôti est cuit à point, j'ai d'excellent vin dans mes sacoches et, pour le peu qu'il soit bon compagnon, nous passerons une soirée agréable.

Au même instant la porte s'ouvrit et la princesse parut. A l'aspect de l'étranger elle se recula vivement en arrière, mais il courut à elle, lui saisit la main et l'attira jusqu'au milieu de la chambre.

— De par le ciel, je vous verrai, mon drôle, qui cherchez à fuir les gens.

D'un revers il fit sauter son chapeau qu'elle avait avancé sur ses yeux.

— Ah! s'écria-t-il subitement, que Dieu me pardonne, c'est madame la princesse Anne de Gonzague!

XXVI — L'ATTENTE

En se voyant reconnue, la princesse, à son tour, leva les yeux sur le capitaine.

— C'est vous, M. de Sancerre, lui dit-elle, en tâchant de conserver une apparence trompeuse. — C'est moi, en effet, madame, désolé de la triste mission que j'ai à remplir et encore plus de ce que vous êtes venue vous livrer vous-même lorsque je vous cherchais. — Vous me cherchiez! et par l'ordre de qui? — Par l'ordre de son Éminence. — Mon départ est donc connu à Paris, ainsi que le but de mon voyage? — Depuis plus de huit jours. — Il y en a à peine six que j'ai quitté Nevers, et pas plus de sept que j'y suis décidée. — On vous a devinée, sans doute. Tout ce que je puis vous dire, c'est que j'ai reçu l'ordre de garder ces frontières et d'empêcher madame la princesse Anne de Gonzague de les franchir. — Que devez-vous faire ensuite? — Prévenir son Éminence que vous êtes en mon pouvoir. — Ah! dit-elle, les honnêtes gens sont-ils donc plus cruels que des voleurs! — Comment cela?

Elle lui raconta son aventure de la nuit, la promesse qu'elle avait faite de racheter le pauvre d'Ardoise; mais quand le capitaine lui demanda avec empressement où l'argent devait être déposé.

— Je ne le révèlerai point, répondit-elle, ce n'est pas dans la crainte de leurs menaces, bien qu'ils m'aient fait d'horribles serments de vengeance si je trahissais leur secret. J'ai promis de me taire, cela suffit. Je ne veux point d'ailleurs livrer à la mort ceux qui m'ont épargnée.

Le capitaine fit de nouvelles instances, auxquelles elle répondit toujours de la même manière.

— Il me faut maintenant, madame, accomplir le reste de ma mission, à mon grand regret, je vous prie de le croire. Pardonnez-moi, je vous en conjure, mais vous le savez, un soldat n'a que sa consigne. Veuillez me remettre tous vos papiers. — Venez les prendre! répondit hardiment la princesse, tirant son petit poignard de sa ceinture. — J'y serai forcé, madame, si vous ne me les donnez pas de bonne grâce; vous me mettez au désespoir. — Vous n'aurez pas bon marché de moi, monsieur, je vous en avertis, je suis forte, résolue, je suis armée, un bon coup de poignard est tout ce que vous pouvez attendre. — Mon Dieu, madame! d'un seul mouvement je vous l'arracherais ce poignard, ne jouons pas ce jeu-là. — Vous n'oseriez porter la main sur moi. Une femme! une princesse! le Cardinal n'a point ordonné... — Rappelez-vous que le chancelier Séguier est allé chercher une lettre jusque dans la gorge de la reine, madame, rappelez-vous aussi qui en avait donné l'ordre. Croyez-moi, ne me réduisez pas à des extrémités aussi cruelles pour moi que blessantes pour vous.

Anne jeta sur la table, avec un mouvement d'humeur très-convenable, la boîte qui contenait ses bijoux. Le capitaine l'ouvrit, sans cérémonie, et après l'avoir examinée soigneusement, il la repoussa vers elle.

— Ce n'est pas cela, madame, continua-t-il, vos amis les voleurs ne vous ont point dépouillée de ces trésors, ce n'est pas moi qui vous les ôterai. Les lettres, s'il vous plaît, les lettres!

La princesse, poussée à bout, tira de sa poche son véritable trésor, celui auquel elle tenait plus qu'à tous les écrins du monde, un petit paquet de papiers attachés d'une faveur rose, elle les suivit d'un air mélancolique, entre les mains du soldat brutal qui les lui arrachait presque de force.

— Vous serez témoin, madame, que vos secrets ne seront point violés et que M. le Cardinal seul en prendra connaissance. Dans ce maudit service que je fais ici, je marche comme le chancelier, escorté de mon conseiller chauffe-cire, il ne me manque plus que les sceaux. Holà! qu'on vienne!

Un laquais d'armée entra, la pire espèce des laquais, à cette époque.

— Qu'on appelle le secrétaire.

Un petit homme vêtu de noir se présenta, d'un aspect obséquieux et servile.

— Vous allez, monsieur, cacheter sur-le-champ, devant moi, ce paquet de lettres et l'adresser à M. le Cardinal. Il ne doit être ouvert par personne, faites-y donc le signe particulier indiquant une dépêche confidentielle. Vous le joindrez à la lettre que je vais écrire, et vous veillerez à ce qu'un de nos hommes soit prêt à partir dans une demi-heure pour Paris. Prenez le plus sûr, le plus robuste, Miroit, par exemple. Il ne faut pas s'arrêter en route, son Éminence attend.

Le secrétaire exécuta immédiatement ce qui lui était prescrit, ensuite il recommença ses révérences et sortit de la cabane.

Ainsi qu'on le peut penser, la princesse ne fit pas honneur au repas. Elle garda un silence obstiné, malgré les invitations de M. de Sancerre qui, tout heureux d'avoir rempli sa mission, cherchait cependant à en adoucir les suites. Il l'entoura de soins, d'hommages, avec des façons qui sentaient bien plus l'homme de cour que l'homme de guerre. Son respect n'eût pas été plus profond s'il eût eu l'honneur d'être admis à sa table à l'hôtel de Nevers. Il refusa de s'asseoir, il voulut la servir et ne mangea point avec elle.

— A quoi bon ces vaines cérémonies, monsieur? je suis votre prisonnière, et je n'attends de vous autre chose que ma sûreté; mettez-vous ici, satisfaites votre soif, mes pensées me nourrissent et je ne prendrai rien ce soir. — Du courage, madame, du courage! ne vous laissez point abattre ainsi; que pourrait-il vous arriver? vous serez probablement reconduite à Paris, probablement réinstallée dans l'hôtel de Nevers, avec prière de ne point le quitter. Vous y recevrez à l'ordinaire vos parents, vos amis, la cour et la ville, les beaux esprits. Vous attendrez ainsi que le temps coule, et que la liberté complète vous soit rendue, je ne vois pas là grand sujet de pleurer. — Ah! monsieur, vous ne savez pas où j'allais, quels intérêts m'appellent, vous ne savez pas.. — Pardonnez-moi, madame, je le sais parfaitement. — Oui, vous croyez sans doute, comme tout le monde, que Anne de Gonzague, de Mantoue et de Clèves, éprise d'une folle passion a quitté la maison de son père pour suivre un amant. Non, non, mille fois non, je remplis un devoir. Celui que je vais rejoindre est mon mari. Dieu a reçu notre foi, les témoins ne manqueront pas pour l'attester, vous parlez à la duchesse de Guise. — Je n'en doute pas, répondit-il en s'inclinant, ou du moins je ne doute pas que vous n'en soyez très persuadée. — Monsieur!.. — Mon Dieu, madame, tout soldat que je suis, et bien que je n'entende rien à ces matières, je n'ignore pas cependant que M. de Guise étant archevêque, pourvu de plusieurs abbayes, ne peut avoir contracté un mariage valable, avec qui que ce soit, surtout avec sa cousine-germaine. — Monsieur, il avait des dispenses. — Qu'il s'était données à lui-même, car les bulles du pape n'ont pas été publiées.

Anne baissa la tête.

— Pardonnez-moi, madame, écoutez les paroles d'un vieillard, ancien serviteur de nos princes, auxquels vous tenez de si près. J'ai peur que vous n'ayez agi bien légèrement, j'ai peur qu'on n'ait abusé de votre bonne foi et de votre jeunesse. Vous n'aviez ni guide, ni conseil, Dieu vous a enlevé votre père et votre mère, il vous a laissée orpheline, et moi j'ai toujours pitié des orphelins. Excusez, madame, ce mot de pitié vous blesse peut-être, je suis trop libre sans doute... — Non, non, dites, murmura la princesse, dans l'esprit de laquelle une triste lumière se faisait. — Madame, M. de Guise est certainement un noble et excellent seigneur, mais il est bien jeune, il est mal conseillé, il a les passions vives, indomptables et peut-être... — N'insultez pas M. de Guise, monsieur, c'est la seule chose que je ne puisse endurer. Mais au fait, je ne sais pourquoi je vous écoute, si je suis perdue le mal est irrémédiable, il faut me soumettre et me taire, qu'ordonnez-vous de moi pour ce soir? — Hélas! madame, je vous ai blessée, je le craignais, car ma main est rude, mes manières sont brusques et je suis peu accoutumé à parler aux dames. — Tout-à-l'heure pourtant vous étiez plus doucereux qu'un petit-maître, et le courtisan le plus accompli n'eût pas montré à la reine un savoir-vivre plus exquis, une déférence plus respectueuse. — Les Sancerre sont de bonne race, madame, j'ai passé ma jeunesse à la cour, je m'en souviens quelquefois, mais l'habitude reprend le dessus. — Enfin, monsieur, où dois-je aller? — Où il vous plaira dans cette maison et dans ce village, madame, vous y commanderez et tout vous obéira tant que vous ne chercherez pas à en sortir. Demain, si vous y consentez, nous irons de compagnie à un château de mien ami, situé à quelques lieues d'ici, où on vous offrira une hospitalité plus digne de vous, jusqu'à ce que l'on sache où vous devez vous diriger. — Je n'ai ni le droit, ni l'envie de m'opposer à rien, monsieur, faites ce que l'on vous ordonne. Ne pourrais-je avoir des habits de mon sexe? à présent que je suis reconnue, ceux-ci me pèsent et me fatiguent, et pour me présenter demain chez vos amis, je tiens à paraître ce que je suis, en dépit de ma disgrâce. — Vous en aurez, madame, soyez tranquille.

La princesse rentra chez elle et se coucha, non pas pour trouver le sommeil, mais pour chercher le repos; elle passa la nuit la plus pénible, des craintes de toutes sortes l'agitaient. La plus grande, la plus violente de toutes était ce doute soulevé en sa conscience par M. de Sancerre. Jusque-là, ni Marie, ni Bénédicte, seules personnes avec lesquelles elle eût parlé de son mariage, n'en avaient conçu le moindre. Ces jeunes créatures, aussi confiantes qu'elle-même, en avaient cru la parole du duc et rien ne leur avait appris à s'en défier. Mais, si M. de Sancerre disait vrai, ces nœuds, qu'elle croyait indissolubles, ne l'étaient pas : un caprice pouvait les rompre, et l'absence n'amènerait-elle pas ce caprice? Les bulles secrètes dont il s'était dit possesseur, qui le faisait libre à l'insu de tous, et qui tranquillisaient sa conscience, auraient-elles menti? Elle eût cru l'offenser en demandant à les voir, d'ailleurs son mariage précipité n'avait pas permis de les produire.

Quant au mystère de son arrestation, il n'était pas facile à deviner. Son agent, auquel elle avait confié des lettres, avec l'imprévoyance de la jeunesse, avait pu les perdre, ou être trahi lui-même. Son projet d'évasion était connu, puisqu'elle le laissait entrevoir elle-même, et il n'était pas difficile de prévoir le chemin qu'elle prendrait.

— Peut-être n'en veulent-ils qu'à ma correspondance, se dit-elle, mais ils y verront le secret de mon mariage, ils y verront le certificat du chapelain, de Bénédicte, et alors! Dieu seul peut dire ce que fera le Cardinal.

Vers le matin, elle s'endormit et trouva quelques heures d'oubli dans le sommeil.

On la réveilla à neuf heures, une jeune paysanne lui apportait des habits, sinon entièrement convenables à son rang, au moins tout-à-fait semblables à ceux dont les femmes de qualité se servaient en voyage. Elle l'aida à s'habiller, et lorsque la princesse voulut lui donner un salaire, elle refusa.

— Non, madame, dit-elle, gardez cela, l'argent des prisonniers porte malheur à ceux qui le reçoivent, et quand vous serez dans un couvent, il vous servira pour tâcher de vous sauver. — Dans un couvent! me mène-t-on dans un couvent? — On le dit, madame, c'est le bruit des soldats et du village, parce que vous allez rejoindre votre mari, ou... — Ou mon amant, n'est-ce pas? — Dame! vous le savez mieux que moi. — Un couvent, se dit Anne, un couvent, où je serai enfermée, sans nouvelles, loin de lui, non, non, plutôt la mort.

L'accueil qu'elle fit à M. de Sancerre se ressentit de ces dispositions. Lorsqu'il la salua, lorsqu'il lui demanda si son bon plaisir était de se mettre en route, elle le regarda fixement.

— Quel est le nom du gentilhomme chez lequel nous nous rendons? — Saint-Maixent, madame. — N'a-t-il point quelque parente abbesse, ou quelque frère chanoine?

Le capitaine comprit le but de cette question.

— Sur Dieu et mon âme, madame, vous pouvez vous confier à moi. Je vous conduis chez un homme qui vous défendrait envers et contre tout, si c'était nécessaire, à moins que ce ne soit contre les ordres du roi ou de Son Eminence. Quant à vous enfermer dans un couvent, ainsi que vous semblez le craindre, j'aimerais mieux me couper le bras. Vous n'êtes point un oiseau pour ces sortes de cages. N'ayez donc aucune crainte, madame, et suivez-moi, si toutefois, je le répète, c'est votre bon plaisir.

XXVII — BESANÇON

Madame de Gonzague, en arrivant au château, y fut reçue avec les honneurs, la bienveillance la plus respectueuse. La famille de M. de Saint-Maixent se composait de sa femme et de trois charmantes filles. La princesse trouva une sorte de consolation dans cet accueil. Cependant sa mélancolie fut loin de se dissiper quand, après un séjour de deux semaines au château, aucune réponse n'y était encore parvenue. M. de Sancerre envoyait chaque matin au village, où il avait laissé sa compagnie et rien ne paraissait encore.

— Ils vont me laisser ici mourir de chagrin, sécher d'impatience, disait-elle à madame de Saint-Maixent, qui cherchait à lui donner quelque espoir. Je ne sais qu'augurer d'un tel retard, si ce n'est pour prolonger mon supplice ; à quoi me destine-t-on? — M. le Cardinal n'a jamais été cruel envers les femmes. Voyez madame de Chevreuse, son ennemie, il s'est contenté de l'exiler. — Ah ! puisse-t-il en faire autant pour moi ! Je quitterais avec joie ce pays subjugué, où il n'est pas permis d'avoir une pensée à soi, où les gentilshommes sont devenus une troupe d'esclaves, conduits par le dernier d'entre eux.

Le soir de ce jour cependant, un courrier se montra dans l'avenue. Anne n'eut pas la force d'aller au devant de lui. Malgré son énergie, ses forces s'étaient usées dans l'attente, elle ne pouvait plus supporter cette émotion, à présent que le moment en était venu.

— Madame! madame! s'écria le bon Sancerre, après avoir lu les premières lignes, vous êtes libre. — Quoi! libre! répéta-t-elle, ne pouvant y croire.—Oui, libre de vous rendre où il vous plaira, libre de rejoindre M. de Guise, si toutefois vous le jugez encore nécessaire. — Pourquoi changerais-je de dessein? — Il y a de grandes nouvelles. Si vous en croyez mon expérience, vous retournerez à Nevers. — Voyons vos nouvelles, monsieur. — On a livré une grande bataille. — Mon Dieu! M. de Guise a été tué! — Non, madame, il se porte à merveille et n'a pas reçu une égratignure, mais M. le comte de Soissons est mort. — Pauvre prince! et comment? — Il a péri dans le combat, ou plutôt après. Il y a sur cette mort un mystère que je ne me permettrai pas d'approfondir. — Et M. de Guise? — Il est sauvé. — Mais où est-il? — M. de Guise, madame? il est dans les Pays-Bas, et il commande un des corps d'armée de l'empereur. — Est-il possible! — Oui, M. de Guise combat contre sa patrie, M. de Guise a accepté, a sollicité un emploi de nos ennemis. Fidèle à l'esprit de sa maison, il va lutter encore contre le sang de nos rois, ainsi que l'ont fait ses ancêtres, mais la punition ne s'est pas fait attendre. — Comment? l'a-t-on donc arrêté? — Non, madame, rassurez-vous, seulement le parlement de Paris, par un arrêt du 6 septembre dernier, a déclaré Henri de Lorraine, duc de Guise, criminel de lèse-majesté, on l'a condamné à mort, par contumace.— A mort! mon Dieu, est-il possible.— L'arrêt a été exécuté le 11, continua Sancerre impassible, M. de Guise est donc incapable de rentrer en France, d'y reprendre jamais son rang et sa position. Il est étranger maintenant ; d'ailleurs la maison de Lorraine ne l'a-t-elle pas toujours été? — Et pour moi, qu'a dit M. le Cardinal? — Voici ce qu'on m'écrit :

— « Quant à madame la princesse Anne, comme on » insistait pour la faire ramener ici sous bonne escorte :

— » Laissez, qu'elle s'en aille, dit-il, M. de Guise a de bons » bénéfices et qui me reviendront s'il l'épouse. » — Ah! M. le Cardinal a dit cela! — Il a agi d'après ces paroles, car, je vous l'ai annoncé, madame, vous êtes libre, vous pouvez partir tout-à-l'heure, vous pouvez rejoindre le prince, ou retourner à votre château. Je vous donnerai même une escorte, qui doit vous accompagner où il vous plaira, c'est à vous de choisir. — Je vous remercie, monsieur. Ordonnez donc que tout soit prêt ce soir et que demain dès l'aube, je me mette en route pour Besançon. — Vous y êtes bien décidé, madame? — Oubliez-vous, monsieur, que le jour de la Saint-Michel approche et que ce jour je dois... — Ah! oui, le pauvre d'Ardoise! pourvu qu'il soit encore vivant!

Le lendemain, Anne dit adieu à ses hôtes, les remercia mille fois de leur accueil et les quitta le cœur plus léger, quoique bien affligée encore. M. de Sancerre voulut commander lui-même son escorte. Il s'intéressait vivement à elle et il croyait lui devoir cette marque de déférence. Il l'interrogea indirectement pendant la route, qu'elle fit à cheval, à côté de lui, sous ses habits d'homme, faute d'avoir pu se procurer un carrosse et aussi pour moins attirer l'attention. Elle ne lui répondit que par monosyllabes.

En se séparant d'elle, à la frontière, il ne put s'empêcher de lui dire :

— Prenez garde, madame, encore une fois, prenez garde! il est encore temps de retourner en arrière, mais le Rubicon franchi, vous ne le pourrez plus. Peut-être vous repentirez-vous amèrement de ce que vous allez faire. Au nom du ciel! réfléchissez. Vous êtes encore bien jeune, ne perdez pas votre avenir, ayez pitié de vous-même et de ceux de votre maison.

— Merci, monsieur, merci, j'apprécie, je comprends vos motifs, vous ne pouvez lire dans mon cœur, ou plutôt vous ne consultez pas le vôtre. Il vous dicterait sans doute d'autres sentiments. Abandonner les malheureux est toujours une action blâmable; lorsque les malheureux vous sont si proches, elle devient une infamie. Vous ne me la conseilleriez pas. Adieu, monsieur, je n'oublierai pas vos bons procédés, et si jamais je puis quelque chose pour vous, demandez-le, vous êtes sûr de l'obtenir.

Deux des hommes de l'escorte avaient obtenu un sauf-conduit pour escorter *madame la duchesse de Guise*, tel est le nom qu'elle prit en mettant le pied sur les terres de l'empire.

— Mon mari est malheureux, dit-elle à l'officier qu'on envoya au-devant d'elle, dès-lors je ne me cache plus.

On lui rendit tous les honneurs possibles en cette qualité, bien que beaucoup de gens fussent disposés à lui disputer le droit de le prendre. Elle écrivit et signa toutes ses lettres ainsi, prit l'établissement et l'équipage de duchesse de Guise, et dans tout Besançon elle ne fut pas connue sous un autre nom.

Son premier soin fut de se procurer la somme nécessaire à la délivrance de M. d'Ardoise. Elle l'attendait avec impatience; car lui seul pouvait aller trouver son maître, lui seul pouvait lui servir d'intermédiaire et régler définitivement sa position. Elle prit les précautions recommandées pour que les six mille livres se trouvassent sûrement. Elle les porta elle-même, sous son déguisement masculin. L'homme qui les reçut lui était parfaitement inconnu et semblait ignorer ce dont il s'agissait.

— C'est aujourd'hui le 29 septembre, dit-elle, je viens acquitter une dette, mais je ne vois point celui auquel je dois la payer.

Sans lui répondre, l'étranger ouvrit une porte, M. d'Ardoise parut, escorté du capitaine.

— Vous êtes de parole, mon beau jeune seigneur, dit celui-ci, et si vous en aviez manqué, nous savons à présent où vous reprendre. Voici votre *frère*, et il appuya sur ce mot. Le voici sain et sauf, tel que je vous l'ai promis. Voici également la somme, il y a plaisir à traiter des affaires avec vous ce ne sera pas la dernière, j'espère. — J'espère bien au contraire, en avoir fini avec ce genre de commerce-là. — Ah! quelle erreur est la vôtre, et combien vous connaissez peu la vie dans laquelle vous entrez! Nous nous reverrons, vous dis-je, et plutôt qu'on ne le croit. En attendant adieu. Mes gaillards m'attendent, et, bien que je sois tout-à-fait en sûreté et hors des fourches caudines de Sa Majesté le roi de France, je n'aime pas à rester loin d'eux. — Ne feriez-vous pas mieux de vous fixer ici, de devenir honnête homme avec ces six mille livres et d'abandonner les coquins à eux-mêmes? — Tiens! fit le capitaine, voilà une drôle de proposition, jeune homme, vous m'invitez à devenir honnête en commençant par voler six mille livres. Croyez-vous d'abord qu'il n'y ait pas de probité chez nous?

Cette question fit sourire la princesse. Très-pressée de se trouver seule avec d'Ardoise, de l'interroger, de le faire partir surtout, elle adressa quelques paroles d'adieu à son ancien créancier, et sortit de cette maison.

— Oh! madame, que de reconnaissance! dit le gentilhomme, comment vous la prouver? — L'occasion n'en est pas éloignée, il faudra retourner bientôt vers M. le duc, lui dire que je suis ici, prendre ses ordres pour notre réunion. Il doit être bien malheureux, pour s'être mis au service de l'Espagne. Je brûle de le rejoindre, et, si je puis l'arracher à cette fatale pente, je m'estimerai trop heureuse. — Je partirai dès demain. Pourtant je ne crois point que vous puissiez tirer Monseigneur d'où il est. Pendant toute la vie du Cardinal, il ne rentrera pas en France. Mon hôte, qui nous quitte, et qui est un homme singulier, a vu et su bien des choses. Il a été domestique de la plupart des seigneurs de ce temps-ci. Voici ce qu'il me disait l'autre soir : Dès le commencement de la puissance du Cardinal, ou du moins de son abus, il y eut un conseil pour le mettre à bas, composé de Monseigneur, de MM. de Montmorency et de Bassompierre. Chacun proposa un expédient pour s'en débarrasser. M. de Montmorency opina pour la mort. M. de Bassompierre pour la prison. M. de Guise pour l'exil. Or, voyez, madame, M. de Montmorency a été décapité. M. de Bassompierre est à la Bastille. M. de Guise est exilé. *Dent pour dent, œil pour œil*, selon le proverbe romain Son Eminence ne permettra pas à Monseigneur de rentrer. — Raison de plus pour que j'aille le rejoindre.

Anne expédia en effet le gentilhomme à son mari, en lui recommandant de faire toute diligence, de revenir la chercher au plus vite et de tout préparer chez le duc pour la recevoir. Une fois qu'il fut parti, elle se trouva presque tranquille, bien qu'elle ne pût bannir des pressentiments douloureux. Elle voyait peu de monde à Besançon, l'arrivée de madame de Chevreuse, qu'on lui annonça et qui courait l'étranger pour faire des ennemis à Richelieu, lui apporta cependant une distraction de laquelle elle se promit bien de profiter.

XXVIII — LES EXILÉS

Madame de Chevreuse, bien qu'elle fût belle encore, commençait néanmoins à n'être plus jeune. Elle avait rempli l'Europe entière de ses charmes et de ses galanteries. Elle venait à Besançon pour tenter de voir si elle n'y organiserait pas quelque bonne conspiration près de la frontière. La place était commode, le Cardinal devait en attendre au moins quelque embarras et n'eût-elle réussi qu'à cela, c'était déjà beaucoup pour la haine de la duchesse, à défaut de mieux.

Elle s'empressa de chercher madame de Guise et de lui donner son titre auquel elle paraissait tenir. Veuve du connétable de Luynes, premier favori de Louis XIII, femme du duc de Chevreuse, prince de la maison de Lorraine et par conséquent parente par son mari de mademoiselle de Gonzague et de M. de Guise, Marie de Rohan était une de ces femmes dont l'intrigue est la vie, pour qui une existence simple et tranquille eût été le pire des supplices. Amie intime de la reine Anne d'Autriche, elle subissait l'exil pour l'avoir trop bien servie, disait-elle, pour l'avoir mal conseillée, assurait-on.

Aussitôt qu'elle aperçut Anne, elle se jeta dans ses bras, l'embrassa avec effusion, l'appela sa cousine et son amie, en se félicitant mille fois de l'avoir rencontrée.

— Il n'y a pas moyen de vivre en France, lui dit-elle, on ne peut parler ni rire à son aise, sans voir l'échafaud dressé. Ah! si j'étais aussi bien un gentilhomme que je suis une femme, je me dévouerais pour la bonne œuvre de délivrer le roi, de nous délivrer tous. — Prenez garde, madame! de semblables propos portent malheur. — Non point ici, j'espère, où nous sommes chez nous, avec les bons Espagnols. J'espère arriver bientôt à lui apprendre, à cette Eminence, que de près ou de loin, je suis de ces gens qui n'oublient point. — Et lui aussi il a une terrible mémoire! — Je le connais, ma cousine, je ne le connais que trop. Cet homme est le fantôme de mes nuits et de mes jours, jamais homme aimé n'a obtenu de moi une pensée aussi continuelle que ce vieux podagre. Mais laissons-le un instant, nous le reprendrons plus tard. Causons de nous, de vous surtout. Vous avez fait les exploits d'une héroïne, on ne parle d'autre chose dans toutes les cours. M. de Guise doit en être fier. Vous l'aimez donc bien!

Cette tête folle de madame de Chevreuse, hors sa haine pour le cardinal, ne se fixait jamais une minute de suite à la même idée.

— Nous nous verrons souvent, n'est-ce pas? Vous me raconterez vos aventures et je vous donnerai des conseils, à votre âge vous en avez besoin, car la position est grave, épouser un archevêque! — Il ne l'était plus, madame. — Il ne l'avait même jamais été dans l'acception du mot. Je le sais bien, mais il l'était juste assez pour qu'il n'y eût point de duchesse de Guise; c'était ce que l'on demandait. Aimez-vous le bal? N'en donnerons-nous pas? — Eh! madame, je n'y pense guère. — Il y faut penser, ma toute belle. Si vous vous morfondez dans la tristesse, M. de Guise ne vous aimera plus. N'allez pas le prendre par les grands sentiments, mon cher cousin, il a bien autre chose en tête. Cela peut lui convenir quelques jours, mais cela passe vite. — Cependant à Paris... — Oui, vous vous aimiez comme dans les romans, disait-on, c'était charmant ainsi. Cependant pour que cela dure, croyez-moi, prenez une autre manière, c'est un changement qui souvent préserve d'un autre. Les hommes s'y trompent, ils se figurent qu'ils sont inconstants et cela leur plaît. A dater de ce jour les princesses ne se quittèrent plus. Anne, qui aimait l'esprit, trouvait dans celui de madame de Chevreuse une piquante distraction. Elle la recherchait et la faisait parler, mais son bon sens, lui tenant lieu d'expérience, se refusait à suivre les avis erronés de la duchesse. Elle voyait, elle comprenait combien son étourderie, sa hardiesse sans calcul, avaient compromis sa position et son parti. Elle se conduisait donc plutôt par son inspiration que par les conseils de son amie. Celle-ci lui fit raconter à plusieurs reprises l'histoire de ses amours. Depuis quelques soirées surtout, elle l'interrogeait avec un soin minutieux sur les moindres circonstances.

Madame de Chevreuse était bonne, au milieu de ses extravagances, elle avait un coin de son cœur, que, comme un sanctuaire, elle conservait au souvenir et n'ouvrait jamais aux profanes. Au milieu de ses nombreuses fantaisies, la duchesse avait aimé une fois véritablement, cet amour ne s'effaça jamais, et, si le comte de Chalais eut de nombreux successeurs, il n'eut point de rivaux.

Anne commençait à s'étonner, à s'inquiéter même des nombreuses questions et de la persistance de la duchesse. Elles étaient seules, elle venait de raconter encore et son mariage et ses suites; madame de Chevreuse, appuyée sur son fauteuil, réfléchissait et ne disait mot. La nuit était venue, elles ne demandaient pas de lumière, toutes les deux en proie à cette rêverie douce qui n'est pas de la douleur, mais qui y touche plus qu'à la joie.

— C'est que, ma chère cousine, reprit la connétable, j'étais bien aise de savoir tout cela pour vous dire de prendre garde à vous. — Comment? qu'y a-t-il? — Rien sans doute, mais il y aura. Le Cardinal a mis sa griffe sur vos amours et il les emportera, s'il ne les ensanglante pas. Je le sais, moi, dont il a tué le cœur. — Il vous a donc bien fait souffrir? — Si j'ai souffert! Ah! serais-je ce que je suis sans ces souffrances? — Le comte de Chalais, n'est-ce pas? — Oui, le comte de Chalais!... — J'étais très-jeune quand cela arriva, j'étais au couvent, je n'en ai rien su de positif. — Et vous avez envie de le savoir, peut-être? — Sans doute. — En effet, nous vivons si vite à présent que cette catastrophe sanglante, à peine âgée de quelques années pourtant, est oubliée aussi profondément que le déluge. Eh! bien, je vous dirai tout. Je vous ouvrirai mon cœur, ainsi que vous m'avez ouvert le vôtre, et peut-être, j'en doute! mon expérience vous servira-t-elle à quelque chose. — Avant de commencer, madame, répondez-moi à une question. Donnnez-moi votre parole qu'aucune nouvelle fâcheuse ne vous est parvenue sur M. de Guise, car vos réticences me tourmentent, et je ne puis m'empêcher de croire que vous me cachez quelque chose. — M. de Guise se porte bien, et ne court aucun danger. — M'aime-t-il toujours? — Quant à cela, je l'ignore, et c'est ce que la suite nous apprendra. — C'est là qu'est la question. Madame la duchesse, vous en savez plus long que moi à cet égard. — Je connais mieux les hommes que vous, mon enfant, cela est vrai, je connais peut-être mieux aussi M. de Guise, parce que je ne l'ai jamais aimé d'amour, ce cher neveu. Ah! le pauvre M. de Chalais n'était point ainsi, et l'on s'est hâté de me l'arracher. Je le regretterai toute ma vie. — Je vous écoute, madame, et je suis très-empressée de savoir. — Eh! bien, j'étais veuve, je m'ennuyais, je n'osais pas encore m'amuser alors, on me remaria avec M. de Chevreuse, parce que ma famille le voulut, et que je n'avais rien de mieux à faire. M. de Chevreuse, vous le connaissez, il n'est ni bien ni mal, c'est un prince de la maison de Lorraine, on n'en demanda pas davantage, c'était tout à la cour, ce fut tout pour moi. J'étais déjà près de la reine, qui s'ennuyait encore bien plus que moi, quoiqu'elle ne fût pas veuve, et Dieu sait les rêves que nous organisions ensemble. Son imagination espagnole ne s'arrangeait guère du roi, notre sire, froid et triste, ainsi que vous le savez.

Vous connaissez la reine, mais vous ne la connaissez pas telle qu'elle était en ce temps-là. Au lieu de ses airs de mélancolie, de sa dévotion, de sa sévérité, Anne d'Autriche s'occupait incessamment de galanterie et de toilette, jamais femme n'a été aussi aise d'être belle que celle-là. Et pour ce qu'elle en faisait!

Le hasard me fit rencontrer un jeune gentilhomme de la maison de Périgord, dont on parlait dans toutes les ruelles. Nouveau débarqué à la cour, il n'était pas encore connu, c'était le comte de Chalais. Il avait eu cependant un duel contre Pontgibault, beau-frère du comte de Lude, il alla l'attendre sur le Pont-Neuf, lui fit mettre l'épée à la main et le tua. Ce duel avait fait beaucoup de bruit et fixait l'attention sur le comte de Chalais.

Je m'ennuyais beaucoup à cette époque, je vous l'ai dit, je savais par cœur tous les hommes de la cour; le nouveau venu piqua ma curiosité, il devint amoureux de moi, je l'écoutai pour faire quelque chose, et, sans m'en apercevoir, je l'aimai.

La mode était, plus qu'aujourd'hui encore peut-être, de conspirer contre le Cardinal; on n'y avait pas encore été pris, on ne connaissait pas les griffes de ce lion qui, jusque-là, les avait rentrées. Monsieur eut la première idée, puis les princes de Vendôme et, tout naturellement Chalais, poussé par moi, se mit de la partie.

Le Cardinal était alors à sa terre de Fleury. Le projet fut simplement celui-ci: les princes et les gentilshommes devaient s'y rendre sous un prétexte quelconque, et assassiner le Cardinal comme on avait assassiné le maréchal d'Ancre.

Tout était prêt pour l'exécution de ce dessein, lorsque le pauvre Chalais se mit en jalousie d'un parent de M. de Luynes, que je recevais souvent. Nous nous brouillâmes, à mon grand désespoir, car je l'aimais véritablement. J'avais enrôlé ce petit provincial dans la conspiration, Chalais le savait et se mourait d'envie de le voir pendre. Le commandeur de Valençay, son cousin, qu'il avait initié et qui s'effrayait de l'exécution, le tourmentait depuis quelques jours pour tout aller révéler au Cardinal; il eut la faiblesse d'y céder, c'est-à-dire de laisser faire le commandeur.

Après cette délation, le Cardinal, avec son adresse ordinaire, permit aux oiseaux de s'envoler avec la ficelle à la patte. Il prévint le roi, celui-ci lui donna plein pouvoir. Le duc d'Anjou, c'est-à-dire Monsieur, qui n'était point encore duc d'Orléans, devait épouser mademoiselle de Montpensier, notre parente, la plus riche héritière de l'Europe, du moins c'était le désir du roi et du Cardinal, car le jeune prince s'y opposait de toutes ses forces. Messieurs de Vendôme l'encourageaient dans sa désobéissance. Il fallait donc s'en débarrasser, ce qui n'était pas facile; les deux frères étaient puissants: l'un gouverneur de Bretagne, et l'autre grand-prieur de France.

Monsieur de Richelieu avait si bien pris ses mesures que, le jour voulu, à trois heures du matin, les princes furent arrêtés dans leur lit et conduits au château d'Amboise. Lorsque Chalais avait assisté à la dénonciation du commandeur, poussé par un remords, il avait demandé à l'Eminence la promesse que personne ne serait inquiété pour cette conspiration avortée. Peu de temps après, nous nous raccommodâmes; il m'avoua tout, je lui fis honte de sa trahison, il me jura de la réparer, et, dès que messieurs de Vendôme furent sous les verrous, il écrivit courageusement au Cardinal de ne plus compter sur lui. Puis il alla trouver M. le duc d'Anjou, s'offrit à lui comme son serviteur, et se remit à conspirer de nouveau. Je l'y poussai de toutes mes forces, j'étais heureuse de voir mon amant devenir un héros; je le présentai en secret à la reine, l'appelant son champion le plus sûr; il m'aimait tant, le pauvre jeune homme! qu'il oublia les dangers et se jeta à corps perdu dans la rébellion.

Pendant ce temps, Louvigny, cadet de Grammont, son ennemi personnel, alla dénoncer au Cardinal ses menées et les miennes. Il y ajouta, ce qui n'était point vrai, que Chalais voulait assassiner le roi. Cette dénonciation, pour servir à quelque chose, devait se rattacher à plus haut que lui. Il fallait compromettre la reine, il fallait prouver son intelligence avec les Espagnols, intelligence qui n'existait pas, car elle avait toujours refusé de se mêler de rien, ne demandant qu'à être débarrassée de son ennemi. Tous les espions furent lâchés; on en envoya en Belgique, qui parvinrent à s'emparer d'une lettre qui compromettait le comte de Chalais; une autre lettre, adressée au roi d'Espagne, lui demandait directement de faire un traité avec la noblesse française opprimée par le ministre. Les réponses arrivèrent, on les lut avant nous. Nous ne nous doutâmes de rien, nous ne connaissions pas encore cet homme, son infernale adresse.

Le jour même où la lettre du roi d'Espagne arriva, M. le duc d'Anjou la vit. Chalais ne me quitta qu'à l'aurore; en sortant de chez moi, il fut mis en prison.

Le grand crime de Chalais était surtout son esprit caustique, il se moquait de tout le monde, en particulier du roi, qui le savait et qui le haïssait mortellement. L'occasion était belle, Louis XIII ne la laissa point échapper; je savais tout cela, je compris qu'il était perdu, que sa mort était jurée. La cour se tenait alors à Nantes, la reine et Gaston se mouraient de peur; quant à moi, je l'avais entraîné, je jurai de le sauver ou du moins de tout faire pour cela et de ne prendre aucun repos avant que d'y être parvenue. J'écrivis à sa mère d'accourir cette sainte et noble femme allait m'aider à solliciter les juges, se jeter aux pieds du roi, risquer les démarches hardies que ma position m'interdisait.

On me défendit de voir le prisonnier, mais je ne vivais plus loin de lui, et, à force d'or, un geôlier complaisant me vendit une entrevue. Dans quel état je le trouvai ! le procès s'instruisait devant le parlement de Bretagne, il sortait d'un interrogatoire, où il avait nié avec énergie le projet d'assassiner le roi. Ce projet ne fut point le nôtre en effet; Chalais se jeta à mes genoux, me conjura de venir à son secours, et m'assura que jamais idée semblable n'était approchée de lui; comme si je ne le savais pas, comme si toutes ses pensées n'étaient pas émanées de la mienne ! Il était faible, je le savais, je l'aimais pour cela, peut-être !

— Je ne veux pas mourir, me disait l'infortuné jeune homme, je suis ici comme un cerf pris au piége, je sens que rien ne peut me sauver, et à mon âge on aime la vie : la vie que vous m'avez faite si belle, ma duchesse; la vie si pleine d'enchantement, de gloire, d'amour. Oh ! sauvez-moi, sauvez-moi !— Eh bien ! lui dis-je, il y a peut-être un moyen, je dirai tout, je rachèterai votre tête de mon honneur, ces princes pour qui nous nous sommes sacrifiés et qui nous abandonnent, ne méritent plus de ménagements; j'irai trouver le Cardinal, et, pour avoir le secret de la reine, il me donnera votre tête.

Chalais n'avait point assez de noblesse dans le cœur pour arrêter l'effet de mon désespoir. Il aimait la vie pardessus tout, et cependant ce n'était point un lâche. Il se jeta à mes genoux dans sa reconnaissance. En ce moment même, le geôlier se précipita tout effaré dans la chambre, me montra une espèce de cabinet mûré, et me dit :

— Jetez-vous là-dedans, madame, un émissaire de Son Éminence vient visiter le prisonnier.

Je n'eus que le temps d'obéir, j'étais placée de manière à tout voir et à tout entendre; le geôlier referma la porte. La voix qui frappa mon oreille me fit tressaillir, c'était celle du ministre : heureusement j'étais là.

— Monsieur de Chalais, dit-il, vous tenez à la vie, je le sais, je vous connais de longue date ; à cause d'un caprice de votre maîtresse, vous m'avez, autrefois, dénoncé vos amis. Aujourd'hui, si vous le voulez, vous pouvez sauver vos jours. Acceptez l'accusation telle qu'elle est formulée : reconnaissez-vous coupable de complot avec l'Espagne, d'attentat contre la vie du roi. Avouez que la reine et Monsieur sont vos complices pour ces deux crimes, et, fort de cet aveu que je vous demande, je vous fais évader secrètement dès demain et conduire à la frontière.

A ces paroles un frisson me saisit, je sentis que Chalais allait peut-être céder, je sentis que s'il cédait je ne l'aimerais plus après cette lâcheté, et je voulais l'aimer, je voulais sauver sa vie, la résolution prise tout-à-l'heure, le moment était venu de l'exécuter, sans réfléchir davantage je poussai la porte et je parus. Le Cardinal fit un mouvement de surprise qu'il réprima aussitôt.

— Je devais vous attendre ici, me dit-il. Il est beau de vous voir consoler les malheureux ; je suis seulement bien aise d'apprendre comment les prisons de sa Majesté sont gardées. Madame n'est pas de trop, comte, elle pourra même aider à votre déposition, si vous oubliez quelque chose, elle vous le rappellera.

— C'est moi qui parlerai, monsieur, car c'est moi qui sais tout, il n'était que le bras, j'étais la tête.

Le Cardinal eut de la peine à réprimer un mouvement de joie.

— Et combien, madame, vendez-vous un pareil secret? — Rendez-le-moi, monsieur, répondis-je en montrant le comte, protégez notre fuite, et ensuite, vous n'entendrez plus parler de nous. — C'est pour rien, j'aurais mauvaise grâce à marchander. — Que voulez-vous donc savoir, monsieur? interrogez-moi, je répondrai. — Y a-t-il un complot contre la vie du roi? — Non, mais contre la vôtre. — Y a-t-il eu un traité avec les Espagnols? — Oui, monsieur. — Quelle part le duc d'Anjou a-t-il eue dans tout ceci? — La plus grande. — Et la reine? — Tout contre vous, rien contre le roi et le pays. — Mais, madame, ce n'est pas là ce dont nous sommes convenus. — Comment donc, monsieur, vous demandez la vérité, je vous la dis tout entière, que vous faut-il encore?— Il me faut une vérité qui me serve, sans cela ce n'est pas la peine de la payer si cher.

J'eus un moment d'anxiété terrible ; ma position était affreuse, il me fallait accuser la reine, ma maîtresse, mon amie, de crimes dont elle n'était pas coupable, ou laisser mourir mon amant. Je ne répondis rien, je reculai devant le crime. Chalais me regardait d'un œil suppliant ; le Cardinal voyait la lutte, il connaissait la puissance de l'amour, il espérait.

— Je ne puis ! je ne puis ! dis-je enfin d'une voix faible. Chalais poussa un soupir.

— Choisissez, madame : votre amitié pour la reine, votre fidélité vous honorent ; mais regardez la question sous toutes ses faces ; pour se sauver, la reine n'hésitera pas à vous perdre ; ferez-vous donc moins pour votre amant qu'elle ne ferait pour elle-même? — Ah ! mon Dieu ! mon Dieu ! m'écriai-je, ayez pitié de moi. — La reine était-elle complice de tout ceci? répéta la même voix calme et sonore. — Eh bien ! monsieur, m'écriai-je, ce supplice est au-dessus de mes forces, je m'avoue vaincue; oh ! je vous supplie; je vous en conjure ! soyez satisfait de cette victoire, et n'en exigez pas davantage. Contentez-vous de voir la duchesse de Chevreuse à vos genoux, laissez-nous libres, laissez-nous fuir. Nous irons au bout du monde cacher notre amour et notre folie ; ennemi généreux, n'abusez pas de votre triomphe, ne vous déshonorez pas à nos propres yeux.

Richelieu m'écouta sans sourciller et me laissa ployer le genoux; un sourire sardonique errait sur ses lèvres.

— Madame, reprit-il, je vous ai donné à choisir entre la vie de M. de Chalais et l'amitié de la reine.

Cette âme de marbre n'avait pas une hésitation. Alors, que vous dirai-je? je perdis la tête, je l'accablai d'injures, je vidai mon cœur. Je rendis, en ce moment affreux, le salut de Chalais impossible par l'acrimonie de ma haine ; si j'avais eu une arme, je le tuais.

—Non, je n'en dirai pas davantage, m'écriai-je enfin; non, dussiez-vous me livrer à la torture, je ne livrerai pas l'innocence. Je sais que votre vengeance m'atteindra tôt ou tard, je sais que vous le tuerez pour me punir ; mais son sang en arrosant la terre deviendra fécond ; il vous fera naître mille ennemis, et ce que celui-ci n'a point fait, un autre le fera. Adieu.

J'ouvris la porte, je me précipitai dans le corridor, et je sortis de la prison.

Je me rendis chez la reine que je trouvai tout en larmes.

— Madame, lui dis-je, je vous ai sauvée, mais j'ai perdu M. de Chalais, attendez-vous à toutes les persécutions ; quant à moi je me retire, et je ne m'occupe plus, désormais, que d'arracher à la mort celui que j'aime, si toutefois il en est encore temps.

Le lendemain, à son réveil, le roi vit entrer dans sa chambre le Cardinal avec un papier ouvert ; c'était une déclaration de M. de Chalais, attestant tout ce que j'avais refusé d'avouer. Son déshonneur était accompli ; cependant le roi garda le silence, même avec la reine, ainsi qu'il avait promis au Cardinal, mais son ressentiment n'en fut que plus fort, pour être concentré. Monsieur en éprouva les premiers effets ; il reçut l'ordre d'épouser sur-le-champ mademoiselle de Montpensier ; il vint encore à bout de négocier, et se fit donner de riches apanages ; il demanda si timidement la vie de Chalais, que le Cardinal ne se crut point en droit de lui donner une réponse positive. Le contrat fut signé ; le jour même madame de Chalais arriva. L'arrêt venait d'être rendu ; il était condamné à la question ordinaire et extraordinaire, a avoir la tête tranchée, le corps coupé en quatre parties; cela fait frémir.

Madame de Chalais écrivit au roi; il lui répondit une longue lettre toute de sa main ; cette lettre lui ôtait toute espérance; elle modifiait le supplice ; elle le condamnait seulement à avoir la tête tranchée. Elle alla alors vers le Cardinal, bien que je lui eusse dit que c'était inutile; il ne la reçut même pas, et ne voulut rien entendre.

Cette mère, la plus sublime, la plus admirable de toutes les mères, vint alors vers moi ; elle me montra la lettre du roi, me raconta ses tentatives avortées.

— Et maintenant, me dit-elle, que me reste-t-il à faire pour sauver mon fils?

— Ecoutez, madame, lui répondis-je, j'avais un dernier moyen; nous allons y avoir recours ensemble. Deux bourreaux sont à Nantes, celui de la cour et du Parlement, il faut qu'ils disparaissent tous les deux ; prenons notre or, nos bijoux, notre fortune tout entière s'il le faut, qu'ils soient tous les deux demain bien loin de Nantes, alors, faute de bourreaux, nous obtiendrons un sursis, pendant ce temps, il s'échappera, Dieu le sauvera peut-être.

Madame de Chalais prit un voile, je m'enveloppai dans le mien ; nous partîmes à pied, seules, nous nous engageâmes dans les rues tortueuses de Nantes, jusqu'à ce que nous eussions trouvé ces hommes dont dépendait notre vie. Ils se laissèrent toucher par nos larmes, par nos présents surtout. Le soir même, nous les fîmes enlever par des gens sûrs ; la cour et la ville apprirent avec surprise que l'exécution devenait impossible faute de bourreaux. Mais le Cardinal ne se laissait point ainsi arracher sa proie ; monsieur de Chalais, voyant qu'il ne tenait point ses promesses, s'était rétracté; il avait nié hautement ses déclarations précédentes, et se retournant vers le garde des sceaux :

— Maintenant, messieurs, je suis prêt à mourir.

Le Cardinal trouva un soldat condamné à mort, et lui promit sa grâce s'il consentait à exécuter Chalais : le soldat accepta avec empressement. On vint donc à dix heures annoncer au comte qu'il n'avait plus que quelques instants à vivre; il eut un moment de désespoir auquel il s'abandonna, suivant la faiblesse de son caractère.

— Et seul, s'écriait-il, je suis donc seul!

La porte s'ouvrit et il vit entrer sa mère, dont il ignorait la présence à Nantes. Elle était suivie d'une de ses femmes, ainsi qu'elle en avait obtenu la permission, cette femme c'était moi, déguisée de manière à ne pas être reconnue. Il se jeta dans les bras de sa mère et pleura abondamment.

— Je viens vous aider à mourir, mon fils, dit la comtesse, c'est moi qui vous ai mis au monde, je recevrai votre dernier soupir.

On nous laissa seuls ensemble, je m'avançai alors.

— Oh! s'écria-t-il, vous aussi! je puis mourir maintenant.

Nous restâmes à peu près un quart-d'heure dans ces adieux dont jamais je ne vous rendrai le déchirement et le désespoir. On vint enfin nous avertir que tout était prêt, il fallut se mettre en route. Madame de Chalais voulut accompagner son fils, et je la suivis. Il marchait entre son confesseur et sa mère, suivant son fils unique à la mort. Quant à moi, enveloppée dans mes coiffes, je souffrais tellement que j'ignore comment j'ai pu y survivre.

Arrivés au pied de l'échafaud, nous montâmes les degrés avec lui. Chalais tenant ma main, et, appuyé sur l'épaule de sa mère, il s'agenouilla devant le billot, nous nous agenouillâmes aussi. Nul ne me soupçonnait là; un instant après, Chalais se retourna du côté du soldat.

— Frappe, lui dit-il, je suis prêt.

Le soldat, plus tremblant que le condamné, leva son épée et donna un premier coup; il l'atteignit seulement à l'épaule. Sa mère vint l'embrasser, il me sembla que je mourais. Il replaça sa tête une seconde fois, il ne fut encore que blessé; le soldat demanda une autre épée, celle-là était trop légère. Chalais se traîna sur ses genoux et alla poser sa tête toute mutilée sur la poitrine de sa mère, je fus couverte de son sang. On apporta une autre arme, il reprit sa place, je lui vis ainsi donner trente-deux coups, ou plutôt je n'assistai qu'à la moitié de cette boucherie et je m'évanouis. Madame de Chalais eut plus de force, elle resta sans larmes, sans cris ni sanglots, à prier auprès de lui, à soutenir son courage, à lui parler de Dieu. Lorsque sa tête tomba, elle n'était plus reconnaissable, tant le fer l'avait mutilée.

— Et vous avez pu oublier tout cela! s'écria la princesse Anne.

XXIX — LES BRUITS LOINTAINS

Madame de Chevreuse, fortement émue, on le conçoit, par son propre récit, n'entendit pas l'observation de la princesse et, comme celle-ci la répéta un instant après.

— On voit combien vous êtes jeune, ma chère cousine, dit-elle, mais vous apprendrez plus tard qu'en ce monde tout s'efface, tout se confond avec le temps. Vous appelez cela oublier, vous autres qui débutez dans la vie, et tout au contraire nous nommons souvenirs ce coin de notre mémoire et de notre cœur, où tout s'enregistre, où tout se renferme comme dans un livre. Ces pages se feuillettent quelquefois ainsi que je viens de le faire. Souvent aussi le livre est caché et délaissé par les soins de l'existence, par les soucis, par tout ce qui nous occupe malgré nous. Ah! ce n'est point oublier, croyez-moi, et d'ailleurs vous le saurez vous-même, attendez que vous ayez vécu, attendez que M. de Guise vous ait déchiré le cœur, et que le cardinal de Richelieu se soit emparé de vos amours. Peut-être êtes-vous destinée à le voir périr sous vos yeux, assassiné comme mon pauvre Chalais, si vous ou lui avez la faiblesse de vous fier aux paroles de cet homme qui ne pardonne point. J'ai eu confiance autrefois, Chalais a eu confiance et vous voyez où nous sommes tous les deux.— Je ne croirai pas, moi! — Vous m'avez entendue, je vous ai vue frémir à mon récit, mon but est atteint, vous voilà prévenue. Je connais ses ruses, peut-être bientôt s'il a besoin de vous ramener l'un ou l'autre, vous fera-t-il des propositions de paix, des promesses aussi séduisantes que vous les pouvez désirer, cela est possible. Personne excepté lui et le diable ne pourrait le dire. Gardez-vous, défiez-vous, souvenez-vous de Chalais!

Le visage de madame de Chevreuse exprimait, en parlant ainsi, une mélancolie peu ordinaire. Elle essuyait les larmes coulant doucement sur sa joue, et, selon sa nature multiple et changeante, elle était en ce moment aussi pénétrée que la personne la plus remplie de sentiments délicats.

— Écoutez-moi, ma chère enfant, ajouta-t-elle, puisque j'ai commencé le rôle de votre amie, je le continuerai jusqu'au bout. Combien y a-t-il de temps, au juste, que vous n'avez reçu de nouvelles du prince? — Sa dernière lettre est du mois de juin, nous sommes en septembre. — Trois mois par conséquent; il ne faut pas trois mois à un cerveau de cette espèce pour accomplir une folie. Savez-vous ce que j'ai entendu dire? — Oh! ne me faites pas languir et apprenez-le-moi tout de suite, je me doutais qu'il y avait quelque chose. — Il n'y a rien peut-être. Cependant *on dit*. — Eh! bien, que dit-on? — On dit que M. de Guise est en Flandre, éperduement amoureux de la plus belle femme des Pays-Bas. — Ensuite? demanda la princesse en pâlissant. — Ensuite, il paraît que cette femme lui résiste, bien qu'elle réponde à son amour. — Il n'a qu'une chose à faire alors, c'est de la fuir, dit Anne tranquillement. — Il en a encore un autre, c'est de l'épouser. — L'épouser, madame! et moi? — Justement, là est la question. C'est ce qui me fait regarder ces bruits comme une sottise. M. de Guise est assurément un étourdi, un homme de plaisirs, un volage, mais c'est un homme d'honneur, mais c'est un homme incapable d'une lâcheté. Il vous a tout fait perdre, tout sacrifier pour lui, il vous a conduite à l'autel, il a reçu vos serments et vous a donné les siens, il faudrait qu'il fût le dernier des hommes pour invoquer un cas de nullité et vous jeter de côté parce qu'il n'a plus d'amour. Il ne le fera pas. — Croyez-vous, madame, qu'il ne le fera pas? — Non, car il mériterait d'être mis au ban de l'Europe entière, car il n'existerait dans aucune langue aucun mot assez fort pour le flétrir, pour le stigmatiser. Il ne le fera pas, ou nous le renierions tous.

Cette pensée généreuse, si vertement exprimée prouvait chez la duchesse un attendrissement réel; autrement elle, qui connaissait si bien le monde, elle se fût rappelée que pour un homme *heureux*, pour un homme lassé de la possession d'une femme, cette femme devient le dernier des êtres, tous les moyens sont bons, pourvu qu'il s'en débarrasse, pourvu qu'il puisse satisfaire sans obstacle sa nouvelle fantaisie. On ne doit attendre de lui, ni merci, ni pitié. Il faut qu'il soit fortement trempé pour conserver encore un sentiment d'honneur, lorsque c'est d'elle qu'il s'agit. Souvent, c'est le plus souvent, hélas! la foi jurée, les sacrifices, ne sont que des circonstances déterminantes contre elle. Plus on l'a aimée, plus elle a aimé elle-même, plus elle en a donné de preuves, plus on la hait, plus on voudrait pouvoir la briser, c'est un reproche vivant. Oh! quel terrible crime que de n'être plus aimée! Combien on est coupable! combien on mérite d'être punie, pour n'avoir pas su conserver le plus fragile de tous les trésors, l'amour d'un homme blasé!

Les paroles de la duchesse semèrent dans le cœur de la pauvre Anne une de ces inquiétudes que chaque instant augmente et qui se nourrissent de tout. Elle commença à s'informer autour d'elle, on cherchait à lui cacher la vérité. On niait ces bruits vagues, dont la source est inconnue et qui précèdent les grandes catastrophes. Nul ne pouvait dire qui le premier répandit cette nouvelle, on ne nommait pas sa rivale, ce devait donc être une supposition.

— Le Cardinal est bien capable d'avoir fait semer des mensonges pour vous désunir, disait la duchesse. Ne vous alarmez pas encore, attendez. Il a intérêt à perdre M. de Guise, à le calomnier, et certes il n'y manquera pas. — Ah! si d'Ardoise pouvait revenir!—Il reviendra, le temps s'écoule: vous avez beaucoup fait pour lui, d'ailleurs son intérêt le rappellera vers vous. Il n'a plus guère de faveurs à attendre de son maître, au cas où il aurait changé. Celle qui vous remplace éloignera vos créatures. D'Ardoise reviendra.

En attendant, les jours et les semaines se passaient sans qu'il reparût. La princesse, épuisée de douleur et d'impatience, se décidait à aller elle-même en Flandre, pour mettre un terme à ce supplice, madame de Chevreuse la suppliait d'attendre encore.

— Si l'on dit vrai, qu'irez-vous faire là, mon enfant? vous humilier, vous avilir devant un homme qui ne vous mérite pas. Ah! je vous en supplie, restez digne de vous, de votre nom; ne lui donnez pas le triomphe de vous voir à ses pieds, suppliante, abandonnée. A votre âge, avec votre nom, votre beauté! vous trouverez cent partis pour un. — Ma cousine, je me meurs ! — Mourez, mais ne ployez pas. — Vous vouliez bien vous déshonorer pour sauver Chalais ! — Chalais m'aimait éperduement, et M. de Guise ne vous aime peut être pas. — Peut-être ! Et si ce sont des calomnies ? — Du Cardinal, oui, c'est bien possible. Attendez encore, j'irai plutôt moi-même.

Le cardinal était le *dada* de madame de Chevreuse. Elle lui attribuait ses malheurs et ceux des autres. Selon elle il était cause de la moitié au moins des accidents en Europe.

— Si M. de Guise a changé, s'il se couvre de cette honte, soyez sûre que le Richelieu est encore au moins pour beaucoup là-dedans.

Pauvre Cardinal ! obligé de répondre, même de la fidélité d'Henri de Guise.

Cependant les bruits prenaient de la consistance, ils se succédaient et se contredisaient entre eux, mais tous avaient la même source, ou du moins tous se rapportaient. On convenait en général que le prince était dans la plus haute faveur à la cour d'Espagne, qu'il avait tout-à-fait abandonné la France, et qu'il se disposait à contracter une nouvelle alliance, afin de resserrer les nœuds de cette faveur.

Le lettres de Paris disaient la même chose, on ne parlait de cela. Marie, qui avait quitté Nevers presque aussitôt que sa sœur, écrivait qu'elle le tenait de bon lieu.

— Du Cardinal ! répétait madame de Chevreuse.

— « N'en doutez pas, ma chère Anne, rien n'est plus certain. M. de Guise vous a fait une insulte et à tout ce qui » porte votre nom, une insulte telle que, si nous avions un » frère, il faudrait qu'un des deux reste sur la place. Ne vous » amusez pas à l'attendre, croyez-moi, ne vous jetez pas en » spectacle à toute l'Europe, que cette aventure occupe. Retirez-vous à Nevers, jusqu'à ce que le bruit soit éteint, vivez » dans la solitude, auprès de Bénédicte, dont la santé me » donne des inquiétudes. Si Dieu nous la prenait, son abbaye » ne serait pas difficile à obtenir pour vous, et c'est ce qui » vous reste de mieux à faire. »

— Chère sœur ! reprit Anne, après avoir lu cette lettre, combien elle me connaît peu ! Elle a grande envie de reprendre le projet chéri de feu M. le duc de Mantoue, mon honoré père, un seul rameau sur la tige. Ah ! si mon malheur est réel, le monde qui me regarde, à ce qu'il paraît, apprendra à connaître Anne de Gonzague, entendez-vous, madame la duchesse? — Je n'en doute pas, ma chère, en attendant, vous avez encore signé ce matin duchesse de Guise. — Et je garderai ce nom jusqu'à ce que celui qui me l'a donné me le redemande, ou jusqu'à ce que je juge convenable de le quitter.

Une lettre de Bénédicte vint ajouter aux irrésolutions et aux douleurs de la princesse.

— « Malgré mon état de souffrance, bien que je puisse à » peine tenir la plume, ma chère Anne, il faut que je vous instruise de ce qui vient de se passer ici. Je ne sais quel » danger vous menace, mais certainement vous en avez à » craindre en ce qui vous touche le plus, en ce qui vous est » le plus cher. Un seigneur flamand s'est présenté à l'abbaye, » il a demandé le père Soley, celui même qui vous a mariée. » Il l'a demandé non à l'appartement, non au parloir des » étrangers, mais chez lui. Après quelques paroles insignifiantes il a prononcé votre nom, et a déroulé de la part du » gouverneur de Mons, une pancarte demandant à connaître » tous les détails de votre mariage.

» Le père Soley est prudent ! il s'en est référé à mon autorité. On lui a répondu que c'était inutile, et on lui a exhibé » un ordre bien en forme de l'évêque diocésain, lui enjoignant » de donner au comte de Glimberghe tout ce qu'il désirerait » avoir. Il a dû se soumettre. On lui a fait raconter la cérémonie d'un bout à l'autre, on a insisté surtout sur les bulles du » pape, dont M. de Guise s'est prétendu possesseur. Le père Soley a été obligé d'avouer qu'il ne les avait pas vues et qu'il » s'en était rapporté à mes ordres et à la parole du prince. — » Au lieu de recevoir pour cela une admonition, ainsi qu'il » s'y attendait, le comte de Glimberghe l'a félicité de la prudence. C'était une porte laissée ouverte à l'avenir. — » La maison de Guise vous doit une récompense, mon père, » a-t-il ajouté. — » En pareils cas, Monsieur, si javais eu » cette pensée, la maison de Gonzague, dont je suis serviteur, » me devrait un châtiment.

— » Avez-vous fait un acte de célébration, mon père ? — » J'en ai fait trois copies : une remise à M. le Duc, une à » madame la Duchesse, et la minute restée ici, à Avenay, dans » les archives de l'abbaye. — Il me faudrait cette minute. — » Demandez-la à madame l'abbesse. — Je ne dois point la » voir, ce n'est pas dans mes instructions, mais allez, mon » père, la lui demander de ma part.

» Le père Soley m'a tout conté. J'étais fort résolue à ne » point livrer votre acte, mais je voulais voir cet homme et » je lui fis dire de venir le chercher lui-même. Après beaucoup d'hésitation il s'y est décidé. Je l'ai reçu comme » je reçois quand je le veux, quand je me fais trois fois abbesse et princesse ; il a joué aussi serré que moi. Si je » lui ai rien appris, je n'ai pu apprendre non plus. Cependant » j'ai cru comprendre que M. de Guise, ou sa famille, n'étaient pas étrangers à cette enquête.

— » Je ne vous livrerai jamais la seule pièce qui puisse » sauvegarder l'honneur de notre maison, Monsieur et prouver le mariage de ma sœur ; elle est entre mes mains et y » restera, quand même tous les évêques de France m'ordonneraient de m'en démunir. Je suis abbesse d'Avenay, » dame et maîtresse dans mon abbaye, je ne reçois d'investiture que de Sa Sainteté, et Sa Sainteté sait bien qu'un » acte de mariage, célébré dans ma famille et dans mon église, appartient à ma famille et à mon église

» A cette déclaration, le comte s'est levé, m'a saluée jusqu'à » terre et est sorti en ajoutant :

— » La copie nous suffira alors.

» Ce n'est pas la vôtre assurément, il faut donc que ce soit » celle de M. de Guise. A présent que vous savez tout, je vous » quitte, il ne me reste de forces que pour me dire toute à » vous.

» BÉNÉDICTE. »

XXX — LA BLESSURE

— Ne m'avez-vous pas dit que le Cardinal avait pris votre acte avec vos autres papiers? — Sans doute, M. de Sancerre a tout saisi en m'arrêtant. — Alors je tiens le fil, s'écria la Duchesse. Ne vous inquiétez pas. Tout est faux : Richelieu veut déshonorer M. de Guise ; il a inventé cette histoire ; il fait quelque machination infernale, ce n'est pas vrai, croyez-moi, ce n'est pas vrai.

Ces paroles, cette idée assez plausibles, remirent un peu de tranquillité dans l'âme de la princesse. Il est si cruel d'accuser ce qu'on aime ! On est si heureux de lui trouver une excuse ! Elle attendit plus impatiemment encore ce d'Ardoise qui devait justifier le prince, et qui ne venait pas.

Enfin, un dimanche, comme elle sortait des vêpres, on lui dit qu'il l'attendait chez elle.

— Je vous supplie de ne pas m'abandonner, chère madame de Chevreuse, vous avez été si bonne pour moi, vous m'avez montré une amitié si vraie. En ce moment, où peut-être je vais être frappé du plus sensible coup, je désire vous avoir auprès de moi. Votre présence me donnera du courage.

La Duchesse la suivit, la préparant d'avance à son triomphe.

— Vous allez voir que je ne me trompais pas, ajouta-t-elle. — Ah ! madame, si d'Ardoise eût eu de bonnes nouvelles, il serait venu au-devant de moi. Mon cœur me dit que je suis perdue.

Elle entra à moitié morte, n'osant pas lever les yeux sur le gentilhomme. Son salut, sa contenance, tout annonçait qu'elle ne s'était pas trompée. Il garda le silence, elle prit sur elle de le rompre.

— Vous avez bien tardé, monsieur. — Madame !... — Je comprends. Votre mission vous a semblé cruelle et difficile à remplir. Comment se porte Monseigneur? — Parfaitement bien, madame. — Ah ! j'en suis charmée.

Ce sang-froid, ce calme apparent, lorsqu'elle devait avoir l'âme brisée, étonnaient profondément madame de Chevreuse, incapable de se contenir, ni dans une circonstance semblable, ni dans aucune autre. Elle n'osa parler néanmoins, cette dignité imposait même à elle. — Et que Monseigneur vous a-t-il chargé de me dire? — Rien, Madame. — Vous m'apportez une lettre? — Non, Madame. — Quoi ! ni message verbal, ni lettre ! — Ni l'un, ni l'autre.

D'Ardoise était confondu, brisé. Son visage, sa contenance trahissaient une humiliation poignante. Anne ne laissait rien paraître de ce qu'elle éprouvait, seulement sa pâleur augmentait de plus en plus.

— Il est bien étrange, poursuivit-elle, que M. de Guise n'ait rien à faire savoir à la princesse de Gonzague. Vous ne l'avez donc pas trouvé? Vous ne l'avez pas vu? — Je lui ai parlé chaque jour, je l'ai quitté le 11 novembre à midi, et je n'ai pris que le temps indispensable pour arriver près de vous. —

Allons, monsieur, je suis assez préparée maintenant, avouez tout.

Des larmes de rage et d'admiration tombaient sur les joues du pauvre gentilhomme et le suffoquaient.

— Parlez-moi de saint Henri de Sedan, ajouta-t-elle avec un sourire amer, je suis prête à vous entendre. — Vous savez donc, madame? — Moi, monsieur, je ne sais rien. Des bruits qui font de M. de Guise un lâche et un infâme sont venus jusqu'à moi, j'ai refusé de les croire et je ne les croirai que quand des témoignages irrécusables, des faits positifs m'y forceront. Autrement, je me mépriserais trop moi-même d'avoir pu aimer un pareil homme. — Hélas! hélas! madame la princesse. — Monsieur, interrompit la duchesse, pas de ménagement, dites tout. Dans un pareil moment les temporisations sont plus qu'inutiles, elles sont nuisibles. Madame la princesse de Gonzague est une femme de courage et de résolution, elle veut tout apprendre, ne la trompez pas.

D'Ardoise s'inclina et poursuivit :

« Selon vos ordres, madame, j'ai fait la plus grande diligence, et je suis arrivé à Mons en aussi peu de temps que j'en suis revenu. Je trouvai Monseigneur passant une revue dans la plaine, et galopant à la tête d'un gros de cavaliers. Il m'aperçut bien vite : du reste, je ne me cachais pas, tout joyeux des bonnes nouvelles que je lui apportais, je n'avais même pas pris le temps de quitter mes habits de voyage. Je le saluai et je lui tendis votre lettre. Il parut légèrement embarrassé. »

— Après la revue, d'Arboise, après la revue!

» Et piquant des deux, il s'éloigna.

» Je le suivis des yeux, étonné, confondu, et je le vis s'approcher très galamment, les plumes de son feutre balayant ses éperons d'or, d'une dame accompagnée de beaucoup de monde. Cette dame, montant un magnifique cheval blanc, me parut somptueusement vêtue. Je ne pus voir de loin si elle était belle. Je demandai son nom aux officiers qui m'entouraient.

— » C'est, me répondirent-ils, la comtesse de Bossut. — Qu'est-ce que la comtesse de Bossut? — Il faut venir de bien loin pour ne pas connaître la superbe Honorine de Glimes, la fille du comte de Glimberghe, la veuve du comte de Bossut. »

Les deux dames se regardèrent.

— Le comte de Glimberghe! dit tout bas la duchesse, je commence à comprendre.

— « Et quels rapports a monseigneur avec cette dame?

» Les officiers se mirent à rire.

— » Quels rapports Henri de Guise a avec une femme de vingt-deux ans, belle à miracles! Vous le demandez, monsieur! Vous ne le connaissez donc pas?

« Je venais de vous quitter, madame, j'avais vu votre courage, votre dévouement, j'étais témoin de vos larmes et voilà ce qui m'attendait en arrivant. J'approchai de cette dame, nos yeux se rencontrèrent. Peut-être devina-t-elle par un pressentiment du cœur ce que j'étais; elle se pencha sur sa selle et demanda mon nom, comme j'avais demandé le sien. On le lui dit sans doute; elle fit plusieurs questions, qui inquiétèrent M. de Guise apparemment, car, dans un moment où elle ne me voyait pas, il me fit impérieusement signe de m'éloigner. J'obéis. J'avais l'âme navrée.

» J'allai attendre le prince à son logis. Ses valets de chambre ne firent aucune difficulté de m'introduire dans son cabinet. Mais, soit qu'il se doutât de ma présence, soit qu'il se trouvât entraîné ailleurs, il envoya un de ses pages annoncer qu'il se rendait à un château voisin et ne rentrerait que le lendemain soir.

» On me donna une chambre, on me servit comme autrefois, j'interrogeai les domestiques, les gentilshommes, tous me dirent la même chose.

— » Monsieur de Guise ne songeait plus à la princesse de Gonzague depuis qu'il était en Flandre. Il n'en avait pas parlé une seule fois, et ne s'occupait que de la comtesse de Bossut.

» Mauvais augure pour ma mission!

» Le lendemain soir le prince revint. La première personne qui le reçut ce fut moi.

— » Te voilà, d'Ardoise! me dit-il d'un air contrarié. Suis-moi et voyons ce que tu as à me dire.

» Il voulait se débarrasser de moi, je le compris; je le suivis néanmoins jusqu'à sa chambre, où, tout en se faisant déshabiller, il me demanda d'où je venais. Je lui racontai mon voyage de Paris, celui de Nevers, celui que nous avions fait ensemble, et je lui appris enfin que vous étiez à Besançon, attendant sa volonté pour le rejoindre.

— » A Besançon! s'écria-t-il; elle a quitté Nevers, elle a quitté la France! Mais je ne l'ai point demandée, je n'ai pas besoin d'elle ici, elle est folle.

» Pardonnez-moi, madame, je répète ses paroles; vous voulez tout savoir. »

La princesse poussa un profond gémissement.

— Achevez, achevez, monsieur, j'attends. — « Je lui remis votre lettre. Il la jeta sur un meuble.

— » Je lirai cela plus tard. Je sais d'avance ce que cela renferme. Des plaintes, des désolations, des prières de venir me voir, des protestations : les femmes sont toutes semblables, excepté une, ajouta-t-il, en se parlant à lui-même; mais celle-là c'est un ange! »

— Oui, reprit la duchesse d'un ton de sarcasme, celle qu'on aime pour le moment, celle-là est toujours un ange, jusqu'à ce qu'elle devienne un démon.

« Monseigneur commença alors à me parler de toutes choses, excepté de vous, excepté de ce qui m'occupait uniquement. Je cherchai en vain à le ramener où je voulais, il s'en écarta. Un peu plus tard, il me congédia; et, malgré tous mes efforts, toutes mes prières, il m'a été impossible d'obtenir de lui un instant d'entretien depuis lors. Je suis cependant resté à Mons presque malgré lui, en pleine disgrâce, me montrant sans cesse à ses yeux comme un reproche vivant, il détournait la tête.

» J'entendais dire de toutes parts qu'il allait épouser la comtesse de Bossut; je n'y pouvais ajouter foi, et je cherchais à savoir la vérité par tous les moyens possibles. Je vous devais la vie, madame, je ne l'oubliais pas; je jurai de faire au moins tout ce qui serait en mon pouvoir pour vous rendre service, et j'osai même aller jusqu'à la comtesse elle-même. Ce projet me poursuivait depuis quelque temps, je le mis à exécution, malgré ce qui pouvait en résulter pour moi.

» Je me rendis donc un matin chez elle, à l'heure où Monseigneur était ordinairement occupé avec le gouverneur; je les avais vus partir ensemble pour faire le tour des remparts, j'étais tranquille. J'entrai dans l'antichambre de la comtesse, je m'annonçai comme un gentilhomme de M. de Guise; j'insistai pour la voir; on allait m'introduire, lorsque M. de Guise lui-même, libre de ses embarras, entra dans l'appartement. Je fus atterré; j'étais sûr de ne point réussir à présent qu'il était là. Il me demanda d'un ton hautain ce que je voulais.

— » Parler à madame la comtesse, répondis-je. — Qu'avez-vous à lui dire? — Ce que monseigneur refuse d'entendre, répliquai-je hardiment.

» Il se tourna vers les serviteurs de madame de Bossut.

— » Regardez bien ce gentilhomme, reprit-il, il est à moi; c'est un homme brave et honnête; je l'aime fort, mais il a parfois des visions, dont il ennuierait votre maîtresse; chaque fois qu'il se présentera, éconduisez le. Je ne le punirai point de sa hardiesse, mais j'espère qu'il ne recommencera plus.

» Il ne me restait qu'une ressource, j'écrivis. Ma lettre est-elle parvenue à la comtesse? je l'ignore, je n'ai jamais reçu de réponse. Les bruits de mariage prenaient une nouvelle consistance; enfin, le valet de chambre du prince m'avoua que le jour en était fixé, que les bulles étaient arrivées de Rome la veille, sollicitées par le roi d'Espagne, et que cette union se ferait solennellement dans la cathédrale devant l'armée et la ville. »

— Ce ne sera pas sans que j'aie protesté au moins.

« Décidé à tout braver pour vous, à faire entendre ma faible voix jusqu'à la fin, je me postai sur le passage de monseigneur, dans un petit degré qu'il traversait la nuit, en rentrant fort tard de chez la comtesse. Je l'attendis trois heures. Comme il passa devant moi, je pris la liberté de l'arrêter.

— » Encore toi, s'écria-t-il, Laisse-moi donc, fou! — Non point fou, mais dévoué, mais résolu à vous épargner une honte, un crime, si cela m'est possible. Monseigneur, au nom du ciel, au nom de vos aïeux, songez à ce que vous allez faire; songez à ce qu'est la femme que vous quittez, à celle que vous allez prendre! — J'ai songé à tout. Il ne me plaît pas de rendre compte de ma conduite. Cependant, si tu as une mission à remplir, rappelle-toi qu'on quitte une maîtresse pour prendre une femme, et que la qualité de cette maîtresse n'est point une raison suffisante pour qu'on soit obligé de la garder toute sa vie. — Une maîtresse, monseigneur! — Oui, d'Ardoise, *une maîtresse*. Ma cousine est fort jolie, puisqu'il en faut absolument parler; je l'ai beaucoup aimée, elle a eu son tour, maintenant c'est celui d'une autre, qui est autant au-dessus d'elle que les anges sont au-dessus de la terre. »

— Toujours les anges, dit la duchesse.

Anne gardait un profond silence. Appuyée dans son fauteuil, elle écoutait ce récit avec la même tranquillité que si elle y eût été étrangère. La seule marque d'émotion qu'elle donna, ce fut une rougeur et une pâleur alternatives, très-visibles. M. d'Ardoise poursuivit.

« J'essayai les arguments, les reproches; monseigneur eut réponse à tout, sans s'emporter. Je le suppliai de ne pas vous abandonner ainsi, de vous écrire; je lui rappelai ce que vous aviez fait pour lui.

— » Que veux-tu que je lui dise? me répondit-il. Ma cousine est une femme d'esprit, elle comprendra mieux les choses par le silence. D'ailleurs, elle ne lirait pas ma lettre et me la renverrait. »

— Il avait deviné juste, dit madame de Chevreuse.

« Voyant que tout était inutile, il ne me restait plus qu'un devoir à accomplir : je priai le prince de vouloir bien accepter mon congé, ne voulant plus servir un homme qui oubliait ainsi le passé et le dévouement. Il ne s'en fâcha pas.

— » Tu as raison pour moi, car tu me gênes; pour toi, tu as tort, à cause de ta fidélité; je t'aurais mieux traité que les autres; malgré tout, ta hardiesse me plaît. Il va y avoir des coups et des honneurs à gagner. — Monseigneur, je ne saurais tirer mon épée contre la France. — Peste tu es bien délicat, tu ressembles au héros espagnol qu'ils aiment tant ici et qui se battait contre les moulins à vent. Adieu, puisque tu le veux ainsi; nous nous retrouverons plus tard si tu deviens raisonnable, et je te recevrai bien, tu y peux compter.

» Je l'ai quitté; je voulais partir, mais je suis resté jusqu'au bout néanmoins, pour rendre un compte exact à madame la princesse. J'ai assisté le 11 novembre au mariage de monseigneur, je l'ai vu bénir. J'ai presque touché en passant la belle fiancée. Tout est donc fini désormais, bien fini, madame; il ne vous reste que votre courage et votre vertu. »

— Et cette nouvelle duchesse, comment est-elle? demanda madame de Chevreuse.

— « La plus belle femme de toutes les Espagnes, madame, et bonne, et excellente, et spirituelle, et accomplie enfin. »

— La pauvre femme! murmura Anne, qui n'avait pas versé une larme. Je perds un homme sans foi et sans cœur, et elle vient de river une chaîne indissoluble; elle a accompli son malheur. Maintenant à moi de gagner la partie.

XXXI — HÉROÏSME

Si madame de Gonzague eût été simplement une femme de cœur, c'en était fait d'elle en cette occasion. Abattue par sa douleur, incapable de concevoir un plan, de mûrir le ressentiment d'une pareille injure, elle eût suivi le conseil de Marie, la retraite et le désespoir eussent été son partage. Mais Anne avait plus d'esprit, plus de tête que de cœur, elle devait succomber un instant sous un coup aussi terrible, mais se relever ensuite plus hardie et plus forte, plus capable de soutenir la lutte, comme tous les génies aventureux.

Après avoir entendu M. d'Ardoise, elle demanda à la duchesse la permission de se retirer chez elle.

— J'ai besoin de solitude. Je veux réfléchir avant de prendre une résolution; une fois prise cette résolution deviendra irrévocable, il faut donc qu'elle soit très combinée. Demain, chère cousine, demain M. d'Ardoise, vous que je remercie avec tout mon cœur, demain nous reprendrons cet entretien, vous saurez ce que j'ai décidé. Maintenant tout mon être est un chaos, excusez-moi.

Madame de Chevreuse resta quelque temps encore avec le gentilhomme, elle l'interrogea plus longuement.

— Quoi! cette femme est aussi accomplie que vous le prétendez? — Mille fois plus encore. — Tant pis pour elle, si elle est si parfaite, elle le rendra trop heureux et il la quittera. Au moins cette fois les bulles sont-elles vraies? — On les a lues dans l'église avant le mariage, j'ai tout entendu. — Ainsi c'est tout de bon, c'est solide, nous avons une vraie duchesse de Guise. — Hélas! oui.

Peut-être la duchesse, malgré sa bonté élastique, s'imaginait-elle trouver un appui dans son neveu pour quelque conspiration nouvelle auprès de la cour d'Espagne. Les gens de cour sont ainsi, surtout lorsqu'à la légèreté de l'esprit, ils joignent, comme la duchesse, celle du cœur.

Anne parut au rendez-vous donné le jour suivant avec une contenance noble et triste. Ses yeux n'étaient ni rougis, ni baissés, elle accueillit la duchesse avec un demi sourire, et tendit sa main à d'Ardoise pour qu'il la baisât.

— Mon véritable ami, lui dit-elle. — Ah! madame, que vous êtes grande! — Il est certain, continua madame de Chevreuse, que votre attitude est magnifique. — L'Europe me contemple, à ce que dit ma sœur, ne faut-il pas satisfaire l'Europe?

Cette ironie avait, sur ses lèvres pâles, un reflet douloureux.

— Eh bien! qu'avez-vous résolu? demanda la connétable, impatiente comme à un spectacle. — Vous avez bien souffert, madame, n'est-ce pas, des trente-deux blessures du comte de Chalais? M. de Guise vient de m'en faire une qui les passe toutes, je vous le jure, mais vous me l'avez dit souvent, on écrit dans le livre, puis on le referme, on tourne le feuillet et tout s'efface, ou du moins tout s'adoucit. — C'est bien vrai. — Je viens de passer une nuit qui devait me tuer, car j'ai souffert, car j'ai saigné par tous les pores de mon cœur, de mon orgueil, de mon être entier. Cette lutte a été horrible et j'ai vaincu. Maintenant M. de Guise n'est plus pour moi qu'un remords, je ne puis pardonner à ma passion son aveuglement, c'est à elle que j'en veux, à lui, je ne lui fais même pas cet honneur-là. — Bien! très-bien!

— Deux partis me restent : ou m'ensevelir dans la retraite, ou rentrer dans le monde pour y tenter un nouvel établissement, devenu difficile, croirez-vous, et vous ne vous tromperez peut-être pas. Lequel me conseillez-vous, madame la duchesse? — Je vous conseille d'aller à Nevers, d'y rester quelques mois, quelques semaines suffiront même, et ensuite de retourner à la cour, où l'on ne se souviendra plus de rien. Si vous voulez vous marier, il se trouvera encore un parti pour vous, parmi les princes ou les grands seigneurs. — Et vous, monsieur d'Ardoise, quel est votre avis? — Suivez, madame, l'impulsion de votre cœur généreux et de votre puissant esprit, faites ce que vous croirez devoir faire, je suis sûr d'avance que ce sera le mieux. — Merci de votre opinion, j'espère la justifier et la mériter. Je devrais être perdue à jamais, je le sens; mais la réputation revient quand on est jeune, les fautes s'oublient avec le temps qui efface tout, vous le savez, cousine. Il faut être soutenue par des amis puissants, il faut être dans une certaine élévation, et, me sera-t-il permis d'ajouter? il est nécessaire d'avoir quelques qualités qui attirent l'estime. — Tout ceci est juste. Vous raisonnez comme une personne dont le cœur est à jeun, et Dieu sait pourtant! — Il n'est plus ivre, il ne s'enivrera plus, c'en est fait. J'ai été mille fois plus affligée dans le premier moment de la perfidie, dont on payait la plus vive tendresse, que des propos dont je dois être victime. A présent, j'ai banni les regrets. Je vais partir pour Paris, dans un aussi bref délai qu'il sera possible d'en mettre pour me préparer un équipage digne de moi, il ne faut pas laisser croire que la douleur m'a empêchée d'y songer. Aussitôt mon arrivée, je verrai le Cardinal. — Le Cardinal! Jésus Marie! et pourquoi faire? — Parce que le Cardinal est le maître de la France, et que le maître de la France doit savoir ce qui s'est passé, afin de me faire rendre justice par l'opinion. Je connais mieux que vous le ministre, madame, vous vous laissez aveugler par votre haine et vous ne le jugez pas. Richelieu a de la prudence, une grandeur immense, il sera touché de ma franchise, il m'appuiera et sa protection m'est assurée. — La protection de Richelieu! — C'est la première de toutes, madame, de même que sa vengeance est la plus à craindre. Vous le savez mieux que qui que ce soit.

La duchesse fut forcée de rester convaincue.

— Je demeurerai ensuite à la cour, tant que j'y pourrai montrer un front serein, tant que j'aurai du courage; si je me sens défaillir sous le poids, j'irai près de Bénédicte, j'irai la voir mourir, la pauvre enfant! qui n'a jamais eu une heure de joie dans sa vie, cela me rendra plus juste envers le sort, car moi j'ai été heureuse! — Et M. de Guise, que ferez-vous vis-à-vis de lui? — Rien. — Vous ne lui écrirez pas? — Jamais. — Vous ne le reverrez pas? — Jamais. — Vous ne l'aimez donc point à présent? — Non. — Ah! vous êtes bien brave de parler ainsi. S'il était là, vous changeriez d'avis tout de suite. — S'il était là, je penserais de même, car je n'aimerai plus ni lui, ni personne. Il a tué mon cœur aussi sûrement qu'il aurait tué mon corps avec son épée. Ne me parlez plus de lui, madame, je vous en prie, je ne lui fais même pas l'honneur de le mépriser. — Vous aurez un jour votre vengeance, soyez tranquille. — Je n'en veux aucune. Je dois remercier Dieu qui a rompu nos liens, un pareil homme, attaché à moi pour la vie, eût été un fléau. — Allons, ma charmante, vous voilà une héroïne, c'est à merveille. Vous nous donnez des leçons à toutes, et moi qui avais l'autre jour la présomption de vous apprendre... Vous me laissez loin derrière vous. Quand vous partirez, je partirai aussi, pas pour le même endroit par exemple. — Où irez-vous, madame? — Il n'y a rien à faire ici. J'irai en Flandre, ajouta-t-elle négligemment. — Ah! oui, vous y trouverez à qui parler dans votre haine pour le Cardinal. Bon voyage, madame, vous pourrez dire ce que vous avez vu.

Lorsque madame de Chevreuse se leva pour sortir, Anne retint d'Ardoise en lui disant qu'elle avait bien des choses à lui demander pour ses équipages, s'il voulait se charger de les faire. Dès qu'ils furent seuls, elle lui montra un siége.

— Asseyez-vous, monsieur, et écoutez-moi.

Il obéit.

— Vous avez quitté pour moi votre protecteur, c'est à moi de vous rendre une condition, voulez-vous être à moi ? — Ah ! madame, vous comblez tous mes vœux ! — Je puis vous regarder comme un ami, n'est-ce pas ? Vous me l'avez prouvé et je dois tout vous dire. — Tout, car je comprends et je partage ce que vous sentez. — Je souffre cruellement, monsieur, je souffre d'autant plus que je cacherai mes souffrances et que je dévore mes larmes. Je ne veux pas même être soupçonnée de souffrir pour cet homme. J'ai dit à madame de Chevreuse, l'écho de toutes les cours possibles, la trompette des hérauts, que je dédaignais la vengeance, cela n'est pas vrai, il faut que je me venge, au contraire, et je me vengerai. — Jamais, certes, on n'en eut plus de droits. — Lorsque je partirai pour Paris, vous ne me suivrez pas. Vous vous préparerez à un long voyage. Je vous donnerai une lettre à porter. — A Monseigneur ! — Pour qui me prenez-vous ? Ecrire à un pareil traître, souiller ma plume de son nom ! — A qui donc alors ? — Vous le saurez. Je suis jeune, je suis belle, je suis princesse, je ne veux pas être méprisée, je ne veux pas qu'il me croie abandonnée de tous comme de lui. Il est un être qui m'aime, que j'ai repoussé pour lui, qui vaut mieux que lui, plus que lui, le fils d'un roi ! il faut que je le revoie, il faut qu'il revienne à moi, pour cela je n'ai qu'un mot à dire et je le dirai. — Mais, madame, ce prince sait-il... — Il sait tout et il m'aime. Il reviendra, j'en suis sûre, je veux qu'il revienne ! — Je serai prêt à partir quand vous l'ordonnerez, madame.

Voici la lettre que la princesse Anne écrivit au palatin :

— « Vous avez ma promesse et quand j'ai promis je n'oublie » pas. Vous m'aimiez, m'aimez-vous encore ? Vos sentiments » ont-ils résisté à l'absence ? Je suis libre et je puis être à » vous, si vous venez réclamer les droits que je vous ai » donnés. Je ne vous dirai pas que je vous aime, je ne vous » dirai pas même que je vous aimerai, je suis incapable » d'aimer désormais. Seulement vous aurez en moi, je l'espère, » une bonne et fidèle épouse, je sais ce que vous valez, je » connais votre mérite et je lui rends pleine justice. Vous » serez heureux avec moi. Le gentilhomme qui vous remettra » ceci est aussi sûr que moi-même. Vous pouvez vous confier » à lui. Vous savez sans doute ce qui m'est arrivé, je ne vous » en parle pas. Non que je veuille vous le cacher, mais il est » indigne de moi de me plaindre, indigne de vous de m'é» couter.

» Je ne vous trompe point, je ne vous tromperai jamais. » Telle vous m'avez connue, telle je suis encore, telle je serai » toujours.

» Adieu, monsieur, vous méritez toutes les bénédictions, » et je vous les envoie toutes du fond du cœur. Dieu vous » gardera et vous récompensera de m'avoir tendu votre » main, en ce danger où je suis. C'est l'affaire d'un vrai » chevalier que de protéger celle qui souffre.

» ANNE DE GONZAGUE. »

Cette lettre une fois écrite, la princesse se sentit plus tranquille. Son cœur se reposait sur cet homme si parfait, qu'elle n'aimerait point tout d'abord sans doute, mais qui l'aimerait, lui ! Et quel bon oreiller qu'un cœur dévoué pour endormir la douleur !

M. d'Ardoise partit avec ses instructions. La princesse prit congé de tout le monde à Besançon avec une simplicité, une bonne grâce, presque une bonne humeur dont on lui sut gré, et qui fit bientôt chanter ses louanges. En embrassant la duchesse de Chevreuse, elle lui dit :

— Vous allez faire deux choses que je ne vous envie pas, madame la duchesse ; d'abord, vous allez en Flandre, et c'est un pays qui ne me plaît guère ; ensuite, vous conspirez, et c'est une occasion dont je me soucie peu. Si vous aviez occasion de parler de moi, ne laissez pas croire que je me meurs au moins ; il serait affreux de tromper les gens, on verra bientôt comme je suis bien guerrie. Adieu.

Chacun se sépara. La princesse Anne monta dans son carrosse avec ses femmes, dont pas une n'était dans sa confiance, elle souffrit horriblement pendant ce voyage, où il lui fallut se contraindre sans un seul moment de répit : c'était un apprentissage dont elle profita.

En arrivant à l'hôtel de Nevers, elle y trouva la princesse Marie qui la reçut froidement et qui ne lui dit pas un seul mot de sa douleur.

— Oh ! ma sœur, pensa-t-elle, ce n'est pas ainsi que je vous ai traitée après la fuite de Léontio !

Marie était de très mauvaise humeur, elle avait appris le matin même que le roi de Pologne refusait sa main.

— Décidément, ma chère princesse, lui dit mademoiselle de Bourbon, la maison de Gonzague n'est pas heureuse en mariages.

XXXII — PARIS ET AVENAY.

Le lendemain, dès qu'il fut possible de se présenter chez le ministre, la princesse Anne, en costume simple, mais convenable, se fit conduire au Palais-Cardinal. Rien dans sa toilette n'attirait les regards ; elle était pâle, quoique très calme, et quand on l'annonça, Richelieu, qui redoutait ses cris, ne put s'empêcher de lui témoigner sa satisfaction, en la trouvant aussi tranquille.

— Monsieur, répondit-elle, le combat a été rude ; mais je me suis rappelé ce que je suis, et j'ai mandé à mon aide la mémoire de tous les miens. Je reviens soumise et résignée : vous êtes la première personne que je vois à Paris. — C'est bien, c'est très bien à vous, je m'en souviendrai. Et quels sont vos projets ? — Je vais reprendre ma vie où je l'ai laissée avant mon départ pour Avenay, monsieur, j'arracherai de mon histoire ce triste chapitre, et je saurai bien forcer les autres à l'oublier. — Je vous promets de vous aider en toutes choses. D'ailleurs, croyez-moi, remerciez Dieu qui vous a délivrée d'un pareil fou. Il est bien jeune encore, voyez tout ce qu'il a fait déjà. Laissez venir le temps, on en parlera, et vous vous souviendrez de ma prophétie.

Elle dut s'en souvenir, en effet.

— Je puis aller saluer Leurs Majestés, n'est-ce pas, monsieur ! — Quoi ! vous affronterez les regards de la cour, les railleries, les suppositions ? Vous êtes bien courageuse ! — Pourquoi me cacherais-je ? Est-ce moi qui suis coupable ? est-ce moi qui ai trahi la foi jurée ? est-ce moi qui me suis jouée de tout ce qu'il y a de saint et de sacré au monde ? Ce n'est donc pas à moi de rougir, c'est à celui qui m'a trompée. Nous avons chacun notre place dans le monde, qu'il garde la sienne ; mais je ne veux pas perdre la mienne pour lui, maintenant.

Le Cardinal, bon juge des caractères forts, des esprits énergiques et élevés, répondit à cette déclaration par un triste sourire.

— C'est bien, madame, ajouta-t-il, je suis heureux de vous voir ainsi décidée : mais, à votre âge, il faut avoir cruellement souffert pour parler et pour sentir ainsi. Je parlerai de vous au roi.

Anne rentra plus sûre d'elle-même après cet entretien ; dès le jour suivant, elle partit pour Saint-Germain, sans s'inquiéter de sa sœur, qui, dans cette circonstance, se montra sans pitié pour elle. Peut-être lui en voulait-elle un peu de son échec de Pologne. La passion de prince Edouard pour Anne l'avait sans doute rendu aveugle, et il avait mal parlé d'elle au vieux roi.

— C'est toujours la faute de ma sœur, répétait-elle à la comtesse de Fiesque, sa bonne amie amie, qu'avait-elle besoin de se montrer ?

La hardiesse des démarches de madame de Gonzague la sauva aux yeux de toute la cour. On la trouva si digne, si convenable en tout, si majestueuse ! Elle répondit avec tant de bonne foi, de loyauté et de simplicité aux questions qui lui furent adressées ; elle accusa si peu les autres, sans toutefois s'accuser elle-même, que l'envie fut désarmée. On fut obligé de convenir qu'elle avait beaucoup d'esprit, beaucoup de sens, beaucoup des qualités essentielles et brillantes qui placent une femme très haut dans l'opinion.

— Laissez venir cette jeune fille, ce sera un diplomate en jupons, disait le Cardinal.

Le cardinal Mazarin l'apprit à ses dépens.

La vie de mesdemoiselles de Gonzague redevint telle, à peu près, qu'elle avait été avant tous leurs orages, à la confiance près, qui ne revint pas. Elles ne se voyaient jamais seules, bien qu'elles habitassent la même maison, et lorsque par hasard elles devaient dîner au logis sans compagnie, elles se faisaient servir séparément dans leurs chambres.

Une lettre de l'assistante de Bénédicte annonça qu'elle était au plus mal. Marie prit un prétexte de santé, pour ne point courir vers cette sœur qu'elle connaissait à peine. Anne, lasse de son masque, heureuse de le déposer quelques instants, conduite d'ailleurs par une affection véritable, se décida à partir pour Avenay. A son arrivée la malade était plus souffrante encore.

— Dieu vous bénisse, ma sœur ! quand elle l'aperçut. Je suis trop heureuse de vous voir. Je ne mourrai donc point seule, comme j'ai vécu.

Anne l'embrassa en pleurant, sans trouver une parole.

— Vous avez été bien éprouvée, pauvre sœur, vous payez bien cher vos instants de bonheur, n'est-ce pas? Est-il donc vrai que vous ne l'aimiez plus? Est-il vrai que votre courage ait fermé votre cœur, dans le malheur qui vous a frappée? — Cela est vrai. — On ne saurait trop en remercier le ciel; le cœur, lorsqu'il se brise, tue à petit feu, on endure des tourments de toutes les minutes. Chacune des larmes qu'on dévore devient une goutte de plomb fondu qui étouffe, je sais cela, moi! — Vous, Bénédicte, vous, enfermée dans ce cloître, vous, qu'à peine le regard d'un homme a profanée, vous, vous connaissez les chagrins de l'amour! Vous les les avez rêvés sans doute dans vos brûlantes extases, vous les avez regrettés, et ces regrets leur ont prêté des charmes inconnus.

Bénédicte sourit tristement.

— Vous ne savez pas de quoi je meurs, ma chère Anne. — Vous mourez du couvent, vous mourez de la solitude, comme une fleur étiolée, il vous faudrait les rayons du soleil, et vous vous flétrissez à l'ombre de ces grands cloîtres, de ces ogives, de ces tombeaux. Voilà ce qui vous tue, pauvre Bénédicte. Ah! si vous aviez essayé du monde, vous sauriez maintenant qu'ici est le repos et la douce vie, là-bas la tempête et la mort. Pourquoi ne suis-je pas restée avec vous? — Vous ne me connaissez plus, Anne, depuis si longtemps que vous m'avez quittée. Autrefois, oui, vous avez raison, je suivais de l'œil le sentier du monde, je le parais de mille charmes, mes désirs le dévoraient, mais à présent, à présent!

Une larme, une larme unique, arrachée par une atroce douleur, trembla aux longs cils de la jeune abbesse. Anne s'approcha d'elle et lui prit la main. Bénédicte appuya sa tête décolorée sur le sein de sa sœur et continua à pleurer.

— Que je suis bien ainsi! murmura-t-elle; quelle douceur de verser des larmes dans un cœur ami! Il y a si longtemps que mon secret m'étouffe! — Dites-le donc ce secret, mon amie, confiez-le à ma tendresse, confiez-le à une sœur plus à plaindre que vous encore. Ce sera pour toutes deux une consolation, ce sera un baume mis sur nos plaies, et si nous devons nous séparer encore, le souvenir de ce moment adoucira nos regrets. — Nous nous séparerons bientôt, Anne, et pour ne plus nous rejoindre. Mais vous retournerez dans le monde, vous. Vous n'avez plus besoin de solitude, vos douleurs sont calmées, vous ne l'aimez plus, n'est-ce pas? — Non. — Vous ne l'aimez plus, répétez-le moi. — Non, non, je ne l'aime plus. — Eh! bien, moi, je l'aime encore et je meurs de cet amour. Moi qu'il n'a point aimée, dont il voulait faire un jouet de quelques jours, je l'aime et mon dernier soupir lui appartiendra.

Anne ne trouva pas une parole. Cette déclaration inattendue la frappa comme un coup mortel. Quoi! Bénédicte, elle aussi! Une fois sur la voie elle voulut tout apprendre. La pauvre enfant raconta tout; heureuse de parler enfin de lui, de laisser son amour voler de son cœur à ses lèvres, de peindre ses tourments, ses espoirs déçus, ses regrets, ses chimères.

— Ah! si vous saviez quels rêves ont été les miens! Combien de fois montée sur les tourelles de l'abbaye, j'ai laissé errer ma pensée vers cette route qui l'avait emmené avec vous, et par laquelle il pouvait revenir seul. Si vous saviez combien mon cœur battait à cette pensée. Je le voyais, il arrivait, il venait à moi, il m'aimait, je quittais ces voiles et cette bure, il m'emmenait avec lui, j'étais heureuse, j'étais au ciel. — Et moi? répliqua timidement Anne, presque effrayée de l'enthousiasme qui galvanisait cette mourante. — Vous! oh! vous étiez ailleurs, vous ne l'aimiez plus, comme vous ne l'aimez plus en effet à présent. Moi! rien, pas même la mort, ne le bannira de ma pensée. Je lui ai écrit, il le saura. Anne, vous êtes destinée à vivre, il aimera bien des femmes encore, beaucoup l'aimeront, mais, c'est à moi qu'il appartiendra dans l'autre vie, c'est moi qui le posséderai toute l'éternité. Je le sais, je le sens, je le vois.

Et cette jeune victime souriait, et cette créature si chaste, si pure, rêvait des joies infinies qu'elle plaçait sous les yeux de Dieu, tant elles étaient pures et chastes comme elle. Les yeux levés au ciel, dans une véritable extase, elle les ressentait sans doute par avance et elle s'endormit ainsi, appuyée sur sa sœur, qui la regardait la poitrine gonflée de sanglots, en répétant :

— Cela est vrai, elle l'aimait mieux que moi!

Depuis ce moment, après cette crise au-dessus de ses forces, la malade s'affaiblit à chaque instant, elle ne retrouva plus la parole et s'éteignit insensiblement, presque sans souffrances, dans les bras de celle qui fut sa rivale et sa sœur, avec le nom de Henri sur les lèvres.

ÉPILOGUE

Anne, en revenant à Paris, y trouva le prince Edouard, plus amoureux, plus empressé que jamais. Elle l'avait appelé, peut-être s'en repentait-elle, mais il fallait tenir sa promesse; elle la tint. Après la fin de son deuil, elle lui donna sa main et n'eut jamais sujet de s'en repentir.

Le reste de sa vie est bien connu. Sous le nom de princesse Palatine, elle prit part à toutes les intrigues de la Fronde, elle fut successivement l'amie ou l'ennemie de chacun, excepté d'Anne d'Autriche, à laquelle elle resta fidèle, en dépit de tout; elle domina successivement tous les partis; son beau-père perdit sa chimérique couronne, et elle ne voulut jamais voir ses états d'outre-Rhin, la France était sa patrie, elle y resta, elle y mourut.

La princesse Marie, après avoir été refusée une fois par le roi de Pologne, vit son mariage se renouer quelques années plus tard, sous la régence. Elle fut demandée en grande pompe par une ambassade brillante, eut la joie de prendre une soirée le pas et la main sur la reine et partit. Mais à Varsovie l'ennui la saisit, le roi ne l'aima point. S'il ne fut pas mort, elle se serait enfuie. Après lui, son frère, beaucoup plus jeune, devint amoureux d'elle et l'épousa. Comme la couronne lui fut transmise, par suite de l'élection, la prophétie du devin se trouva accomplie, elle fut reine deux fois.

Elle s'accomplit encore en ce qui touchait Marie d'Arquien... Elle suivit sa marraine en Pologne, et celle-ci la maria au grand Sobieski, au vainqueur des Turcs, qui monta sur le trône après son époux. Marie d'Arquien fut donc aussi reine que l'avait été Marie de Gonzague, mais elle ne mourut point sur le trône, elle finit ses jours en France, dans l'obscurité.

La princesse Palatine se convertit d'assez bonne heure, lorsque le repos du règne de Louis XIV succéda à l'agitation de la Régence, elle ne sut où placer son imagination, et sur la foi d'un songe elle devint dévote. Bossuet, dans la magnifique oraison funèbre qu'il nous a laissée d'Anne de Gonzague, raconte ce songe, comme un effet de la grâce divine. Elle mourut à soixante-quatre ans, passant presque tout son temps dans les couvents ou dans les églises.

Elle ne revit jamais volontairement M. de Guise, il la fuyait aussi, on le comprend de reste.

Quant à ce héros de la Fable, à cet homme dont la vie fut plus romanesque que tous les romans, nous le suivrons dans le cours de ses aventures, nous le retrouverons avec sa seconde femme, épousée comme l'autre devant Dieu et devant l'église, et dont le sort occupera, plus tard, dans un ouvrage consacré à *la comtesse de Bossut*.

Ceux qui veulent connaître en détail les vertus et les dernières années de la princesse Palatine peuvent consulter l'admirable discours dont j'ai déjà parlé. Ils y trouveront dans le grand style de l'Aigle de Meaux l'éloge mérité de cette femme, qui sut se retirer de la scène alors qu'elle y pouvait encore jouer un rôle, et qui emporta les regrets de ceux mêmes qui l'avaient enviée.

FIN DE LA PRINCESSE PALATINE

VERSAILLES, — IMPRIMERIE CERF, RUE DU PLESSIS, 59.

www.ingramcontent.com/pod-product-compliance
Ingram Content Group UK Ltd.
Pitfield, Milton Keynes, MK11 3LW, UK
UKHW020358220726
13923UKWI100004B/1650

9 782019 622619